初戀小說

川端康成初恋小説集

Hatsukoi Shosetsu Shu

川端康成

Kawabata Yasunari

劉子倩 譯

（左起）川端康成、伊藤初代與川端的東大同窗好友三明永無。
（日本近代文學館提供）

川端與就讀東京第一高等學校時期的文學同好
清水正光（左）、欠田寬治（右），攝於大正 8 年（1919）。
（日本近代文學館提供）

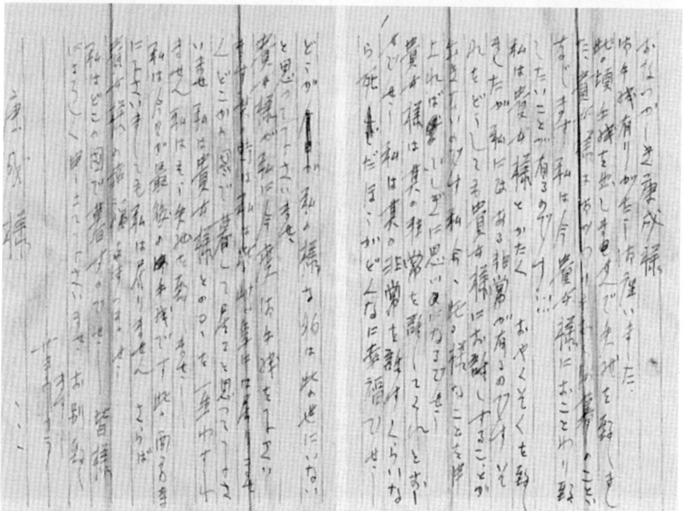

大正 10 年（1921）9 月之後，初代寄給川端的書信。

（圖片來源：川端康成初恋小說集，新潮文庫）

平成二十六年（二〇一四），時隔九十三年於鎌倉舊宅發現了伊藤初代寫給川端康成的十一封信，以及川端寫給初代卻未寄出的信函，掀起一大話題。也促使我們重新探討川端與初代的悲戀在其心中的意義。

在這本作品集中，收集了川端以他與伊藤初代的交往爲主題的「千代文[1]」。我們將這些以眞實事件爲題材的作品彙整成一部；同時，將能窺知川端的女性觀，或者後來似從這段戀愛發想的作品整理成另一部。

川端與初代的交往，從小說乃至遊記、隨筆，在多個領域皆曾提及，濃淡不一地妝點了川端作品。此外，發表篇數也相當多，無法盡收錄於此作。爲了有助於讀者參考，謹在書末附上「千代文」作品一覽表。

新潮文庫編輯部

1／千代文（ちよもの）：初代（Hatsuyo）的名字以東北腔發音簡化後變成千代（Chiyo），這些以她爲主角的文章後來被統稱爲「千代文」。

目次

Contents

第一部

第一部

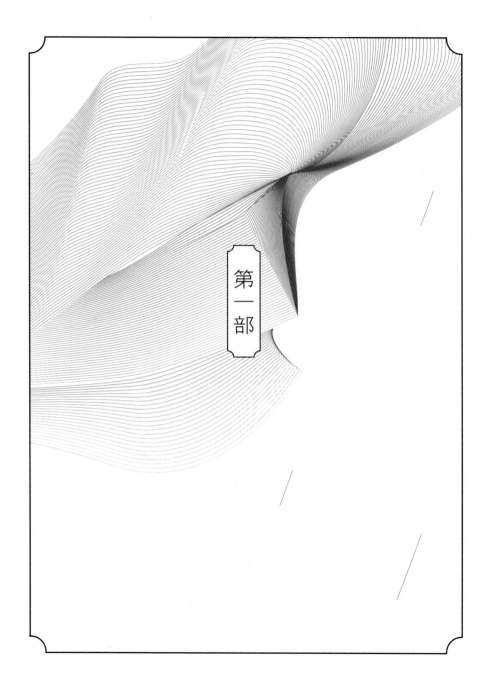

南方之火

一

入秋後陰雨綿綿。

俊夫和柴田去岐阜探訪三千子，三人一起去長良川畔的旅館那天，也是從早到晚下著雨。雖是農曆七月的滿月夜，卻因爲下雨，連鸕鶿船也沒出來。

回到東京後，俊夫的腦中一直縈繞著長良川的湍流聲。即便是晴天，彷彿也身在雨中的岐阜這個清冷的都市。和三千子共度的時光深印心頭。

到了十月，第二次來岐阜的那個早上也是烏雲籠罩，似乎隨時會下雨。

俊夫和柴田在火車站前的旅館吃完早餐，去了郊外的鄉下小鎮。此地家家戶戶都在製作岐阜知名的和傘和燈籠，三千子就是由澄願寺這間眞宗派寺院收養。兩人上次在九月造訪，柴田讓俊夫在旅館等候，獨自前往邀約三千子外出，因此俊夫這是第一次來到寺裡。

澄願寺沒有山門。柴田站在路上，隔著境內稀疏的樹木窺探深處，說道：

「三千子在，她在。你瞧，是她站著吧。」

俊夫也湊近柴田伸長脖子。

「從梅枝之間就看得到吧……她正在幫和尚刷牆土呢。」

柴田說著邁步朝寺內走去。

失去鎮定的俊夫，甚至分辨不出那是梅樹。

但是刷牆土這句話令俊夫忽感寂寥。

雖然看不見三千子，她將攪拌了水的牆土放在小木板上，雙手高舉遞給腳凳上的和尚的身影卻浮現心頭。他一時滿臉通紅——

九月那次見面時，柴田說要給三千子看手相。三千子讓雙手藏在屁股底的坐墊下，硬是不從。柴田拉起她的手臂，在棋盤上掰開她緊握的拳頭。過了很久之後三千子突然紅著臉自言自語似地說：

「我在岐阜連建築工人的粗活都得做，真討厭。」

「怎麼會……」

「寺裡蓋房子，我也得幫著做事。才剛忙完木匠的活兒，最近又刷起牆壁成了水泥工。

光是攪拌牆土，就讓我厭煩極了……」

她這是在替自己粗糙的雙手辯解。以前在東京時，她的手指纖細修長。然而，眼前吶喊似地訴說著「討厭，我才不要。我最討厭給人看什麼手相了。反正一定是說我手相不好」的三千子，或許不只是想避免讓人看見變得醜陋粗大的手。她的指尖雖被壓住，還是頻頻扭動手掌閃躲柴田的注視。挨罵之後才認命地安靜下來。

俊夫自己，就算是開玩笑也不願給人看手相。他覺得那就像暴露自身弱點一樣羞恥。這絕不是因爲他相信手相與個人命運的關係，也不會讓職業算命師看過，總之他就是不想給人看。

柴田看了三千子的手相後，噗嗤笑出來。俊夫則是很吃驚，因爲那手掌上刻滿不知比常人多出幾倍的錯綜紋路。

「妳這是什麼手啊。根本什麼都看不出來嘛。怎麼會這樣，紋路亂七八糟。」

「我的也是這樣。」俊夫說著，在棋盤上伸出混雜無數紋路任誰見了都會驚訝的手掌。

「天啊，好亂。」

三千子忘了自己的手，笑了出來，

「有這種手紋的人通常特別辛苦吧。肯定命不好。不管是誰都會這麼說。」

「那可不一定。」柴田說著，陳述不痛不癢的意見。

三千子乖巧聽著，手放回膝上說：

「是是是，隨您怎麼說，瞧您一本正經的……」

於是大家都笑了。柴田就是有喜歡看女人手相的癖好。

俊夫雖然笑得若無其事，但他看手相時感到某種卑微的興奮。接著，他一個人暗自想入非非，他想讓三千子認同兩人皆有罕見的手相，視那爲偶然拋來的繩索，忐忑地試圖攀爬三千子這座高峰。

他將自己和三千子視爲一體，從中發現了新的感傷。

俊夫對手相毫無概念。雖然經常認爲自己的手相是大凶，但他偶爾也會幻想，或許手心寫著人生即便悲苦也可能高潮迭起的預言。年輕氣盛的他甚至以此爲樂。看到三千子手相的瞬間，自己的過去和三千子的過去這兩種追想合爲一體迫近。他覺得似乎看到了即便三千子那般性格也能預想的未來變化。在那想法的底層，有股類似想將三千子的未來和自己的未來放在一起的微弱願望在蠢動。不知何故，當中摻雜了寂靜的心緒和輕微的焦慮。只有俊夫一人不斷拿手相悄悄大唱獨角戲。

但是當他佯若無事讓人看手相時，第一次感到自我厭惡。對於自己執著於無聊的手相還裝作不在意的自卑心態，讓他極爲戲劇性地強化了自我厭惡。這是俊夫經常被迫嘗到的最苦澀的感情。

老實說，之前在京都火車站和柴田會合時，他對於在岐阜中途下車有點猶豫。和柴田說好暑假結束時一起去東京的約定，本就暗藏要去找三千子的意味。柴田春天時已在岐阜見過三千子，而且一個人應該也能去，但是俊夫就是沒那個勇氣，才會變成讓柴田帶他去。在東京時也是，當著三千子的面，俊夫就像柴田和西村的影子。後來三千子也和柴田特別親近。而柴田是個即使在朋友面前也照樣對女人露骨獻殷勤的男人。

長年來，俊夫一直祈求能擺脫籠罩自己的種種陰影。想要洗去的種種纏繞不放，令俊夫感到無盡的孤獨陰鬱。所謂種種來自成長背景、身體狀況及其他方面。不過他的心境已然走向開朗，比起三千子在東京看到他時已大不相同。

這樣的俊夫有點害怕和柴田一起去見三千子，那或許會讓自己走向自我厭惡，體會到自己總是悄悄旁觀這種討厭自我的難堪滋味。但是見三千子一面，是他從夏天就暗暗揣想的強烈願望。

「俊哥變得很有活力呢。」俊夫離座時三千子對柴田說。原來三千子也這麼覺得。打從見到三千子，俊夫就變得非常放鬆。面對女人時的自己，以及在一旁厭惡那個自己的自己，兩者往往會聯手束縛他，令他動彈不得，然後奪走俊夫渾身上下想對女人表達的所有表情，只要其他男人在，他會立刻逃往第三者的位置。那不只是因爲不習慣女人或是害羞。可是此刻他卻難得如此自在地面對三千子。三千子對柴田和俊夫也幾乎一視同仁地交談，柴田更是異於往常，穩重地禮讓給俊夫表現。那令俊夫很意外，因此格外振奮。俊夫也在那段期間不可思議地變得特別饒舌。回到睽違半年的家鄉時，家鄉的人都很驚訝他的轉變。

柴田去接三千子時，俊夫冒雨搭電車去長良川觀光。他順路去岐阜公園看了知名的名和昆蟲研究所的標本，回來才發現三千子已在旅館等候。她說因爲有點小感冒請假沒去上裁縫課，所以就提早來了。

俊夫進入房間時，兩人正在六帖[2]房間的角落規矩對坐玩撲克牌。三千子立刻將手裡的撲克牌放到榻榻米上，鄭重向他鞠躬行禮。抬起頭時臉頰泛紅。

三千子的模樣當下令俊夫感到非常新鮮。迥異於東京時的記憶，打破想像而生的輕微訝異，倏然在他心頭落下好感。他立刻覺得她氣色變好了。看起來健康得判若兩人。最重要的是，渾身散發的氣質煥然一新。

他覺得她幾乎可以乖順小巧地放在自己內心的掌上。有種靜謐純眞的親密感。她變得像

2／一帖指一個榻榻米大，六帖約三坪。

個一般家庭的姑娘了。他以前從未在三千子身上預期那種東西。

以前在東京收養三千子的咖啡廳[3]老闆娘的惡俗品味，被不顯土氣地洗滌掉了。她右分的頭髮稍微掠過脂粉未施的左邊眉尾垂落額頭，綁成馬尾。穿著薄棉布單衣。

俊夫一再說她看起來健康多了。

「長大不少呢。」

說著視線又掃向三千子。一看之下，雖然身形的確發育得像個大姑娘了，但是隨著他的注視，又自然而然地讓他想換個說法表達剛才的話。

「三千子，妳眞的長大了嗎？」

「長大了啦。」柴田說。

「都十六了。」

「是啊……眞的好久沒見到俊哥了。您一點也沒變。」

這時旅館女服務生來問他們要不要用午餐，俊夫拒絕了，邀兩人去他剛剛遊覽過的長良川。上了車，汽車疾駛的感覺不可思議地令他面對三千子時愈發安心自在。

他們去了金華山影落在屋頂的旅館。從簷廊可以走下長良川南岸，河岸有稀疏的芒草和胡枝子，遊船公司的鸕鶿觀光船成排停靠岸邊。濛濛雨景中可見初秋秋色，白色的長良橋微

3／咖啡廳（カフェー），大正至昭和初期，有女人陪酒提供性服務的餐飲店，和咖啡店不同。

微偏左。俊夫三人幾度以爲過橋的電車聲是遠方雷聲。此時已過了參觀鸕鶿捕魚的季節，又碰上雨天，因此客人除了他們只剩一、兩組。換上浴衣後，衆人立刻前往簷廊眺望河面和對岸。

女服務生送來午餐，其中兩個餐檯並排放在壁龕前的上座，還有一個隔了老遠放在下座。女服務生去拿料理後，柴田就拉著壁龕前的一個和下座的餐檯，重新調整位置靠在一起。或許是因爲客人少，鹽蒸鮑魚和油炸香魚附帶的長豇豆略帶點酸臭味。俊夫叫三千子別吃，但她還是吃了兩、三口。每道菜都難吃得會讓氣派的旅館和房間羞愧痛哭，三千子卻默默吃掉了。女服務生每次替他們盛飯倒茶，她都一臉難爲情以關西腔頻頻道謝。他覺得其實用不著這樣。

俊夫和柴田幾度安慰三千子，刻意想讓她開心享受。在東京時就是如此，此刻也是，雖然私下當成女人暗懷情愫，表面上卻像對待小孩那樣舉止爽朗。三千子對這表裡兩面都清楚感受到了，她只要輕鬆接受這種隱晦安穩的好意就行了。那好意極爲自然地滲透三千子。她的身體曲線變得柔軟，舉止變得孩子氣，說話方式變得輕快靈動，不知不覺也夾雜起岐阜腔。她玩著幼稚的比賽，逐漸拋開當著人前的意識，忘我地歡喜。即使被男人看著這副模樣她也不在意，這讓俊夫和柴田都很快活。爲了某事欣喜時的三千子，是男人會喜歡的那種女人。

「眞是好地方。沒想到長良川這麼好……明年夏天我乾脆來這裡寫畢業論文好了。」柴田忽然這麼說，俊夫如遭重擊。

三千子提到初夏來岐阜探望她的法學士渡瀨。三千子待過的那家咖啡廳的老闆娘與法學士片岸結婚後相偕去了大連，渡瀨是片岸的朋友，打從之前便認眞追求三千子，但三千子很討厭那個男人。

三千子若無其事地詳細描述和渡瀨坐船看鸕鶿捕魚的經過，於是柴田問她：

「他沒有向妳求婚嗎？在東京時他不是好像還曾求妳讓他親一下？」

「哪有……」

三千子紅著臉無助地笑了。

「還有誰來過嗎？」俊夫問。

「有的。我剛來岐阜的那個冬天有中學生前來。我聽見有人在院子叫我，心想是誰啊，出去一看，那人也不管下雨就在梅樹下撐著傘，垂頭喪氣地站著。那天很冷，所以我一直叫他進屋，可他就是不肯進來……」

「後來他說了什麼嗎？」

「什麼也沒說，就那樣走掉了。」

三千子絲毫未露出察覺少年心意的表情，只是涼薄地笑著。

俊夫在一瞬間，聽見落在少年傘上的冬雨，落在自己心上的聲音。

（大正十二年七月，刊於《新思潮》）

南方之火（二）

二

三千子的聲音也出現輕微的感冒徵兆。雖然沒有小姑娘那般嫵媚中特有的青春圓潤，但她的聲音本就帶有強烈的脾性和不時閃現的敏銳靈光，使她的說話方式毫不掩飾地打動男人的心。她整個人打從在東京時就是毫無可愛氣質的可愛小姑娘。沒有那個年紀應有的可愛，正是三千子特有的可愛。

此刻她的聲音因爲感冒聽來有點稚氣。

俊夫和柴田很關心三千子的感冒，卻又捨不得從河灘眺望對岸的風景，因此抵達旅館後一下子開門一下子關門，沒多久又拉開一條細縫。但是不知不覺也忘了再打開就這麼待到已近黃昏。

暮色似乎因爲陰雨提早降臨。

俊夫將坐墊並排放在壁龕前，支肘側身躺下休息。躺下後頓感渾身疲憊。上午只顧著關注三千子的心，驀然又回到自己身上。兩眼仰望三千子的身影時，起初只是無意義地映入眼簾。毫無情趣。他茫然眺望著幾乎掩埋對岸長良村的蒼鬱樹林。水聲和雨聲似乎靜靜渲染耳底。俊夫喜歡的無聲的孤獨感驟然降臨。他抱著將三千子交給柴田應付的安逸心態，默默看著，魂遊天外。反省自己不停開關門讓柴田也跟著胡鬧起來的愚昧，覺得很空虛。

柴田離座出去了。三千子默默低頭。俊夫若無其事繼續躺著對她發話。

「妳改天也來東京吧。」

「好，我很想去。」

「最好在明年櫻花時節來，那時和平博覽會也開幕了……」

「好。」

三千子答應的口吻彷彿將那句話重重放入心中，深深垂首。似乎一直在注視自己的身影。

她忽然抬起頭，神情僵硬地說：

「說不定，我近日之內就會去。」

「很好啊。和寺裡的人一起？」

三千子又低下頭。默默沉入思緒時的三千子，在旁人看來帶點幾乎教人動氣的頑固，以及孤獨感。

她抬頭筆直回視俊夫後突然臉紅，斬釘截鐵說：

「不，要去的話就我一個人去。」

「就妳一個人！」

她的話和表情令俊夫霍然起身端坐。

「妳說要自己去？」

三千子那沉靜的倔強硬是壓抑聲音的顫抖，平靜地應聲說：

「那樣我才可能會幸福。」

「啊？」

三千子的話很突兀。他不懂她聲稱要獨自上東京的意思。「幸福」這個字眼，也讓俊夫感到刺耳。

三千子露出對身旁事物憤然反彈的神情。一旦決心坦白，她的好強霎時間讓她感到難爲情。她比之前更饒舌地說起自己的遭遇

（未完）

南方之火

這條街上多半是製作名產美濃紙傘和岐阜燈籠的老房子。澄願寺沒有大門，也沒有圍牆。

「三千子在，她在，她就站在那裡。從梅枝之間可以看到她。」

站在路上隔著庭院樹木偷窺寺內的朝倉，當下得意地邁步朝寺內走。

「她正在幫和尚抹牆土。」

我甚至分辨不出那是梅樹。十月初的樹木，仍是幾乎同一色調的綠色。

然而，三千子將水攪拌過的牆土放在小木板上，雙手高舉拿給腳凳上的和尚的模樣，明明還沒見到，卻已在我騷動的心頭中央落下一滴感情。

我們從正殿走上猶如新鮮原木的嶄新臺階，拉開嶄新的紙門。可說只放上屋頂瓦片還在施工的正殿，空曠，空虛，看起來反而比無人居住的廢棄寺院更荒涼。竹子編織的牆壁骨架和細木搭成的骨架都裸露在外，從竹架的縫隙凹凸不平擠出只塗抹了外側的粗泥。牆土還是黑的，很潮溼，室內因此變得冷颼颼。沒有邊緣的廉價榻榻米就像柔道道場，沒有裝飾也沒有天花板的屋頂內側高不可及。粗糙的白木臨時佛壇上，空蕩蕩放著老舊的佛像，坐在那面前的我們顯得有些侷促。

只有室內一隅，放著三千子從東京帶來的梳妝檯。那顯得格外有女人味，反而像是一道傷口。

矮一階的廚房只是在地板鋪上草蓆，三千子就這麼光腳踩著草席出來。我沒想到她的腳這麼大，腳背很瘦，腳趾張開，現實中的她，從這雙腳起始進入我的腦中。

她寒暄問候一番，眼尾至下眼瞼微微露出笑意，

「你們去了名古屋？」

「昨晚在靜岡過夜。今天預定要參觀名古屋，但我和伊原沒去，過來找妳。」朝倉說出和我事先套好的謊言。

只因爲我們曾經光顧三千子以前在東京工作過的咖啡廳，就在短短半個月內兩度大老遠來岐阜找她，這絕非好理由。爲了敷衍她的養父母，我們只好先寄信給她，聲稱學校要來名

古屋一帶校外旅行，順便來看她。事實上前一晚我在火車上吃了安眠藥。

那班夜行火車上，擠滿了眞的剛從校外旅行歸來的兩所學校的女學生。車廂內塞滿青春少女，我倆就像誤闖女校包下的客車。連走道上都鋪滿報紙，擠得動彈不得。少女們背挨著背，臉頰靠在身旁少女的肩上，額頭垂落在膝上行李，紛紛因旅途勞頓陷入沉睡，只剩我清醒著，追索三千子的倩影。這個年紀的健康少女，睡眠本身或許就是自然的化妝，還未保養過的皮膚顯得柔嫩潔白，頭髮也逐漸變得惹眼。她們據說是和歌山和名古屋的女學生，整體看來都很漂亮，但名古屋少女的頭髮更茂密，年紀應該都比三千子大上一、兩歲吧。不過，年紀小的三千子反而沒有她們的稚氣。我從擠滿車廂的睡臉中找不到貌似三千子的臉孔，變得心浮氣躁。最後，我緊閉雙眼試圖在腦海中描繪。但那只讓我更焦躁。我急著尋求的，是肉眼未實際看到就無法捕捉、不可能靠精神力量得到之物。在東京的那一個月亦是如此。

而現在，看著我面前身穿舊棉布單衣端坐的三千子，我心想這就是三千子嗎，彷彿高燒的幻想霎時消失，令我驚愕。總算擺脫腦袋無謂的亢奮，我不覺鬆了口氣，但也因此，那感覺近似渾身脫力的乏味。最初的一眼，我只看到她容貌的所有缺點，似乎連這女孩美不美都無法判斷。和我在東京時那般反覆想像的三千子似乎毫無關係，但總之三千子就在這裡。她本來就是這副容貌嗎？而且她分明還是個孩子吧。我居然將這孩子和婚姻聯想到一塊，眞是太可笑了。她比之前那些女學生更像小孩，腰也窄小，坐著時膝蓋不自然地伸展。我有點想不發一語起身離開，卻又感到呼吸變得順暢放鬆。

這種將她視爲小孩的感覺，讓我想起去年曾目睹三千子的裸體——當時在東京的小咖啡廳，我感到輕微暈眩，因此店裡的人讓我暫躺在有梳妝檯的三帖房間休息。剛從澡堂回來的三千子在我身旁化妝，不時拿粉底刷敲打梳妝檯，莫名其妙地吃吃傻笑。過了一會，我覺得房間好像變亮了，抬眼一看，全裸的三千子就站在隔壁的起居室。她脫下浴衣隨手一扔，正讓嶄新的色彩纏在腰上。那色彩投射在空氣中。她快速斜舉右臂套上水藍色單衣，遮掩了背部。之後她走進店裡，坐上桌子，一邊唱歌一邊替夏夜點亮電燈。那時我也很意外，原來她還是這麼幼小的孩子。

（昭和二年十月）

南方之火

一

……………

……………

除了時雄還有三個同學，他們一說要領取弓子父親的戶籍謄本，區公所職員全擠向窗口，訝異地望著時雄等人。

這時他才得知她的父親源吉是小學工友，學校就緊挨在區公所旁邊。適逢週六，教職員辦公室只剩一名女教師，對於四個大學生一副來勢洶洶的態度似乎很驚訝，僵硬得話都說不出，介紹了送茶來的工友後就自行離開。

「我們沒別的意思，就是想問問你女兒弓子最近有沒有什麼變化？」其中一名學生不走常規直接挑明來意。

工友的說話速度快得驚人。

「哦，其實我正擔心她是不是瘋了呢。四、五天前她突然說要返鄉，叫我寄旅費給她……」

「哦。」學生點點頭。

「我們就是爲了這件事過來找你談。」

之後他們將工友請到旅館，表明時雄已和弓子許下婚約，希望工友同意婚事，四人聯手試圖說服他。工友完全沒碰端上桌的料理，或許是覺得只要吃了一口就無法再拒絕，始終將雙手規矩放在膝上保持沉默。

二

得知弓子的父親是小學工友，時雄暫時安心了。會將女兒隨便扔到東京不管的父親肯定很窮。不過他既然有小學工友這份工作，應該也不是那種惡名在外的壞男人吧。就因爲這麼想，時雄才決定試著懇求他同意自己與他女兒的婚事。要是她父親是個流氓，時雄打算二話不說掉頭就走。

他愈愛弓子，就愈想譴責她父親的罪過。她這樣的小姑娘不得不吃那麼多苦，顯然是因爲父愛太少或者根本沒有。總之，打從十歲或十一歲起就離鄉背井自食其力的女兒，現在將走上幸福之路——年輕的時雄堅信，弓子要得到幸福，除了與他結婚之外別無可能——她父親沒資格出言干涉這樁婚事。特地大老遠前來，也是因爲時雄這方注重禮儀。倘若父親不同意，兩人自行結婚也就是了。與其說是來商量，其實只是來報告一聲。畢竟老傢伙從沒替女兒做過什麼，也沒資格說不同意。

學生們抱著這種心情壓根不給對方開口的機會。她父親也明白這點，苦悶地結結巴巴說：

「我得先寫信問問，看她本人怎麼說……」

沒想到，「她本人」正是學生們的武器。他們比父親更了解女兒。父親在相隔兩地的六年中，僅去年見過女兒一次，而且只有兩個小時。

「要是弓子本人願意，我當然會帶著女兒鄭重地當面托付給您。但是，我內人是繼母，這件事也得告訴她，而且之前曾將女兒送人收養，也得和她的養父母商量。所以我現在只能說出我個人的想法。」

當老人在四名大學生的目送下，手足無措地在玄關對著旅館老闆娘畏畏縮縮點頭哈腰後離去，老人的棉衣令時雄感到異常寂寞。

他因弓子變得多愁善感，心裡充滿溫情。剛才在學校也是，看到彎著腰來送茶的戀人父親，正因爲父女倆很像，令他頭都抬不起來。他很想叫她父親別再這樣辛苦工作，不如讓他來奉養。

當晚，從派出所拿著旅館房客登記簿回來的女服務生，轉達工友的話，希望時雄立刻去學校一趟。

時雄去了學校的值班室。值班教師以隱含敵意的嚴肅姿態端坐。這個看似一手就能壓垮時雄肩膀的魁梧大漢，眼神相當尖銳。時雄一眼就感到莫名的失望與疲憊。看來工友並沒有回家告訴妻子，反而找了其他教師商量。他想讓人來鑑定時雄。原本對她父親懷抱的溫情頓時摻雜了異物。

時雄的朋友們嚴詞勸諭教員，對方似乎這才搞清楚狀況。

「可是佐川先生說……」教員顧及時雄的面子，尊稱工友爲「佐川先生」。

「他說，首先還不清楚女兒本人的意願。」

時雄這下子不得不拿出和弓子訂婚的明確證據了。若說弓子其實根本不認識他，或者很討厭他，他卻謊稱已和弓子訂婚來欺騙她父親，反過頭再搬出她父親已許婚的理由強迫弓子，的確不無這個可能。

時雄這趟過來本就帶了弓子的情書和照片。他給教員看兩人的合照，照片中的弓子坐在白色長椅上，時雄站在後方。時雄的朋友說：

「她長大了很多，對吧。」

「對。」老人只咕噥一聲就掉下眼淚。他定定凝視照片中的女兒垂下頭。時雄感到老父親的心中充滿父愛，自己倒像是來威脅對方交出女兒，一時竟備感挫折。

三

雖然去年曾見過女兒兩、三小時，但父親腦海浮現的弓子，肯定一如當初父女分開時仍是十一、二歲的小孩子。事實上弓子的確還只是個虛歲十六的小姑娘。就算聽說女兒已和男人許下婚約，父親終究難以相信吧。假使女兒一直待在身邊，流露出戀愛中少女應有的舉止倒也還好，問題是父女相隔迢遙，因此更讓父親覺得這恍如一場夢。對於魯莽而來的女兒的對象，彷彿粗暴抬起雙腳踩進女兒那仍稚嫩弱小的心頭，他想必憤慨不已，也更心疼女兒的孱弱。還有，父親可能很驚訝女兒居然自認是成熟女人，就此和男人許下婚約——女兒已經到了那種年紀嗎？父親感到寂寞驚愕的同時，腦中的女兒身影似乎也像被潑了泥水般不再純潔。

即使在她父親面前，時雄也想袒護弓子。他想讓她父親認爲，女兒單純得只知接受男人不懂拒絕。他想讓她父親認爲，她純眞得只需對她說聲愛上她，她就會傻呼呼自動跳進男人的掌心。他想讓她父親認爲，弓子只是被擄獲的小鳥，是時雄灌輸她訂婚這種把戲。

是以，他不願拿弓子的情書當做訂婚證據給她父親看。因爲他可預見父親看到情書時心情會如何苦澀。弓子給他的信中也寫到這樣的話：

「到今天爲止很多人寫信給我，上面淨寫著情呀愛的，我始終不知該如何回覆。我將自己托付給您的心。不才如我，還請永遠愛我。今天是我第一次在信上寫愛這種事。我已明白了愛。」

時雄求婚時也是，弓子就像二十幾歲的強勢女子那樣乾脆俐落地答應，反而讓他大吃一驚。正如他想讓她父親認爲女兒還是對感情懵懂無知的小女孩，時雄自己也一直以爲弓子仍是「荳蔻少女」。

基於和情書同樣的理由，他也不想給工友看照片。倘若將照片遞到父親面前，讓他看到女兒擺出「我們就是情侶」的姿態，理所當然坐在男人前面的模樣，做父親的心裡肯定不是滋味吧——可是工友落淚了。女兒已經出落得如此成熟美麗了嗎。父愛令他當下只率直地感受到這點，甚至忘了去注意照片上的兩人還多麼年輕，忘了去考慮這是多麼不穩定的未婚夫妻。察覺到這點，時雄也率直地低頭行禮。他們用率直解決了婚事。

隔天，星期天早上，時雄又獨自去小學。朋友們搭乘馬車先去了火車站，屆時在那裡會合。帶著清晨寒意的工友室內，圍爐已經生起火。

昨晚那名教員讓公共汽車繞道小學門口，和工友一起送他上車。時雄和工友約定，再過不久會帶弓子回來過年。一上車時雄就想說：

「我保證不會讓弓子過上必須將手藏進袖子裡的悲慘生活。」

那張照片呈現訂婚當日的幸福，兩人滿懷高漲的聖潔情緒。然而，弓子的右邊袖子如布幕鋪展在膝頭，她將雙手藏在那底下。

四

那是在岐阜市法院前的照相館。

「妳的頭髮？」時雄小聲提醒。弓子倏然仰望他，羞紅臉頰，隨即以孩童那樣率眞的輕快，慌忙跑向化妝室。

她跑過舊地毯時，紅鞋帶的草鞋不時露出淺黑色鞋底——如此都能令他感覺到弓子。弓子對著化妝室牆上的鏡子撩起頭髮。從入口的冰冷牆壁只能隱約窺見她移動的手肘。光是這樣看著，時雄已幸福得如在夢中，不由湧現溫暖的微笑。

弓子剛才無暇梳頭就從養家出來了。她好像爲了匆忙取出腰帶，弄得衣櫃拉環喀喀響，時雄在收養她的寺院正殿聽來就像喜悅的木琴。弓子似乎一直很介意當時頭髮凌亂。

但她還是個在男人面前害羞得連化妝都不敢的小姑娘。所以，加上起初陪時雄一起來的學生水澤，三人合照時，她的頭髮凌亂得就像剛脫下泳帽。後來又拍了一張兩人的合照，那張就是給弓子父親看的照片。

弓子從化妝室出來，攝影師一本正經地指著白色長椅說：「請兩位並肩坐在那裡。」但是時雄沒勇氣和弓子並肩而坐。他站在後方。他的拇指輕觸弓子的腰帶，手指微微的體溫，讓他感到裸體擁抱弓子似的溫熱。他又小聲囁嚅：

「手放前面，照片上看起來會特別大。」

看到拍好的照片時，弓子的右邊袖子如布幕在膝頭攤開遮住了手。嬌小的弓子坐在垂掛竹簾般巨大的長椅上，放大了不協調感。背景畫的雜樹林讓畫面更像是鄉村小鎮的公園風景。時雄身穿久留米藍底飛白和服，頭戴學生帽。攝影師或許想拍攝情侶在公園散步的畫面，眞是落伍的拍攝手法。而且是多麼幼稚的情侶。

時雄每次看到這張照片，就覺得眼底恍如清水洗滌。由此可見她那張臉當時多麼清純，甚至可以切身感受到她的靈魂。但是攤在膝頭的袖子總是刺痛他。儘管他希望弓子連假領片和指甲都呈現出最美的狀態，爲何非要叫她藏起醜陋粗糙的手呢？對此一點也不生氣，聽話地將袖子在膝頭攤開的弓子，令他不勝憐憫。他在照片前鞠躬道歉。哪怕只是爲了這點也想盡快接她回身邊，替她粗糙的手塗抹護手霜和檸檬。

拍照那天的一個月前，正值九月初。暑假結束要從京都往東京的途中，時雄與水澤順路到岐阜，帶弓子去長良川畔的鸕鶿旅館。金華山的影子落在旅館屋頂。從簷廊可走下長良川的南岸，岸邊立著稀疏的芒草與胡枝子，遊船公司的鸕鶿觀光船成排停靠。河上已是初秋色澤，左邊可見長良橋。時雄等人每每將行經橋上的電車聲誤認爲遠方打雷。月色明亮，這天沒有鸕鶿捕魚。

女服務生每次添飯倒茶時，弓子都害羞地以關西腔說「謝謝」。

或許是因爲客人少，鹽蒸鮑魚和鹽烤香魚一旁的長豇豆都有點餿了。時雄叫弓子別吃，但她還是吃了兩、三口。默默嚥下難吃菜餚的她格外惹人憐愛。

水澤突然說要替她看手相。

「我才不要。我不要，我最討厭讓人看手相了。反正手上一定寫著我的不幸。」

弓子將雙手塞到屁股下的坐墊底下，滿臉通紅地拚命搖頭。她那抗拒的模樣令時雄很驚訝。

五

弓子的手心就像葡萄葉脈一樣覆滿紊亂細小的紋路。那種手相就像命運狂亂的盲眼蜘蛛害怕黑色幻影四處逃竄時吐出的絲。弓子或許就是不想讓人看到，當水澤從坐墊底下拽出她的手時，她緊握雙拳大喊：

「我不要，你一定會說我命不好。任誰都會這麼說！」

水澤按住她的手腕，硬是在棋盤上掰開她的手指。

「搞什麼，我第一次看到這麼紊亂的手紋。這分明是《撒母耳記》4 說的『我的手能住下任何惡魔』嘛。這表示妳非常神經質，三心二意，一輩子命運起伏無安定之時，也就是命運坎坷。」

「我就知道。你別說了。」

「我再幫妳看看姻緣就好。妳看，這條就是感情線，尾端的支線向上是好事，感情強烈又溫暖。但是很多細線橫切過感情線，所以感情不穩定。妳很花心喔。感情線在這裡斷掉，這是太陽丘，換言之是自己的傲慢導致失戀的預兆。而且水星丘的婚姻線碰到金星帶的末端，前方的細線這樣畫過火星的平野，感情線和智慧線交錯，不管怎麼看，妳的婚姻都會像樹葉一樣被狂風吹走。但婚姻線靠近感情線，所以妳會在十四至二十歲之間結婚。從這根食指到無名指的弓形線就叫做金星帶，紋路這樣明顯的人通常感覺敏銳聰穎，相對地，也容易變心，動不動就生氣，卻又會爲了一點小事感動……」

4／撒母耳記，希伯來聖經中的一篇。

弓子趁機握緊手心。

「夠了，瞧你一本正經說得像眞的似的。」

水澤最後還想看她手腕的紋路。時雄忽然臉紅，情不自禁大聲喝止：

「喂！」

時雄曾經聽水澤說過，手腕的紋路會呈現女人的某種東西。他無法忍受水澤揣想弓子的那種東西侮辱她。他渾身僵硬到幾乎要顫抖起來。

水澤說的話本就已字字威脅到他。他從睽違一年與弓子重逢的那瞬間，就一直想將她像彩虹娃娃那樣抱起來。

他們在棋盤上玩五子棋，聊到初夏曾經專程從東京來岐阜找弓子的法學士渡瀨。弓子詳細敍述兩人搭船參觀鸕鷀捕魚時的情景。

水澤若無其事說：

「他沒有向妳求婚嗎？聽說在東京時他不是曾經向妳索吻？」

「哪有……」

弓子臉紅了，露出異常落寞的笑容。

「沒別的人來過？」

「有啊。我剛來岐阜的那個冬天，有個中學生也是從東京來。我聽到院子有人喊我，心想是誰，出去一看，那個人，明明下雨卻在梅樹下撐著傘，垂頭喪氣地呆站著。天氣很冷。我一再表示天氣很冷請他進屋，但他就是不來……」

「後來他說了什麼？」

「什麼也沒說，就那樣走了。」

弓子完全沒露出察覺少年心意的神情，若無其事地微笑。時雄驀然聽見落在那少年傘上的冬雨，落到自己心間的聲音。

弓子突然沒頭沒腦地自言自語：

「待在岐阜，連建築工人的活兒都得做，眞討厭。」

「爲什麼？」時雄吃驚地看著弓子。

六

「寺裡在蓋房子，我得幫忙各種工作。一下子叫我做木工，最近又忙著批土刷牆成了泥水工。光是攪拌牆土，我就已經煩得要命了。」

弓子是在解釋兩小時前攤開的粗糙雙手。她之所以想遮掩雙手並不只是因爲手相不好。

得知弓子的處境後，時雄和水澤爲了讓弓子盡量開朗起來，都隱晦而一派輕鬆地不斷安慰她。那天弓子有點感冒，請假沒去上裁縫課，他們擔心她的身體，一再將面對河岸的紙拉門開開關關，或只拉開一條縫。

這番溫和的好意，深深感動弓子。她的身體線條變得柔軟，動作多了些稚氣，說話也活潑輕快起來，不知不覺冒出了岐阜方言。

弓子開心時，是男人最喜歡的那種小姑娘。

但在時雄兩人搭火車的時間快到時，弓子無力地說出這種話：

「我之前就一直想要日本地圖，可求了家裡幾次，他們都不肯買給我。」

「日本地圖？妳要那種東西做什麼？」

「我家的人說，我看了地圖後一定會逃走。」弓子若無其事地笑了。時雄忽然恍然大悟說：

「妳想看自己出生的岩手縣在哪一帶吧？」

弓子難爲情地笑了。

她小學三年級就輟學，連日本地理也沒學過。她的腦中沒有日本地圖。眼前的女孩對於日本這個國家是什麼形狀連模糊的概念都沒有——時雄忘了世上還有這種人。

「距離岐阜很遠喔。」

「我也這麼聽說。」弓子低頭定定凝視心中的某種東西，看起來略顯倔強。她忽然抬起頭，臉頰驟然露出落寞的神色。

「說不定近日之內我會去東京。」

「和寺裡的人一起去？」

她紅著臉斷然說：

「不是，要去的話就我自己去。」

「妳自己去？爲什麼？」本來支肘側臥的時雄坐起身子。

「我想那樣我才會幸福。」

她的語氣透出像是要彈開身邊事物的氣憤。好強的聲音帶著顫抖，將自己的孤獨像小石子一樣丟出去。

「岐阜人很卑鄙。全都很卑鄙。」她痛罵起養家和鎮民。叫她刷牆土就算了，插花課的朋友收到中學生寫的信，人們卻四處宣稱情書是寫給弓子的。家裡明明沒有三弦琴，人們卻說澄願寺的女兒彈奏三弦琴像藝伎一樣唱歌。她頭痛睡覺，卻被叫起來說她在裝睡，她只好起來發瘋似地拚命工作，人們又笑她那樣逞強會死掉。

「每天都在吵架。也曾十天沒說過話，只是哭個不停。」

既然如此——時雄感到眼前豁然開朗。他可以和弓子結婚。之前他一直以爲弓子在養家過得很幸福。他本來已經放棄，以爲不可能讓她離開岐阜。

搭車前往火車站的途中，水澤意外大膽地摟住弓子肩膀。弓子縮起被沉重的手臂壓住的肩膀，落寞的臉頰微微染紅。

時雄悄悄將一包錢放在被友人摟著的弓子膝頭。

「妳拿去買日本地圖吧。」

然而一個月後，時雄就和水澤再度來到岐阜向她求婚。

這天弓子也在幫和尙刷牆土。

七

這個鄉下小鎮家家戶戶都製作本地知名的雨傘和岐阜燈籠。鎮上的眞宗派寺院就是弓子的養家。澄願寺沒有大門。站在路上隔著境內稀疏的樹林窺探深處的水澤說：

「弓子她在，她在，從梅枝間就看得到。她正在幫和尚塗抹牆土。」

心慌意亂的時雄連梅樹都無法分辨。不過，弓子將水攪拌牆土後放在小木板上雙手捧給凳子上的和尚的模樣，雖然看不見，感情卻滴滴落在他心間。

他們從正殿的正面踩著嶄新的木製臺階上去，拉開嶄新的拉門。之前九月那次，是水澤去寺裡約弓子出來，時雄留在火車站前的旅館等候，因此這是時雄第一次看見這座寺院。

還在施工、可說只放了屋頂瓦片的正殿很空曠，大而無當，屋梁的挑高空間透過一種廢寺無人居住的空虛。牆壁骨架的編織竹片和木架裸露，只塗了外側的粗糙牆土不時從竹片交織的縫隙露出。黑色的牆土還很潮溼，室內冷颼颼的。沒有邊緣的榻榻米就像柔道道場。

時雄兩人面對原木做的低矮臨時佛臺上的佛像而坐。

弓子從東京帶來的梳妝檯在角落顯得格外有女人味，但那反而令人心疼。

弓子赤腳踩著鋪在廚房地板的草蓆出來。

這是弓子嗎？時雄這一個月來發高燒似的幻想驀然破滅，並微微感到驚訝。在東京時，他試圖比人類心力所能許可的範圍更明確、更清晰可見地回想弓子的臉孔，但求而不得令他煩躁不安。此刻擺脫了那種徒然令腦子疲憊的幻想，甜美的安寧的確讓他如釋重負平靜下來。但穿著舊衣坐在他面前的弓子，似乎和他在東京想像的弓子毫無關聯。

而他甚至分不清這個小姑娘究竟美不美。看到的第一眼，僅無限放大了弓子臉蛋的缺點。原來她是這種長相嗎？而且還是個孩子。腰很窄小，坐著的膝蓋顯得又細又長。將結婚和這麼小的孩子扯在一起太可笑了。

——他想起去年見到的弓子裸體。

弓子本來待在東京的小咖啡廳，時雄當時出現輕微的暈眩，店裡的人讓他躺在有梳妝檯的房間休息。弓子洗澡回來在他身旁化妝時，圓形粉底刷喀喀敲打著梳妝檯，一邊無來由輕笑出聲。過了一會，他忽然覺得房間的色調改變，眼睛一轉，只見全裸的弓子亭亭玉立在隔壁房間。她正隨手脫下衣服，將嶄新的色彩纏到腰上。那片色彩倏然渲染空氣。她隨即斜舉起右臂套上水藍色單衣，遮住了背部。原來她還這麼幼小嗎？當時他也因爲自己將十五歲的弓子當成二十歲的女人而吃驚。

這時養母進來，弓子立刻走了出去。半幅腰帶打的結很小巧，她纖細的腰部如嫩芽般似乎可輕易折斷。這個介於上半身和下半身之間，彷彿在害羞什麼的無力接點，讓她既非小女孩亦非女人，只是無助地顯得個子特別高。

和她那纖細身影異常不搭調的大光腳在時雄的視野放大。就是那雙腳走在鋪草蓆的房子，被迫攪拌牆土。

她的養母左下眼瞼有一顆大黑痣，眼睛的輪廓令他有點反感。

至於她的養父，外型會令人立刻聯想到「院政時代[5]的僧兵」、「直入雲霄的大妖怪」這兩種形象。這位身材壯碩的和尚重聽非常嚴重。

這兩人和這種住處粗魯地碰觸宛如精巧梳妝檯的弓子——時雄感到肌膚的某處疼痛起來。

5／院政時代，一〇八六年白河天皇讓位成爲上皇後，直到一一八五年平家滅亡的這段時期。

八

陣雨猶如白蚊帳從天而降。隔壁的傘店似乎急忙收起院子晾曬的新雨傘，只聞一陣慌亂的紙片摩擦聲。

「小不點，拿棋盤過來——小不點。」和尚呼喚弓子。

「哦，好重，好重，好重，重死了。」

十五公分高的棋盤看似剛砍下還沒乾燥的樹幹，幾乎要讓腳步踉蹌的弓子那把細腰折斷。

在火車上沒睡覺的時雄一恍神，盤面的棋子變得模糊不清。而且重聽的對手態度非常冷漠。不管他眼花看錯失聲驚叫，或擲出明知不對的棋子，對方都一臉漠不關心只是啪啪繼續落子。他眼神不時飄向弓子掛在牆上的單衣，幾乎忘了下棋。

衣櫃旁的牆上掛著被汗水浸溼變形的藍底白花單衣，是藍底散落大塊井字花紋。驀然發現後，那深藍色逐漸浸染時雄的感情。藍底井字紋如懷念的少女氣息流入他的心扉，他的眼睛和那藍色融合，幾乎落下童心的稚幼眼淚。某種近乎甜蜜悲戀之物沁染心頭。

他下棋時，弓子和水澤就站在正殿後面的窗邊。陣雨過後，秋天罕見的陽光照亮庭院的山茶葉片，鮮明烘托出兩人的身影。但是比起弓子本人，掛在旁邊的單衣那抹藍色反而更深深觸動他的心。這是爲什麼？他不知原因，但他察覺：

「啊，是感情脫下一層皮。」一瞬間似乎湧上那段日子不知是睡是醒、鎮日沉緬於弓子幻想的疲憊，他的棋下得愈發笨拙。

這時酒已備妥。在鄉下，這種菜色似乎打從前一天就準備了。弓子像寺院備受寵愛的小女兒般在旁斟酒，令時雄深感不可思議。或許是腦子太累，時雄才吃了一筷子食物就幾欲嘔吐。

幸好飯後只留下弓子，養父母都走了，喝一、兩杯酒就臉紅的他索性在佛像前躺倒。翻開五個月前的《女學世界》[6]給他看的弓子，彷彿本就是在寺院長大的女兒。

他想搬出「請弓子帶路參觀柳瀨菊花人偶及公園的名和昆蟲館」的藉口帶她出門，弓子卻將和尚拉到佛像後面去。水澤對時雄耳語：

「弓子說你寫的信被看到了。」

「啊？」

「她說她正在讀信時被和尚搶走——和尚大爲震怒，揚言下次就算我們來訪也只能在寺

6／明治至大正時代出版，綜合性介紹女子教育所需資訊的雜誌。

內玩，不准她出去。」

「那不就沒辦法帶她出去了。」

「話是這麼說，但和尚很隨和，見到我們也不好當面說不准啦。」

「我不知道信被看到了，還泰然自若地讓人家款待我午餐。仔細想想我們一開始就不該來寺裡。」

時雄在那封信上是這麼寫的：

「趁著到名古屋校外旅行，十月八日我會順道去岐阜。屆時見面，關於妳的處境切盼商談。在那之前不管發生任何事都需忍耐，待在家裡別吵架。如果非得逃家來東京不可，就拍電報給我，我去岐阜接妳。就算妳要獨自來東京，也別去找別人，一定要先找水澤或來找我。這點千萬記住。看完這封信請立刻燒掉。」

這樣的信被養父發現，弓子今天居然還能滿懷喜悅迎接他們，在家人面前表現得毫無芥蒂，她的心意深深撼動時雄內心。

九

弓子弄得衣櫃拉環像木琴般喀喀響地取出腰帶。摻雜棉質的松葉綠嗶嘰布料還沾著初夏的汙漬，胭脂紅的領口讓微微泛黑的脖頸膚色顯得更深。

送他們出門時，養父母再三表示，今晚要是在岐阜過夜千萬別去旅館，一定要回寺裡住，還說會等著他們。那般親切讓時雄備感痛苦。連弓子都從院子仰望施工中的正殿昏暗的屋梁，像寺院的女兒那樣說著：

「請在本寺過夜。雖然簡陋但好歹還能睡覺。」

水澤在院子相連的傘店買了傘。不知怎的弓子在傘店後方的帳房紅著臉，當著製傘工人們的面突然拔腿就跑，獨自站在路上等候。驀然回神，才發現馬路對面成排傘店作坊的老舊格子窗內，一群製傘工人正盯著他們瞧。

走了一段路後，弓子拐彎抄近路去天滿宮境內。櫻樹的落葉讓她想起什麼似地冷不防起身跑過鳥居周圍。弓子說此地水景優美頗為出名，探頭湊近長滿青苔的小溪。從寺內後方的田埂走到筆直的大馬路上，正面可以看見稻葉山渾圓的重重山巒，右邊是已染上金黃的稻田。

走得快的水澤大步前行，穿木屐的弓子走在碎石子路上似乎很吃力。時雄在後方和弓子一起走。今天她像個沒有體味的女孩，膚色蒼白如鉛。這樣的她在秋陽下白皙安靜，更顯美麗。彷彿快活沉到底部，始終凝視著自己內心深處的孤獨。

「妳能走快一點？已經到極限了嗎？」

「對。」

「喂，你走慢一點。她走不快啦。」

「是喔。」

水澤被時雄叫住，暫時放慢腳步，但很快又拋下兩人獨自大步走遠了。時雄很清楚水澤的暗示，但他早已決定抵達旅館前不和弓子談任何事。

弓子不經意問道：

「矢野先生您幾歲？」

「啊？我二十三。」

「這樣啊。」弓子茫然說，隨即又陷入沉默。

水澤在東海道線的陸橋等候兩人。弓子從那裡指著遠方說：

「那裡不是有平交道嗎？我經常被差遣跑腿經過那平交道，每次都盯著開往東京的火車良久。」

他們從岐阜車站搭乘電車去長良川。

九月那次三人同遊的南岸旅館，因之前的暴風雨導致遮雨板破損暫時歇業。四、五名打赤膊的男子蹲在河岸，拉扯遡淺灘而上的小舟。

他們越過長良橋去北岸的鐘秀館。陣雨再次無聲來襲。他們被帶去二樓那間朝向河面的八帖和室。來到走廊，可以將上游至下游一覽無遺，感覺特別暢快。金華山的綠意在對岸籠罩濛濛煙雨，山頂浮現仿古城的天主閣。

然而，就在他們玩撲克牌時，弓子的手漸漸無力，不時迸出的笑聲也逐漸消失。時雄看了，也脆弱得幾乎想不發一語就此回東京。傍晚旅館的人來稟報洗澡水已燒好，水澤一個人輕快地站起來就想走出房間，時雄慌亂得彷彿腦中思緒全劈里啪啦倒下，在走廊追上水澤懇求他。他的聲音激動拔尖：

「喂，你先替我好好和弓子談談。」

「我已經對弓子說過了。」

「啊？什麼時候？」

「在寺裡時就說了。弓子說你寫的信被養父看見，我想萬一她養父不讓她出寺，那你專程從東京前來豈非白忙一場。所以趁你與和尚下棋時，就將弓子叫到旁邊說了。」

「我壓根都不知道。那弓子怎麼說？」

十

「弓子的意思，簡而言之就是對你雖有好感，卻無法立刻答覆。」

時雄對這理所當然的說法，略感意外。

「她還在考慮啦。」

「難怪弓子從剛才就像生病似地臉色蒼白悶悶不樂。」

「是的——泡澡時再慢慢說吧。」

「那，你是怎麼替我對弓子說的？」

「我對她說：『矢野想娶妳。我也認爲這對妳是天大的好事，況且首先你們非常相配。』」

相配——這通俗的說詞令時雄臉紅了。而且這個字眼讓他感到水澤對自己的看法，不禁忽感落寞。弓子的個性強硬，時雄軟弱，她開朗，他沉悶，她活潑外向，他內向沉鬱。

「我勸她說：『反正妳也不可能在寺裡長住。就算返鄉，妳也不是在鄉下待得住的女人。一個小姑娘自己上東京絕不會有好事。妳也別想著去大連投靠老闆娘。而且依妳的脾氣，不可能嫁入有父母兄弟的家庭。』這點弓子自己也很清楚……」

「那，先不管她怎麼答覆，總之我也和她談談。」

時雄沒泡幾分鐘，就匆匆起身擦乾身子。

「你盡量泡久一點。如果你太早出現我會很爲難。」

他走樓梯到二樓一看，弓子正沮喪地俯視樓梯，抓著欄杆而立，好像打算就此默默逃走。

她似乎無法安心待在房間。

「咦，妳怎麼站在這裡？」

「哇，您泡澡這麼快。已經洗完了？」

弓子想要若無其事展現的微笑卻半帶僵硬，跟著他走過走廊。

「您動作眞的好快。」

「我這是蜻蜓點水。」時雄沒回頭看弓子，簡短撂下一句。他去將毛巾掛上衣架時，弓子悄悄在棋盤對面坐下。一切都變得模糊看不分明的眼睛定定垂落膝上。即使他走過去在她面前坐下，她還是不肯看他。她已經心情緊繃得無法眨眼，只是默默等待。

「妳聽水澤說了吧？」

「是的。」

弓子倏然驚訝得花容失色，但瞬間又微微恢復血色，最後連脖子都紅了。

他想抽菸，但琥珀菸管喀喀撞擊牙齒。

「妳是怎麼想的呢？」

「我什麼都不能說。」

「啊？」

「我無話可說。您若肯要我，我會很幸福。」

幸福這個字眼令他良心不安。

「是否幸福……」他話還沒說完，打從剛才就像發亮的細鐵絲不停顫抖的弓子已尖聲打斷：

「不，就是幸福。」

時雄被猛然壓抑，陷入沉默。——什麼是人的幸福，什麼又是不幸，只有神明才知道。今天的婚事不知將是明天的喜或悲，只能虔誠祈禱那是喜悅，夢想那應是喜悅。可是話說回來，若是透過明天的喜悅這個字眼能夠買到今天的婚事嗎？無形的幸福，以及看不透的明天，正因爲那是希望所以才眞誠，當成約定就太虛僞了。——不過，扯這種論調又有何用？只要去感受這女孩坦率聲稱幸福的心意不就夠了嗎？自己不是該守護那個夢想嗎？這個女孩相信只要和他結婚就會幸福。

十一

「所以我的戶籍要先遷到澄願寺，之後您若能娶我，我會很高興。」

弓子立刻就提到戶籍的問題，令時雄很錯愕。他甚至沒想到她會在這種時候浮現這種念頭。但弓子那彷彿將自己的身體當成物品的口吻感染了他，於是他也放棄感情用事的說詞，心下輕鬆多了。

「去了大連的阿姨對我說過，有想嫁的人就嫁；大叔（和尚）也對我父親說過，出嫁時可以從家裡出嫁，但總之先讓戶籍遷過去。我若說要走，他應該會放我走。」這麼說著時，弓子垂下雙肩，身體放軟了。

「如妳所知，我沒有父母兄弟，妳雖有父親，但那……」

「是的，我都知道。」

「還有，希望妳別以爲我是看妳現在無處容身，才乘人之危說出這種話……」

「哪裡，我沒那樣想。」

「今後，我會繼續寫小說。」

「是，我知道。我對此毫無意見。」

弓子輕巧地搶先表明，因此時雄沒話說了。陷入沉默後，他平靜的心如澄澈清水緩緩朝遠方擴大。就像想要沉睡。

「這女孩和自己許下婚約了。」他看著弓子暗想，

「就這個女孩？」他感受到孩童瞪大眼睛盯著匪夷所思情景般的驚訝，非常不可思議。莽撞做出這種決定的弓子很可憐。世間一切都看似無聲的遙遠景色。

「澡堂現在沒人用了。」女服務生來稟報。

水澤在樓下走廊吹起口哨。他是在通知時雄「我泡完澡嘍」。

「妳可以去泡澡了。」

時雄從衣架取下他的溼毛巾遞給弓子，弓子率直地接受他的親暱，走出房間。

她泡澡回來時，水澤並不在房間。她沒看時雄，逕自走向壁龕，翻找手提袋後拉開紙門去走廊。時雄猜她應是不好意思在房間裡化妝，刻意不看那邊。

過了一會電燈亮了，他順勢朝走廊轉頭。只見弓子面向河蹲著，臉壓在欄杆上雙手摀著眼。

「這樣啊。原來如此啊。」

弓子躲起來哭泣的心情感染了他。被他發現後，弓子立刻起身走向房間。她眼皮發紅，露出軟弱的微笑。

這時水澤回來了。晚餐送來，長良川的香魚很美味。弓子的神色煥然一新。澡堂沒有胭脂也沒有白粉，她剛才在走廊上也沒化妝，可是一早蒼白發黃的肌膚此刻卻白皙透亮，臉頰好似貼了玫瑰花瓣般紅潤。她從病人變成了待嫁女子。想必她在寺裡時就反覆思考水澤的話，臉色才會那麼沉鬱吧。

出了寺也沒時間重梳的頭髮，她以熱水抹平稍微露出額頭。眉眼和嘴唇輪廓分明，五官看起來突然各自分開，顯得稚嫩。她似乎被熱水暖到了心裡，整個人顯得放鬆多了。

吃完晚餐，弓子和水澤去走廊，望著染紅河面的暮色，語速很快地交談著。時雄懷著飽滿的感情躺下。泛白的河面更遠處，浮現鎮外的燈火。

「你要不要出來？」水澤喊道。弓子從藤椅起身，將椅子搬到時雄身旁。然後在他肩頭自言自語似地說：

「以前都是午年作祟。」

她想起自己是丙午年生的。

十二

《本朝俚諺》提及「丙為陽火，午為南方之火」。時雄很喜歡這句話。火上加火所以過於猛烈。弓子就是火女。「丙午年生的二八佳人」——這個帶有古老日本傳說風情的裝飾，讓他夢想中的弓子成為一道美麗彩虹。而且弓子的星象是四綠，四綠是外遇星。想到她是四綠丙午，更為煽動他幼稚的感情。

——美麗、好勝、倔強、愛吵架、機靈、花心、三心二意、敏感、尖銳、活潑、自由、新鮮的女孩。直到六、七年後的現在，時雄仍然相信這種女孩很奇妙地多半和弓子同樣生於丙午年。就在許多丙午年生的女孩自殺成了報章雜誌關注的問題時，愈來愈多人和他一樣認同那種難以解釋的現象。

不過，奇妙的是他並未視其為迷信。他認為那是有事實根據的。因為丙午年生的女孩是戰時的女孩。她們生於明治三十九年（一九〇六），是日俄戰爭的女孩。生於三十九年的女孩多半在三十八至三十九年之間於母體受胎成形。那場戰爭和勝利，以及舉國狂歡的激情，就是她們的胎教。還有凱旋歸來的士兵，也多半是在三十九年生孩子。他們在中國東北和西伯利亞的荒野不知是否還有明天，成了只知戰鬥的殺人狂。一想到那些凱旋士兵和在國內苦等的女人重逢狂歡後的結晶就是丙午年女孩，甚至感到無以名狀的淒慘震撼。她們當然會殺死男人。

而弓子似乎堅信自己正因生於丙午年，一生都會不幸。九月那次見面時她也曾心灰意冷地說：

「就算去了東京，我也只能賣笑陪酒。誰叫我是丙午年生的呢。」

所以她說「以前都是午年作祟」時，聲音帶有歡喜，彷彿與時雄的婚約讓她擺脫了以往纏繞的不幸命運。她回顧那樣的過去，想在此時此地拾起嶄新的自己應有的快活。

之後她回想過往歲月的痛苦與悲傷，不斷重提往事，像小孩一樣激動得咳嗽，忙著滔滔不絕。饒舌就是她的美。時雄心平氣和地微笑聆聽，彷彿在觸摸她那微微泛白的臉頰，但他忽然望著河面高喊：

「啊，那篝火是鸕鶿船！」

「哎呀，眞的是鸕鶿。」

「船應該會漂來這裡吧。」

「會，會，會經過這正下方。」

金華山麓的黑暗中浮現點點篝火。

「有六艘船？還是七艘？」

篝火接近淺灘，已經可以看見黑色的船形，也逐漸看見火焰搖晃，還能看見鸕鶿匠、助手，以及船夫。可以聽見船夫拿槳敲打船舷激勵的聲音。可以聽見火把燃燒的聲音。小船順流靠近他們旅館這一側的河岸。船行極快，弓子已站在篝火的光暈中。黑色的鸕鶿立在船舷傲慢地拍翅。漂流的，潛水的，浮起的，被鸕鶿匠的右手掰開鳥嘴吐出香魚的……水上就像小小黑色妖魔的狂歡節，一艘船有多達十六隻鸕鷀，簡直不知該看哪隻才好。

「哎呀，看見香魚了。」

「在哪？在哪？」

「看，不就在那裡拚命游動嗎？」

鸕鷀匠站在船頭，靈巧操縱十二隻鸕鷀的繩子。而時雄激動地迎向篝火。弓子的臉孔被火焰照亮，他不時偷瞄她一生難再的美麗臉頰。他們的旅館位於下鵜飼村。

目送篝火消失在長良橋下，三人這才離開旅館送弓子回寺。時雄連帽子都沒戴。

水澤到了柳瀨，突然示意「你倆自己回去」，二話不說就跳下只有他們幾個乘客的電車。

十三

和弓子道別回到旅館在床上躺平時，時雄也和剛才的她一樣，腦海浮現他的過往歲月。

因為他也曾是個像乞丐一樣渴求關愛的孤兒。他從小無父無母，和他在不同地方長大的姊姊十五歲就死了，這時能想起的親人只有祖父一人。活到時雄十六歲時的親人只有祖父。祖父半瞎的眼白，光溜溜禿頭上的褐斑，祖父喜歡嗅聞花香的番紅花田，用了二十年的櫻木拐杖，連那些東西都和故鄉的風景一起歷歷如在眼前。

他要帶弓子去見祖父，告訴祖父這就是他的妻子——不，祖父看不見。祖父想必會伸出年邁多病的顫抖雙手摩挲弓子的臉蛋和肩膀吧。時雄覺得那景象很逗趣，不禁獨自笑了出來。他覺得那樣就好。祖父肯定對他做的任何事都會坦然旁觀。除此之外他沒有必須商量婚事的對象。祖父也已死了。

這樣的時雄幻想的結婚，並非成爲丈夫和妻子，而是他和弓子兩人都變成小孩，抱著童心嬉戲度日。他和弓子都是從小失去家庭，從未以眞正的童心生活。所以他想兩人合力挖掘出被掩埋的童心。他滿腦子只想著將弓子叫回東京後，怎麼讓她像個孩子似地開心嬉戲。

他平日就煩惱著缺少童年如何扭曲了自己的心靈，所以很高興能透過婚事撫平傷痛，慶幸眼前終於出現光明的人生道路。他的愛情應該會讓弓子變成小孩，弓子的愛情應該也能讓他找回童心。二十三歲的他和十六歲的弓子要成爲夫妻或許太年輕，但要成爲孩童卻又嫌年齡太大。由於對自認缺少的童心暗懷憧憬，時雄過去幻想的戀愛對象總是十五、六歲的少女。而弓子正好十六歲。能夠和十六歲少女在一起，光是這樣就已是奇蹟般的美夢了。

這種心情也令他剛才突兀地對弓子說：

「弓子妳快來東京，無憂無慮地像個小孩那樣盡情玩耍吧。」

「那怎麼行——那太奢侈了我做不到。我得找個地方工作賺錢。」

他想，正因爲弓子會說這種話，才得讓她重返童年。他覺得很心疼。

過了兩小時，水澤回到旅館。他一脫帽，就顯出額頭的疲憊。

「咦，你反而比我先回來？」

「你上哪去了？」

「我還想問你呢。弓子呢？」

「我在火車站前送她上車回去了。」

「只有這樣？」

聽到這直接挑明的質問，時雄不禁立刻反彈。

「當然只有這樣。」

水澤彷彿覺得他倆還是小鬼頭，悶不吭聲鑽進被窩。

「那我倒是做壞事了。」過了一會水澤說。

水澤下了電車後就去柳瀨深處的妓院了。女人很漂亮，但他就是無法高潮。據說後來是閉上眼將妓女當成他的戀人才完事。

「我這邊也得趕緊設法解決……」

水澤的自言自語在時雄心頭響起。水澤說的是家鄉的戀人。

時雄也能感到，水澤一邊想像留在電車上的未婚夫妻親熱的模樣一邊去妓院的心情。

「和我不同，你們的事應該進展得很順利。不過……」

「嗯。」

時雄懂得水澤欲言又止的意思。接吻的機會可不像踏腳石那樣接二連三。女人願意任男人擺布的時刻如煙火般短暫。

十四

隔天早上醒來，時雄看著枕畔時鐘喊水澤：

「喂，正好十點了。」

「嗯。」

那是弓子說好會來的時間。但或許安眠藥的藥效還在，兩人又睡到十二點。弓子沒來。昨天才剛約定，今天就爽約，時雄簡直難以置信。

他來到走廊，逐一眺望走過長良橋而來的人。走在橋上遠處的女人看起來都像是弓子。河風吹得臉頰發冷。他終於等不下去，兩點才吃午餐。

「不知發生了什麼事，肯定是寺裡不讓她出來。好，我去帶她出來。」水澤說著穿上寬褲就走了。

時雄爲了排遣煩躁，和來打掃的年長女服務生下起五子棋。他感到自己的腦子前所未有地清醒。女服務生大剌剌地說，因爲有婦女病疼得厲害，十天就得自己打一次嗎啡。

「我去尿尿。請等一下。」女服務生說著將菸管砰地往菸灰缸一敲，扔下棋子就小跑步離開房間。

時雄笑著去走廊。只見水澤從橋上朝他賣力揮舞雨傘，弓子也跟著一起揮手。

她獨自走進房間。沒坐下，也沒打招呼，任由亂髮纏繞在汗溼的額頭，就這麼乾站著。時雄猶如眼前只有一條路似地筆直朝她走去。

「謝謝。妳終於來了。」

「昨天謝謝您。」

「啊？是家裡不准妳出門嗎？又叫妳刷牆土？」

「昨天已經刷完了。」她的口吻模仿如賭氣一般。

「我忙著給冬天的棉被塞棉花。」

時雄不知道該怎麼看待這樣的弓子。家人不同意就毫無辦法的弓子讓他難以想像。

不久他們離開旅館，去了法院前的照相館。

他們在柳瀨吃晚餐。弓子一走出餐館，就去向保管鞋子的人領取時雄的雨傘。弓子將他的東西當成自己的——或許是那樣的心態已感染她，才會讓她做出這種行爲？他感到被溫暖依靠的喜悅。

在柳瀨散步後，他們去看菊花人偶。在那裡的小劇場看西洋魔術時，他也故意隨手將包袱放在圓棍上，弓子立刻撿起包袱抱在腰帶上方。他忍不住去廁所一個人偷偷微笑。

回東京的夜行火車上，時雄吃了兩顆安眠藥。從三等車廂的座位跌到地上都沒知覺，照樣呼呼大睡。走過東京車站的石階時沒踩穩還跌了一跤。

抵達本鄉的友人家時，腳已不聽使喚，他幾乎是爬著上了往二樓的樓梯。和以往不同，他發瘋般快活地滔滔不絕，友人只能目瞪口呆地旁觀。昨晚的強烈藥效雖令他腳步踉蹌，但他還是逐一去三個好友的家裡報告他和弓子的婚約。

每天早上醒來總有喜悅的淚水沾溼枕頭。

可還不到一個月，十一月七日就收到了弓子不尋常的來信。

「懷念的時雄先生

謝謝您的來信，遲遲沒回信很抱歉。

我現在，必須向您道歉。我曾和您堅定許下婚約，但我身上發生了非常之事。無論如何都無法告訴您那件事。我現在說出這種話，您想必覺得很奇怪，想必會叫我告訴您那件非常之事。但是與其說出那件事，我寧可死掉，那樣不知會多幸福。請您就當世上沒有我這個人吧。

當您看到這封信時我已不在岐阜。就當我在某地生活吧。我一輩子都不會忘記與您的○！在此與您道別。今天這是我最後一封信，您就算來寺裡我也不在了。永別了。我會永遠祈求您的幸福。不知我會在哪生活。就此告別，再見。」

十五

那天，時雄在秋岡家被介紹認識了松尾這位新進小說家。時雄感受到秋岡先生刻意讓有才華的年輕人互相認識的溫情。

三人去湯島的餐廳時，街頭已燈火通明。秋岡先生站在人潮中，從大錢包取出鈔票給時雄。這是時雄明天搬家要用的錢。爲了迎娶弓子，他租了個兩間房的二樓。

之後兩人走下切通坂往上野去。矮小的秋岡先生裹著冬季棉袍的圓肩靠過來，幾乎撞上時雄，一邊談起新寫的小說概要。光是能和這位文壇大師並肩走在路上，還是學生的時雄就已心花怒放。而且秋岡先生對他流露出難以置信的親切態度。

他去東北見過弓子父親的四、五天後，時雄在秋岡先生的書房一坐下就表明來意。

「其實我有事想拜託您……」

「嗯。」

「我必須將一個岐阜的女孩接過來。」

「你們要結婚嗎？」

「暫時不會，畢竟她才十六歲。」

「就算十六歲，住在一起之後也不可能光看著不出手吧。但十六歲的確很年輕，可是會造成你的沉重負擔喔。再等兩、三年或許對你們彼此都更好吧？」

時雄簡短敘述弓子的處境，說讓她在岐阜多待一天都可能扭曲心性。

「既然你這麼想，那我沒意見，但願現在就背負那種包袱不會壓垮你的才華。先不談別的，生活費有著落嗎？」

「倘若有我能做的工作，請介紹給我。」

「嗯。」秋岡先生大力點頭，迫不及待地說：「結婚費用我來出吧。等你的小說寫完了，我立刻介紹給雜誌。明年春天出國時，我會將妻小送回故鄉，我這間房子到時候就借給你住。期間我讓內人按月寄給你生活費。我出國時，你的稿子我會事先交代高橋（那是與秋岡先生關係密切的文壇大師）。」時雄只需將秋岡先生工作需要的歷史書籍從圖書館影印回來，或是替他打理出國期間的雜事就行了。

時雄聽罷不禁愣住了。他強忍淚水，連話都說不出來。

走出秋岡先生家時飄飄然彷彿踩不到地。他沒資格接受秋岡先生這麼大的恩情。他以爲秋岡先生頂多只會替他寫封介紹信，讓他替書店翻譯書籍。

他只不過是莽撞拜訪名作家的一名文藝青年，只不過敲過秋岡先生的家門五、六次，而且是隔了四、五個月又突然出現，可說非常自私任性。他只給秋岡先生看過刊登在友人辦的同人誌上的一部短篇小說。第一個大加讚賞那篇小說的前輩就是秋岡先生。時雄看到前途一線光明。而秋岡先生此次的親切之舉，顯然只能猜想是因那唯一一篇小說愛惜他的才華。

他對追求藝術燃起了執著。愛情也讓他的心境變得崇高，不管看到什麼都覺得光明。

在上野廣小路和秋岡先生道別後，時雄去團子坂的宿舍找水澤出來，買了五個冬天用的廉價坐墊。他順路去明天要搬進去的房子，站在門口拜託房東收到坐墊後先替他保管，卻被拽著手臂拉進屋。

臉色紅潤的小女孩枕著房東太太的膝蓋正在睡覺。她緩緩睜開眼看時雄，眼中浮現美麗的血絲。

「這孩子天天都在問，大姊姊什麼時候來、什麼時候來。現在就吵著等大姊姊來了要叫大姊姊帶她一起去澡堂。」

不料當晚一回到淺草的宿舍，他就收到弓子那封來信。

岐阜，十年十一月七日，晚間六點至八點之間——這是郵局的郵戳。

「就是昨晚。昨晚弓子睡在哪裡？非常之事。非常之事。究竟是什麼事？」

十六

時雄連膝上的包袱掉落都沒發覺，猛然衝出宿舍。他等不及電車駛來，從小島町沿著鐵軌一路跑到上野廣小路。邊跑邊又看了一遍弓子的來信。

他要立刻發電報給岐阜那間寺院，叫他們向東京的警局報警尋人，還得搭乘今晚最後一班車去岐阜，事已至此，只能去見她的養父母和他們合力找到弓子。唯獨這個念頭很清楚，他的腦子像玻璃渣一樣僵硬。

開往團子坡的電車上，他抓著吊環重讀弓子的信。藉著團子坡路邊攤的電石燈光又看了一遍。

走上水澤宿舍的樓梯時，他這才發覺自己的雙腳在發抖。水澤讀信時，臉色逐漸發白緊繃，凝重的神情中透著驚愕。

時雄說：

「是爲了男人吧。」

「我也這麼想。女人不可告人的事只有失去童貞。」

身為女人的殘缺，邪惡的血緣，無顏面對世人的父母犯罪背景——兩人一一細數那些可能，但思緒最後還是無可避免回到「男人」這個疑心上。

「可我也無法想像弓子現在愛上別的男人。何況她精明得不像個十六歲女孩。不過，女人保護自己的力量就像玫瑰花的刺一樣脆弱。」

「總之她應該已經不在寺裡了吧。」

「或許還在。說不定還在拖拖拉拉。」水澤自言自語說著。

「上次她說要逃出來，要是直接讓她來東京就好了。你錯就錯在沒有及時抓住機會。」

水澤說的是他們從岐阜回來十天後，弓子寄來的那封信。信上說她要在十一月一日逃離岐阜，想借點錢搭火車。那倒是無所謂。問題是，弓子說要和比她大五歲的鄰居女孩結伴同行。據說那女孩想來東京的咖啡廳上班。但時雄討厭弓子想與那種來歷不明的人結伴同行的輕浮心態。他希望弓子是一心一意來投靠他。他不希望她的旅途有一絲一毫為別人分心。

而且，愛情令他內心洋溢清純的豐沛感情，根本不可能只溫暖地接納弓子一人，卻將同行的女孩冷漠撇開，屆時恐怕必須三人共同生活一陣子。就算女孩去咖啡廳上班，他肯定也會對女孩感到道義上的責任。況且那女孩父母俱在，也不可能坐視女兒離家出走。本來只有弓子一人離家出走可能還不會被抓到，讓那女孩連累後說不定半路就被一起帶回岐阜。可時雄也不忍心讓弓子獨自上路，不管怎樣他都想親自去岐阜接她。所以他反對弓子和鄰居女孩一同上東京。

更何況他也沒錢寄給弓子。

他將這件事告訴水澤後，當下遭到嘲笑。

「怕什麼，一、兩個女人我隨便都能搞定。」

可是還不到一星期，弓子又寫信來說那女孩和學生結婚了。看到了沒，時雄心想，依賴那種女人談心事的弓子眞可憐。不過，要是當時就匯錢過去，弓子應該一週前就已來到東京了吧。

時雄和水澤走出宿舍。水澤拉開披風裹住時雄，摟著他的肩膀走路。在駒込郵局前，水澤鑽出披風按住時雄的肩膀。

「這件披風你穿著。」

水澤趕去找附近宿舍的朋友替他借了錢。

——弓子離家，請速制止。

時雄給澄願寺發緊急電報。之前想讓她離家出走的他，這次卻要制止她。他沒寫發報人的名字。在電車上發現別的同學後，水澤立刻說：

「喂，借我錢，要去旅行用的。」

時雄從末班車的車窗伸出頭，信誓旦旦地說：

「弓子的身子若未受玷汙，我一定設法帶她來東京。如果不行，我也會送她回岩手縣的親生父親身邊。」

「好，就這麼辦。」水澤跟著啟動的火車一起走，不停拍打時雄的肩頭。

十七

在東京車站時，他覺得弓子好像也在東京車站。上火車時，他覺得弓子也在這班火車上。時雄逐一檢視新橋和品川明亮的月臺上那些女人。他瞪著錯身而過的列車窗口，打算一發現弓子在車上，就跳到對面的火車上。不管在哪個車站的月臺，他打算只要看到弓子就跳下去。

他想像這輛火車的車輪輾斃抱著其他男人的弓子。

他想像養家出面報警尋人、被逮到後關在警局拘留所的弓子。

昨晚若是在火車上，那麼弓子今晚會睡在何處呢？時雄這麼幻想著，同時也感到人類精神力的軟弱。他毫無辦法。只憑著好不容易打起的精神，要讓對方那男人身體僵硬動彈不得，根本是在做夢。

抵達岐阜的旅館後，由於反胃作嘔，他一口食物都咽不下去，向旅館借了傘就搭車出門。他順道去了弓子學習裁縫和插花的雜貨店，弓子每次都是來這裡拿時雄寄來的信。他一問弓子的事，對方就冷漠打發他。

「要是她來過，我們絕不會隱瞞。」

他去了澄願寺，和內室之間沒有隔間門的房間裡，弓子的養母正獨自縫製衣物。簡短打招呼後，她說：

「您今天是從哪來的？」

「我從東京來，今早抵達的。」

「專程趕來？」

「對，因爲有話想說，這才特來拜訪。」

「爲了弓子嗎？」

「是的。」

「最近我們堅決不讓弓子出門。」
「啊？她在家嗎？」
「就算年紀相仿，東京的女孩和鄉下人畢竟就是不一樣。本以爲弓子和本地姑娘一樣，結果大錯特錯。她已經很成熟了，我可不放心讓她獨自出門。」
養母似乎在諷刺他，但時雄已顧不得了。
「最近她沒有什麼變化嗎？」
「是的，就算要跑腿辦事，也不會讓她一個人出門。我們可將她看得很緊。」
「弓子沒事嗎？」
「是弓子向您說了什麼？」
「對，所以才一早就趕來。」
「這樣啊，您先請進來坐。」
他在坐墊坐下後，重新行禮。
「我也必須向您道歉。不過，昨晚收到她奇怪的來信，我實在不放心，所以立刻趕來了。她真的沒有離家出走嗎？」
「我壓根沒聽說。是她這麼說的嗎？」

「對，昨晚的電報就是我發的。」

「啊，這樣啊。我就覺得奇怪。弓子當時一個人睡在這房間，電報是她收下的。我叫她給我看，她也四處閃躲，叫她唸給我聽，她也說『不行，看不懂，完全看不懂』，就撕掉了電報。」

那封信是騙人的？時雄洩氣地失神呆坐。

「真是讓您虛驚一場了。弓子到底是怎麼想的我一點也不明白。不如您自己好好問問她本人。」

然後養母喊道：

「弓子，弓子。」

十八

沒有回音，於是養母起身去隔壁房間。紙門開了。

「歡迎。」

弓子的聲音尖利如鐵絲，雙手撐地跪坐門口。時雄一眼看見她，瞬時心情慘淡。

這個女孩有哪一點像是一個月前的弓子。這副模樣有哪一點像年輕姑娘。這分明只是一團痛苦吧。她的肌膚乾燥，白粉浮在臉上。

她的皮膚粗糙得就像魚乾的鱗片，眼睛像固執地注視自己的腦中，瓦斯紡織生產的棉袍泛白破裂，整個人黯淡無光。

這副模樣不可能是短短兩天的痛苦所致。這一個月之內，弓子寫了十封信給時雄，說她每天和父母吵架以淚洗面。她是受不了痛苦折磨才寫那種信。想到這裡，時雄無話可說。而且養母還在旁邊縫衣服，弓子的態度又冷淡得令時雄不敢接近。

「你們四人一起去了鄉下吧。」

她那種說法，隱含著「何必特地連朋友也帶去參觀我那貧窮寒酸的親生父親」的敵意。

他束手無策地起身。弓子從後方替他披上披風，他踩到下襬差點跌倒。弓子將他幾乎忘記帶走的帽子交給他。

走到門口之前，他甚至忘記讓人力車還等在門口。

回到車站前的旅館，他打電報請求水澤立刻趕來。

與其說失望，不如說他被莫名的空虛網住了。他感到骨頭被抽掉般的疲憊。吃過午餐他立刻躺下。他知道有人來喊他吃晚餐，但他渾身無力起不來。

翌晨八點左右，他被水澤搖醒。

「喂，怎麼回事？」

「什麼非常之事根本是騙人的，她什麼事都沒有。」

「你說什麼？那她爲什麼要那樣做？」時雄躺在床上無力地仰望氣憤的水澤。

「總之再讓我睡一會好嗎？晚點再慢慢說。」

然後他又昏昏沉沉睡著了，十一點才終於起來。時雄昏睡了二十一個小時。

吃完午飯，時雄提筆寫信給弓子，一直寫到傍晚，寫了整整二十張信紙。他這才安心。這封信不可能不讓弓子動心。

水澤拿著那封信和給弓子買火車票的錢去了澄願寺。水澤回來說，昨天見過時雄後，弓子又回心轉意了。

「元旦那天無論哪家寺院都會很忙碌，我已安排好讓她到時候趁亂逃出來。」

「元旦？」

「大年初一的話，應該不會被抓到吧？」

然而，不到兩週，弓子就退還了火車票錢。

「我看了您的信之後已無法相信您。您並不愛我，您以為可以靠金錢的力量任意擺布我吧。我恨您。我不希罕美麗的衣服。您根本不在乎我去了東京之後會怎樣吧。

您收到這封信後就算來岐阜我也不會見您。就算寫信來我也不會看。不管您怎麼說，我都不會去東京。我要忘了自己也忘了您，從此認真過日子。我會永遠恨您。再見。」

十九

時雄又拿著那封信去水澤的宿舍。但是途中他順道去郵局，將弓子退還的火車票錢換成現金。他忍不住邀約水澤去鬧區。

「眞受不了這丫頭，這是十六、七歲的女孩會說的話嗎？簡直像專門唱反調的老人口吻。我看你也該澈底死心了。」

被水澤斷然點明，他只能無力地點頭同意。

「嗯，我會的。」

時雄從弓子的來信感到，弓子就像鬧彆扭的小孩，一心只想推開他。

他已無力再做什麼。他只想安靜沉睡，也想讓盛怒的弓子冷靜下來。

就算再去岐阜擾亂她的心，恐怕不到半個月又會收到第三次的絕交信吧。一想到她是怎樣絞盡腦汁寫出那種信，兩人的婚約只不過讓她背負起那種痛苦，他甚至感到失望又窩囊。

那天是週六。他和水澤一起搭電車，放學的女學生們的肩膀和袖子碰到時雄的手指。這些少女和弓子年紀相仿。晚秋的銘仙布料觸感冰涼。他幾乎落淚，只好低著頭不看她們。

就這樣冷冷地進入冬天。寒風吹透他的心。他無法走在街頭。坐在屋裡，就像背負著感情的冰塊。他等不及放寒假就逃去溫暖的伊豆溫泉。

他覺得寂寞時，一天會連泡五、六次溫泉，在池中閉著眼。

「你至少要堅持考完試。」

他失魂落魄回到東京後，水澤在他身旁寸步不離，試圖激勵他。

「嗯，你說得對。」他雖如此回答，卻也只是嘴上虛應故事。

小女孩脫下一隻腳的襪子光著腳丫正在踢皮球。時雄在陽光下駐足旁觀，想起春天已到。就在這樣的一天，他聽聞弓子突然現身咖啡廳，就在他學校所在的本鄉街上某家咖啡廳。

那晚他失眠了。隔天早上，他還是忍不住去見弓子。她和五、六名女服務生正在刷洗店裡的前廳。

弓子像死了一樣僵著臉聽他說話。他最後說：

「妳能否視這一切爲命運，來到我身邊呢？妳可以認命地想，打從出生時就已經這樣注定了……」

「可我已經變成這樣子了。」

「這樣子是哪樣子？妳不是一點也沒變嗎？」

「我變了。」

「妳根本沒變。妳不是好端端地坐在這裡嗎？」

妳明明手腳俱全——他的語氣彷彿想這麼說。

「是我不好，我不該來這種可能被您看見的地方。我應該躲到您看不見的地方。我會消失的。」

二十

弓子不知是討厭看到時雄，還是被時雄看見讓她很痛苦，總之簡直像威脅他似地反覆以那種語氣強調著：

「我去您看不見的地方總行了吧。」

那等於是叫時雄別來她工作的咖啡廳。所以他懇求她到外面找個地方好好談一談。

「已經夠了吧。」

弓子彷彿一心將他拒於門外。之後那兩、三天，時雄即使經過那家咖啡廳門前也不敢探頭朝裡看。等他再去時弓子已不在店裡。早在時雄找到她的隔天早上，她就拎著一個包袱逃離咖啡廳了。她去了一個年僅二十一歲的大學生的租屋處。

但是據說她去了還不到兩小時就感到寂寞，打電話叫要好的女服務生過去陪她。那個女服務生過了中午一走，她就立刻寫信給人家，這樣還嫌不夠，馬上又打電話去咖啡廳，叫對方明天一早再去陪她。就算是不懂事的小女孩，和戀人在一起還會如此寂寞也未免太難以想像。

時雄聽著那女服務生描述弓子如何害怕寂寞，不由愈聽愈心痛，最後衝出咖啡廳。外面下著大雨他卻連傘都沒有。他的手縮在袖中，舉起袖子遮頭，弓身跑過晦暗的街頭。弓子待的大學生住處距離咖啡廳不到六百米，此刻已大門緊閉。從門縫一看，玄關正面掛著四、五尺高的大鐘。只有黃銅製的巨大鐘擺在視野中規律晃動，彷彿某種妖魔。後方是帳房的白色紙門。

他點燃火柴。舉起火柴，抬頭想查看門口上方的住宿者名字時，積在他帽簷的雨水嘩啦啦落到肩膀。他被那聲音嚇得後退。

他從馬路對面的香菸店簷下望著這棟半西式的高大出租公寓。只見三樓某個房間的玻璃窗口，嶄新的白色窗簾緊閉。他覺得弓子就在那白色窗簾內，不禁痴痴張望。

（昭和九年七月，刊於《文學界》）

篝火

在這鄉下小鎮，家家戶戶製作岐阜名產的雨傘和燈籠，此地的澄願寺沒有大門。站在路上，朝倉隔著寺內稀疏的樹林窺探深處，說道：

「三千子在，她在，你看，她不是站著嗎？」

我湊近朝倉，伸長脖子。

「可以看到她在梅枝之間吧……她正在幫和尚塗抹牆土。」

失去鎮定的我，連梅樹都分辨不出來。不過，雖然看不見三千子將水攪拌過的牆土放在小板子上捧給腳凳上的和尚的模樣，卻有涓滴情愫落在我心間。我懷著彷彿是自己在攪拌牆土的輕微羞恥和落寞，朝寺內走去。

我們從正殿的正面走上嶄新的木製臺階，拉開嶄新的紙門。這是人——不，是三千子的住處嗎?就是個只放了屋頂瓦片、還在施工的正殿,看起來空曠、寬敞、空虛、粗糙,牆壁骨架的編織竹片和木架裸露在外,從竹片的縫隙可以窺見只塗了外側的粗糙壁面。牆土潮溼漆黑,令室內冷颼颼。仰頭一看,沒有裝飾的醜陋屋梁高聳,像柔道道場一樣排放著沒鑲邊的粗糙榻榻米。我們面對放在低矮原木臺上的佛像端坐。三千子從東京帶來的梳妝檯放在角落,就像走錯地點般顯得縮頭縮腦。

三千子光腳踩著鋪在廚房地上的草蓆走出來。寒暄問候後,她說:

「你們去名古屋了?大家一起嗎?」

「昨晚在靜岡過夜,今天才要去名古屋。只有阿俊和我沒去。」

朝倉說出和我事先套好的謊話。半個月內兩度從東京來岐阜找三千子太不自然,因此為了敷衍她的養父母,我們事先寫信給三千子,謊稱要趁著去名古屋校外旅行時順道過來一趟。而且我們昨晚其實不是睡在靜岡的旅館,是在火車上吃了安眠藥。為了讓早上的氣色看起來更神清氣爽,我讓安眠藥偷來些許睡眠。然而,我忍不住想像與三千子明日即將共度的時光,那幻想不斷引誘我去遠方,即便一再重複同樣的夢想,於我還是很新鮮。火車上擠滿眞正去校外旅行歸來的女學生們,連走道都鋪滿報紙,她們背靠著背,臉貼在身旁少女的肩頭,或是額頭抵著膝上的行李,車廂內到處是旅途勞頓的白皙睡顏,只有我一人醒著。置身在這麼多少女之中，甚至令人懷疑是我倆闖入女校包下的客車。少女們的臉孔在睡著後更顯得白皙醒目。三千子雖然比這些少女年幼，臉上卻沒有這般稚氣。不過，比起車廂內四處可見的無數睡顏，在我看來三千子絕對更漂亮。車廂內都是和歌山的女學生與名古屋的女學生，但名古屋的少女整體而言頭髮更濃密。在這些少女中，我看著朝倉頻頻讚美的那個少女。她將一邊臉頰貼在緊靠窗口睡覺的同學圓潤的背部，睡臉的眉睫與飽滿脣色襯托五官勻整，而且看起來純眞得令人心疼。這時，我急忙閉上眼試圖在腦海清晰描繪三千子的臉。我急得煩躁不安。如果不能親眼捕捉三千子，就無法看到我期望的那個開朗的三千子。

而此刻，坐在我面前一襲舊衣的三千子，眞的是這二十天來定居在我幻想中的三千子嗎？霎時間我微微感到訝異，從似乎與現實毫不相干的幻想中醒來，就這麼看著三千子。正在拘謹微笑的，的確是三千子。我感到終於擺脫徒然令腦子疲憊的幻想，湧上令人放鬆的安心感。我已無法判斷這個小姑娘究竟美不美了。不過，最初的一眼，只放大了三千子臉上的缺點，她本就是這種長相嗎？而且，她還是個小孩子呢。腰很細小，坐著時膝蓋不自然地伸展。我要和這個小孩結婚？將這兩者聯想在一起太奇怪了。她比起之前那些女學生遠遠更像個小孩。

不久她的養母走出來，三千子起身離去。我看著她的背影，半幅腰帶的結小巧玲瓏，襯著細小的腰部看起來一點也不搭。上半身和下半身無力的銜接點，讓她看起來不像小女孩也不像女人，只是無助地顯得個子特別高。和身材非常不搭的大光腳，占據我整個視野壓迫著我。那是被迫攪拌牆土的腳。

養母的左下眼瞼有顆大黑痣，那輪廓令初次見面的我有點反感。

過了一會，我又深感意外地仰望她的養父。「院政時代的僧兵」、「直入雲霄的光頭大妖」，這兩種形象立時浮現我腦海。這個高大壯碩的和尚有著嚴重的重聽。

這兩人和三千子有哪一點相稱？我本來自信地以爲和任何人打交道都能輕易贏得好感，這時不免略感錯愕地望著兩人。就算他們將坐墊移來梳妝檯附近端茶招待，我也不知該說什麼才好。而且我擔心，我貿然來到不該來的家庭，是否會令三千子背叛兩人，傷害兩人。朝倉終於大聲招呼和尚，將我解救到棋盤上。

「小不點，拿棋盤過來……小不點。」和尚喊三千子。

「哦，好重、好重、好重。」

三千子抱著看似剛砍伐還沒乾燥的樹幹做成的棋盤，腳步踉蹌。

我下棋的時候，三千子和朝倉就站在正殿後面的窗邊。秋日難得的陽光灑落，返照庭院的山茶樹葉，清晰勾勒出兩人的身影。我虛應故事地下棋，一時之間似乎又感到那段日子不分睡時醒時都爲三千子的幻想亢奮不已的疲憊，於是我落子愈發虛弱無力。

這時酒已備妥。看著在這鄉下似乎是前一天就提前準備的菜色，我再次責備自己是個毫無資格的不速之客。

「最近岐阜哪些地方可以觀光呢？」

「不知道，公園您應該知道，還有柳瀨——柳瀨的菊花人偶展覽應該開始了吧，小不點。」

「有菊花人偶嗎？那我想看。」朝倉立刻說。

「柳瀨在哪一帶……三千子知道吧。」

「怎麼可能不知道柳瀨……是的，我當然知道。」

「那好，中午妳帶路，我們一起去看吧。這人連公園都還沒參觀過。」

爲我特地大老遠來到岐阜的朝倉，想帶三千子出去，大聲說出各種謊言。

或許因爲腦子太累，才吃了一口食物，我就有點想吐。飯後養父母留下三千子先離開了，於是只喝了一、兩杯酒就臉紅的我肆無忌憚地在佛像前躺下。

可能又是陣雨來襲，隔壁傘店忽然傳來將晾在院子的雨傘匆忙收起的聲響。

拿出半年前的《女學世界》給我看的三千子，看起來就像寺院的女兒。

「我們出去走走吧。」朝倉說。

「好，我向和尚說一聲。」

三千子說著站起來，將似乎待在廚房的和尚拉出來，消失在佛像後。

朝倉對我耳語：

「三千子說，你寫的信被發現了。」

「嗄！」

「據說她正在看信時，和尚一把搶走……和尚很生氣，宣稱下次就算我們來也只能在寺內玩，絕對不會讓她出門。」

「看了那封信，會這麼說是理所當然。是嗎，被看到了啊。那他們肯定不會讓她出門。」

這個消息令我臉色大變。

「放心，沒事。就算嘴上那麼說，但和尚很隨和，只要看到我們就說不出不准出門這種話。他若真的不准，我去找他談判。」

「我不知道信被他看到了，所以才能在他面前若無其事。不知道信被看到這件事，反而救了我。」

不過，聽說信被看到後，我倏然變得很緊張。我怕自己害得三千子在這寺裡如坐針氈。

況且，我剛才居然還一直覺得她踩過那針氈的赤腳又大又醜，我這種毫無擔當的態度算什麼？在針氈上仍展現開朗神情的三千子，深深撼動我心。

「趁著去名古屋校外教學旅行，下個月（十月）八日會順道前往岐阜。屆時請見我一面。關於妳的處境切盼商談。在那天之前請務必忍耐，待在家裡不要吵架。若眞的非得逃家來東京不可，妳就發電報，我去接妳。就算要獨自來東京，也不可找別人，務必先找朝倉或來找我。這點千萬記得。看完這封信請立刻撕毀或燒掉。」我這封信的內容，是否讓養父終於明白，三千子對養家的強烈不滿，以及她想離家出走的想法？而且既已看穿她想逃家的心思，還有必要像接下燙手山芋般撫養這個人小鬼大又異常倔強的女孩嗎？還有，養父是否會認爲，我這個窮學生只不過是三千子以前待過的咖啡廳客人，卻唆使她做出忘恩負義的魯莽行徑，說什麼要商談別人家女兒的處境，簡直是自大的挑撥離間？

望著三千子弄得衣櫃拉環喀喀響，忙著取下外出服的腰帶，我的疲憊彷彿暫時消失了。她的養父母再三對我們說，今晚要是在岐阜過夜，千萬別住旅館，一定要住家裡，他們會等著。

「就住我家吧，雖然簡陋至少有地方睡。」

換上嗶嘰服在院子跑來跑去的三千子說著，仰望施工中的正殿笑了。

從寺內出去時，她舉起傘指著路旁的傘店。
「這裡。」三千子看起來很難爲情。
「我在門口等。」
然而，她大步來到傘店門口對作坊裡的男人說：
「請讓這位先生看傘。」
隨即穿過作坊去裡面，一路跟著我們到帳房。
「請讓東京來的客人看傘。」
「妳家的客人？」看似開朗滑稽的傘店老闆大聲說。
「對，沒錯。是東京人喔。」
「那我可得給個優惠價。」
朝倉要在美濃紙的產地買名產雨傘。
「你們是學生嗎？這是哪個學校的帽子？來，讓我瞧瞧。哦。」老闆拿著我的制服帽嘖嘖稱奇。
出了傘店，不知何故，三千子紅著臉一個人跑過作坊的工人面前衝到馬路上等我們。這時，對面成排傘店的作坊格子窗口，也站了一排工人一齊盯著我們。朝倉撐著半開的傘遮臉大步前行。三千子也開了傘。我心想有什麼好看的，一邊走近和我拉開一段距離的三千子說：

「喂，雨已經停了。」

朝倉和三千子仰望天空收起傘。

過了一會，三千子說有捷徑，拐彎走向小天滿宮內。對寒冷特別敏感的櫻樹落葉忽然揚起，掃過被幽微秋聲溼潤的地面，又立刻像被風拋棄般安靜死去。從天滿宮後方的田埂，終於來到大馬路。走得快的朝倉大步前行，三千子因此落後。我與三千子並肩走。女人的美麗似乎只有走在日光下時誠實裸露，我看著走路的三千子，感覺她是個不帶絲毫體味的女孩。她像病人一樣蒼白，似乎將快活沉降深處，隨時隨地都凝視著自己內心深處的孤獨。我本就不習慣與女人同行，更糟糕的是她身高和我差太多。三千子踩過滿地砂礫的高齒木屐似乎舉步維艱。

「妳能不能走快一點？已經是極限了嗎？」

「對。」

「喂，你走慢一點。她走不快。」

「哦。」朝倉說著暫時放慢腳步，但很快又拋下我倆大步走遠了。我懂朝倉的暗示，但我覺得那樣太露骨了。我們早已堅定承諾過，沒回旅館前朝倉和我都不會對三千子說任何事。

三千子突然說：

「您幾歲了？」

「啊？我二十三。」

「是嗎。」三千子說完又陷入沉默。

朝倉在東海道線的陸橋等候我倆。

「那一頭不是有個平交道嗎？越過那平交道去跑腿時，我經常望著開往東京的火車。」三千子從陸橋上望著遠方說。

我們在岐阜車站前搭乘電車去長良川。終於來到南岸的旅館門口，老闆娘卻出來說，之前暴風雨吹破了二樓和樓下的遮雨板，所以暫時歇業。這該不會是不祥的預兆吧？

我們無所事事折返的途中，「不然去公園看看吧？」朝倉提議。

「公園？去公園能做什麼⋯⋯還是去河對岸的旅館吧。吹起北風的話，對岸應該沒受到暴風雨影響。」

四、五個赤裸男子蹲在河岸宛如站在起跑點的選手，正在拉扯沿淺灘上行的船隻，我們沿路旁觀著走向橋頭。三千子冷不防以落寞沉鬱的嗓音開口：

「怎麼辦？」

那句話在我聽來極爲不自然，甚至令我一瞬間誤以爲她正在問「要拿我怎麼辦？」。的確，我該拿這個甚至尚未長大成人的十六歲小姑娘怎麼辦。我該不會只是在幻想的世界中，讓人偶三千子（它和在此只是作爲一條生命存在的三千子並沒有相同血脈）起舞吧？這就是所謂的愛情嗎？擁有美麗名稱的婚姻，該不會就是經由殺死一個女人來滿足我的幻想？「怎麼辦」這句話，聽來透著一絲破碎的悲哀。讓眼前執著、好強，閃閃發亮的三千子毫無陰霾與包袱，輕盈翱翔在自由的藍天——不管那是不是愛情，要不要結婚，都是我的心願。

我們走過長良橋。

河面又有陣雨悄無聲息來臨。我們被帶去二樓的八帖房間，朝向河面的房間張開晴朗的眼睛，令人忍不住去走廊將上游至下游一覽無遺。金華山的綠意在對岸雨色中變得白濛濛，山頂浮現仿古城的三層樓天主閣，剛才拖曳的船隻似乎已到上游。這片開闊風景令人心曠神怡。

「大姊，燒水了嗎？岐阜哪家照相館比較好？」我接連對女服務生發問。

「現在客人少，要等傍晚才燒洗澡水。照相館的話我來問問帳房。」

「好。大約幾點能洗澡呢？燒好了立刻來通知。」

沒有洗澡水，打亂了我的計畫。我之前本來已經想好了，自然地安排讓我和三千子、以及朝倉和三千子分別獨處的時間，而這只能在我和朝倉輪流去旅館澡堂的時候。在車站前的旅館吃早飯時，我就已和朝倉這麼約好了。

「你先替我說。」

「哦，行啊。」

「不，還是我告訴她好了。」

「誰先誰後我都無所謂，聽你的意思。」

「在那之前，請你一個字都不要對三千子透露。」

「好，我不說。」

那麼，傍晚洗澡水燒好前的空檔該怎麼辦呢？況且十月初的旅館房間還沒生起火盆。我本來幻想提出婚事時，我和三千子之間應該擺著一只火盆。

玩撲克牌時，三千子漸漸雙手無力，原本不時冒出的笑聲也消失了。

「三千子，妳生病了嗎？」

「沒有。」

「妳臉色很差。」

「會嗎？可是，我什麼事都沒有喔。」她孱弱地回答我。

看著這張臉，或者讓時間耗在焦躁上，令我再次感到挫敗，甚至想，乾脆別燒洗澡水，也撇下還等著想知道要談什麼處境問題的三千子，就此回東京算了。雖然我再三詢問女服務生能否洗澡，但我其實害怕水燒好的時刻。

「洗澡水準備好了。不好意思讓您久等了。」女服務生跪坐在走廊笑著說。

彷彿被命運的鞭子揮打著渾身哆嗦，我望向朝倉。朝倉輕鬆站起來取出毛巾。

「朝倉，我先去洗。」我畏畏縮縮說。

「好。」他嘴上這麼回答，卻甩著毛巾往走廊走。

「兩位可以一起洗。」女服務生說。

「那就一起洗。來吧。」

朝倉撂下話，走向通往澡堂的樓梯。我慌張得猶如腦中之物全亂七八糟一一倒落，追上朝倉拽著他。意外的羞恥使我內心不知所措。

「你先幫我說啦。」我的聲音拔尖分岔。

「我已經對三千子說過了。」

「啊！你什麼時候說的？」我大喊。

「在寺裡就說了。來這裡之後，也趁你不在時談了一點。」

「搞了半天，原來你已經說了。我做夢都沒想到。」

「因爲三千子說你寫的信被發現了，我想萬一她眞的不能出寺，那我們特地從東京來找她不就毫無意義了。所以趁你陪和尚下棋時，我將三千子叫到旁邊說了。」

「她怎麼說？」

「簡而言之，她對你有好感，卻無法立刻答覆。她在考慮。……剛才在電車上，我說三人一起去拍照，那時她立刻說『好啊去拍照吧』，所以我想應該沒問題。總之，我們邊泡澡邊慢慢說。」

我這才發現自己還呆站在樓梯口。連忙走下樓梯說：

「那，你是怎麼對三千子說的？」

「我對她說：『阿俊想娶妳，我認爲對妳是天大的好事，況且首先，我認爲你們非常相配。』」

相配，這個字眼突然令我難爲情。而且我淸晰感到那個字眼中，藏著朝倉對我的看法，不禁微微落寞起來。三千子強悍，我軟弱，三千子開朗，我沉悶，三千子活潑外向，我內向憂鬱。不過，我立刻在內心反駁，會這麼想的人根本就不了解我。

「我勸她說：『反正妳也不可能在寺裡待太久。就算返鄉，妳也不是在鄉下待得住的女人。即使妳一個女人上東京，也不會有好下場。若妳想去大連投靠阿姨，那妳就錯了。以妳的脾氣，不可能嫁入有父母兄弟的家庭。』這點她自己也很清楚……」

「那，不管她怎麼答覆，總之我也和她談談看。」我邊說著，在水裡泡了不到兩分鐘就匆匆起來擦乾身子。

「你盡量泡久一點。你太快回來我就麻煩了。」

上樓一看，三千子已從房間出來，站在內側的走廊，茫然抓著欄杆。

「哦，妳怎麼出來了？」

「哎呀！您洗澡好快。這麼快就洗完了？」

她的表情和說的話毫不相干，佯裝若無其事的笑容略顯僵硬，走近我身邊。

「眞的好快。」

「我是蜻蜓點水。」

我心想不能讓她岔開話題，於是豁出去。我將毛巾掛到衣架時，三千子悄無聲息地在棋盤對面坐下，朦朧失神的視線垂落膝頭。不管我走動或在她面前坐下，她都不肯看我。她不發一語，心情緊繃地默默等待。

「妳聽朝倉說了吧？」

「對。」

三千子的臉上倏然失去血色，但下一瞬間，似乎又微微恢復紅潤，羞紅了臉。

我想叼根菸，琥珀菸管卻喀喀撞擊牙齒。

「妳怎麼想？」

「我無話可說。」

「啊？」

「我沒資格說任何話。只要您肯要我，我就很幸福了。」

幸福這個字眼，乘著突兀的驚愕觸動我的良心。

「我不確定是否會幸福……」我還沒說完，三千子打從剛才就如發亮的細鐵絲般清脆響亮的聲音尖銳打斷了我。

「不，絕對會幸福。」

我彷彿被她壓制，沉默不語。什麼是人的幸福，什麼是不幸，又有誰知？誰也不知今天的婚事是明天的喜或悲，只能祈禱是喜悅，夢想是喜悅，可是話說回來，明天的喜悅這個說詞能買到今天的婚事嗎？無形的幸福，看不透的明天，那只有作爲希望時才是眞的，放在約定只是如煙幻影。不過，扯這種論調又有何用？只要去感受這個女孩單純說出幸福的心意不就夠了？我不是該守護那個夢想才對嗎？這個女孩，她認爲只要和我結婚就是幸福！

「所以，我的戶籍要先遷到澄願寺，然後您再娶我，那我會很高興。」

她居然說起了戶籍問題。於我而言，這樣公事公辦比談論感情更輕鬆，因此關於她和養家的關係，我又問了兩、三個早就知道的問題。

「是的，大連的阿姨也說過，叫我如果遇到想跟的人就跟著去，和尚也對我父親說過，出嫁的時候可以從家裡辦，但總之要先遷戶籍過去，所以我若說要走，他會讓我走。將我這種人送走他肯定也覺得比較好。」三千子如此說著，垂落雙肩放鬆了身體。

「如妳所知，我什麼也沒有，而且妳還有父親……」

我本來想說自己幼年就失去雙親，三千子也少小離家，但我還是吞回這些話。

「是，我很清楚。」

「還有，我不希望妳以爲我是趁妳現在無處可去才說出這種話……」

「怎麼會，我絕對不會那樣想。」

「今後，我打算繼續寫小說。那方面……」

「是，沒問題。我對此毫無意見。」

我的感情完全無法透過言語表達。這和我之前幻想的截然不同，三千子彷彿獨自站在遠方。陷入沉默後，我平靜的心，悄然化爲淨水，不斷向遠方擴散，幾乎就此睡著。我已和這個女孩許下婚約了。看著三千子，我心想，就是這個女孩嗎？有種孩童直瞪著新奇事物瞧的暢快驚奇。太不可思議了。我遙遠的過去沐浴嶄新的光芒，頻頻蹭著我撒嬌，求我看著它。她居然和我這種人訂婚了。不知爲何，我忽然憐憫起莽撞的三千子。認命——許下婚約或許是一種孤寂的認命？驀然間，我看到兩團火球墜入廣袤的黑暗。不知怎的，世間一切，都看似無聲的渺小遠景。

「澡堂現在沒人使用了。」女服務生說。這是朝倉在暗示我，他已經洗完了。

「妳去洗吧。」我站起來，將我掛在衣架上的溼毛巾遞給她，她老實接下走出房間。

三千子從澡堂回來時，朝倉不在房間。三千子沒看我，翻找手提袋後就拉開紙門去了走廊。我猜她應該不好意思在室內化妝，因此刻意不往她那邊看。過了一會，早早就亮起電燈。我望向走廊。只見三千子朝向河面，臉壓在欄杆上，雙手摀眼。我心想，啊，原來如此，原來如此。她躲起來哭泣的心情感染了我。被我發現後，三千子立刻直起身子走進房間。她的眼皮發紅，露出異樣脆弱、充滿依賴的微笑。那正是我想像中的表情。

這時朝倉回來了，晚餐送來。

三千子的神情煥然一新。澡堂沒有胭脂、也沒有白粉，她也沒拿任何東西去走廊，可是一早就發黃的膚色此刻變得白淨，臉頰紅潤得彷彿畫了兩個紅太陽。她從病人成了待嫁女子。她可能打從在寺裡時，就一直想著朝倉的話，臉色才會如此沉鬱吧。出寺時沒整理的頭髮，她顯然也趁洗澡時梳理過了。眉眼脣輪廓分明，看起來各自獨立，又透著迷濛。

用過晚餐，朝倉和三千子去走廊，望著天色漸暗的河面談話。我懷著高漲的情緒躺下。

「你要不要出來？」朝倉喊我。三千子起身讓我坐藤椅。泛白的河面更遠處，鎮外的燈火迢遙。三千子自言自語說：

「以前是午年作祟。」

她說的是自己生於丙午。回想過往歲月，她在這裡看到嶄新的自己。——生於丙午年的二八佳人，這個日本古代傳說的裝飾品，不知帶給我多大的刺激。

三千子滔滔不絕起來，就像任性的小孩四處揮舞仙女棒煙火。

「啊，那邊的篝火是鸕鶿船！」我大喊。

「哎呀，是鸕鷀。」

「船會漂來這裡吧。」

「會、會，會經過這下方。」

金華山麓的黑暗中，浮現點點微渺的篝火。

「沒想到能看見鸕鷀。」

「好像有六艘船？還是七艘？」

篝火沿著河面像急著要點亮我們的心靈之燈般接近，逐漸出現黑色船形，可以看見火焰搖曳，也看見鸕鷀匠、助手，以及船夫。可以聽見船夫拿船槳敲打船舷激勵的聲響，還有火把燃燒的聲響。船隻順水漂流到我們旅館這邊的河岸。船行極快，我們已站在篝火的光暈中。黑色的鸕鷀在船舷驕傲地拍翅。順水漂流的、潛水的、浮起的、被鸕鷀匠的右手掰開嘴吐出香魚的……水上彷彿成了無數輕盈的黑色小妖魔的狂歡節，一艘船有十六隻鸕鷀，簡直不知該看哪隻才好。鸕鷀匠站在船頭，巧妙操作十二隻鸕鷀的繩子。船頭的篝火焚燒水面，甚至彷彿可以從旅館二樓看見香魚。

而我激動地迎向火紅的篝火，不時偷瞄三千子被火焰照亮的臉孔，那麼美的臉孔在她一生中再難出現。

我們的旅館位於下鵜飼。目送流過長良橋下逐漸消失的篝火，我們三人走出旅館。我連帽子也沒戴。朝倉到了柳瀨突然示意「你倆自己回去」，就跳下電車。載著我和三千子這兩名乘客的電車，迅速駛過燈火闌珊的街頭。

（大正十三年三月，刊於《新小說》）

新晴

一

走出紅牆旅館的大門，俊夫搭乘開往長良橋的電車。下了車，眼前是長良橋的南口，右邊可仰望稻葉山，從橫亙的河堤能察覺堤外河水的動靜。俊夫走近佇立在鐵軌上的電車工作人員，稍微傾斜雨傘問道：

「請問長良川哪邊的風景比較好？是這一頭，還是對岸？是上游還是下游？」

「這個嘛，其實也就這樣。」

工作人員指著橋，正眼也不看俊夫。

俊夫將上游和下游的風景圖收在心頭，慎重地過橋。經歷夜行火車和站前小旅館後，橋上一覽無遺的風景看來特別心曠神怡。他覺得河水流得很急。兩、三天前還在大阪，早已習慣淀川沙岸的俊夫，立刻拿來和淀川的風景比較。走上北邊盡頭的長良村河岸沒多久，俊夫回頭看對岸。只見聳立的金華山，被昨晚幾乎悄無聲息今早才稍微變大的雨勢染白了山頂，而且雨勢似乎還會增強。於是他快步折返。

在橋頭，俊夫默默在心裡記住兩、三家緊靠河岸看起來不錯的鸕鶿觀光旅館的名稱。稚枝子如果來了，他打算帶她來河邊旅館玩。

俊夫說要去岐阜公園，上了開往火車站的電車，不到四百米就在下一站被叫下車。走一小段路後，在鋪滿砂礫的廣場近山處，坐落著一棟名和昆蟲研究所的建築。剛才離開旅館時，他問女服務生岐阜有哪些知名景點，除了參觀鸕鶿的長良川之外，她也提到柳瀨町和岐阜公園，以及公園內的名和昆蟲研究所。來岐阜看昆蟲標本？俊夫爲之失笑。標本館內的參觀者只有他一人，販賣部的女人負責看門。這裡飄散一股早來的秋日寂寥，因此他不好意思冷漠離去，站在蝴蝶和蜻蜓的標本前，看到覺得稀奇的就逐一詳細閱讀介紹文字。不經意朝門口一看，外頭正下著連院內小石子都隨之翻滾的滂沱大雨。等待雨勢漸微之際，他在標本館附設的販賣部，想替東京的友人和稚枝子挑點禮物，卻愈挑愈猶豫，最後覺得每樣東西都很無趣。販賣部的女人不知道價錢，還跑去辦公處詢問。

走出昆蟲研究所，看著從武德殿後方經過千疊敷通往金華山頂的登山道所在的稻葉山麓，雨聲再次變強，因此他急忙走出公園。時間已接近正午。

「您回來了。有客人在等您。」

旅館的女服務生對俊夫說。看著玄關的女用木屐，他猜想是稚枝子的。

稚枝子的養家是位於居民多半製作岐阜名產雨傘的郊外某間淨土眞宗派寺院。和俊夫在京都車站會合的水庭，是他高中就認識的朋友，今年春天從關西去東京的途中，水庭曾在岐阜下車，拜訪稚枝子的養家，和她去市裡共度了一天。前一晚，俊夫與水庭在凌晨兩點抵達岐阜。到了早上，水庭按照在京都就說好的，讓俊夫留在旅館，獨自去了稚枝子家。他們約好由水庭將應該已去上裁縫課的稚枝子叫回來，邀她外出，然後三人會合。俊夫判斷水庭肯定會在寺裡用午膳，因此自己去了長良川。所以他很意外兩人居然已經回到旅館。

稚枝子縮在六帖房間靠近簷廊的角落和水庭對坐，正在玩撲克牌。

「啊，不好意思。沒想到你們這麼快就來了。」

俊夫說著，立刻沉浸在打破預期、嶄新出現的稚枝子帶給他的感覺，拿著帽子橫越房間走向掛寬褲之處。

「她今天請假沒上裁縫課待在家裡，所以提早來了。她是感冒在家休養。」水庭回答。

「是嗎。出門沒關係嗎？該不會原是臥床休養吧？」

「她沒睡……」

「好久沒見到俊夫先生了，最近還好嗎？」
稚枝子放下手裡的撲克牌，鄭重鞠躬行禮。抬頭時臉有點紅。
「你買了什麼？」
「啊，是昆蟲館的東西。雨太大，我在名和昆蟲館待了一會。」
俊夫走近兩人坐下。心思關注在垂落膝蓋的雙臂，有點輕微緊繃。
「我本來想和水庭一起去妳家，可我不好意思，水庭就替我去叫妳了。」
「哪裡，您應該來我家坐坐的。」
「妳變得很有活力，眞的很有活力。」
俊夫語氣中備感喜悅。他認爲她變得健康是因爲住在鄉下，在這個想法背後，沒有明確證據，硬要說的話，只是隱約感到稚枝子「已經變成了岐阜人」的處境。他明確感到她並不土氣。或許是因爲還有稚枝子在東京時的記憶，但是拘謹端坐在面前坐墊上的稚枝子，似乎異樣新奇。
「長大了不少。」他說著，視線掃到稚枝子身上時，笑著自然說出以下的話：
「小稚枝這樣眞的算是長大了嗎？」
「長大了啦。」水庭說。

「妳十六了吧？」
「對，眞的好久沒見到俊夫先生了。」
「從去年秋天一別，超過半年了吧。」
「我是十一月來的。」
「我可是一點也沒變吧？」
「對，您都沒變。」
「岐阜的旅館哪家好？」
俊夫立刻想到和大阪的堂兄弟旅行參觀鸕鶿的事，於是聊起了那些。說著說著，起初身體的僵硬，只剩下輕盈的喜悅，不自覺安心下來。而且沒有和女孩面對面的緊張，她身上只透著親近感。俊夫望著讓他如此放鬆、比他更像昨天才見面的稚枝子。
俊夫從她臉上，感到類似夏日果實逐漸成熟的印象。他想起朦朧的田野。處在發育期的健康女孩，那種帶有淺淺的成熟麥穗色的少女肌膚，雖然切斷了俊夫與記憶中稚枝子身影的關聯，他卻從中發現愉快的新鮮感。第一眼就覺得「哦，她變漂亮了」。俊夫在回憶稚枝子的歲月中，將她五官的負面特徵當成回憶的依靠不斷誇大之際，她卻在俊夫不討厭的輪廓中逐漸修正了那些缺點，所以才讓他有點驚豔。

水庭描述春天時與她共度的那一天，曾經苦笑說就像帶著藝伎見習生。俊夫也曾偶然撞見倉促離京的稚枝子，厚重的白粉抹殺了她的臉部特徵，由於身型太瘦弱，就算勉強想找出些許風韻，也只有不自然的桃心髻，寬袍大袖的華麗和服沉重包裹在豔麗外套之下。那是撫養稚枝子長大的女人喜歡的品味。而且，那女人和在場的俊夫友人起了感情誤會，突然宣布要出發就遠走大連，稚枝子和養母在感情上共進退，只想著前程的舉止扭曲了離愁，就此上車走人，僅勉強給兩人留下一句「再見」。俊夫已無從追尋當時她的心情，但她那模樣仍不時浮現記憶中。

打破那種記憶而生的預測及粗鄙想像，此刻猶如平凡家庭的女孩拘謹坐在眼前的她，令俊夫感到很新鮮。脂粉未施的臉上，右分的頭髮稍微掠過左眉眉尖垂落額頭，穿著保守成熟的薄紗和服，十六歲女子露出依賴的軟弱笑容。她在男人面前毫不拘束，率真的謙虛態度，減緩了俊夫在女人面前必然會感到的自卑。

俊夫提議去長良川遊覽，水庭很高興。他們拒絕了旅館供應的午餐。汽車駕駛對助手耳語：

「長良川的話就去鈴秀館？」

俊夫搶過話頭：

「你的車子應該開不進鈴秀館吧。」

駕駛或許覺得毛頭小子懂什麼，並未理會俊夫，又對助手說：

「那去『苫屋』吧。」

「好，『苫屋』應該可以……那是河岸這頭位於金華山下的旅館。」

俊夫興奮得想對水庭賣弄他之前記住的旅館。

陰雨綿綿，就算放晴了，對於參觀鸕鶿捕魚的遊覽船而言，夜間的河面也太冷，因此旅館並沒有客人。除了俊夫三人之外，只有據稱來自神戶的藝伎，趁同行的客人不在，如秋蟲般緊靠房間的牆邊。室內有八帖大，另有四帖大的側間。房間面河。簷廊邊是稀疏生長著白色芒草和胡枝子的河岸，岸邊有鸕鶿觀光船公司的成排遊船落寞停靠，長良橋在略左邊。淺灘上細雨靜謐的聲響，不時被每每駛過長良橋都誤以爲遠方打雷的電車聲所打破。對岸的綠樹還殘留夏日的氣味，但白濛濛的細雨已令人感到初秋。從這個房間無法仰望旅館後方的金華山。

三人來到簷廊，先望向河面。換上旅館提供的浴袍後，水庭立刻取出撲克牌。俊夫叫他吃完飯再玩。女服務生將兩個小餐檯並排放在壁龕前的上座，一個放在下座。水庭則將上座的其中一個餐檯推向下座，重新調整位置，讓三人親密地坐在一起。之後又追加料理，說要在餐桌吃。

一邊用餐，他們聊起移居大連的老闆娘和東京。水庭問稚枝子：「家裡還沒叫妳招贅嗎？」俊夫也跟著補充：「要找個好贅婿吧……」

「我才不要，所以無所謂……」稚枝子說，水庭又緊接著說：

「妳這麼說也沒用，家裡不會同意的，八成已經在物色人選了。寺裡的親戚之中沒有男孩嗎？」

「沒有。」

「那就要從外面找了。」

「哪可能……」

「不行喔。妳現在或許還能這樣堅持，但女人不可能永遠單身。」

「我無所謂……」稚枝子低聲說著垂下頭。想像她嫁給鄉下地位不高的男人就此過著那種生活直到二十五歲，她在各種場合會有的舉止，就像無數舞臺場景般迅速掠過俊夫的腦海。俊夫相信她絕不可能安於鄉下的糟糠之妻，那形象已深植於他腦中的稚枝子，以及身爲女人堅信自己一定會被婚姻摧毀、受到家庭和男人影響的稚枝子，就在那裡。無論哪一種，都像是看電影時即使被女演員吸引，演員也是外國人，無法一起表演也無法跳上舞臺的焦躁，極輕微地動搖了俊夫的心。收養她的寺院沒有小孩，但她並不是被當作寺院繼承人收養。現在的養母是娘家邑岡這戶人家的戶主，因此難以將戶籍落在她嫁入的寺院。而從稚枝子十一歲撫養到十五歲的里拉咖啡廳女老闆，就是現任養母的妹妹。前年秋末，她跟隨剛從大學畢業的新婚丈夫去大連工作，咖啡廳也頂讓給別人。她無法帶稚枝子去大連，可是若將稚枝子和其他女人一起留給新的老闆，稚枝子自己想必也不願意；若將她送還給親生父親，又出於和稚枝子的特殊關係，更感到依依不捨。況且，擔憂老女人和年輕男人結婚下場的悽惶心態，也讓她不願放棄稚枝子。於是她讓稚枝子留在岐阜的妹妹家，這才離開日本。稚枝子成了只有戶籍還留著的邑岡家的繼承人，同時和尚的妻子也擺脫無法正式登記結婚的尷尬處境，得以將戶籍遷入寺院。俊夫等人認爲，咖啡廳女老闆和年輕法學士的婚姻，遲早會因法學士一時的迷惘招來破局，反而很同情法學士。他問稚枝子女老闆現在過得如何。她說出成熟的話語，阿姨去了大連後身體欠佳，夫妻間好像經常吵架，但是沒提過離婚，法學士明年春天似乎要去西洋留學，阿姨不願讓丈夫去也不想同行。大連的阿姨無法生育。俊夫等人都說法學士一旦去西洋留學，夫妻倆就完了。而俊夫也認爲，屆時那女人又可以和稚枝子在岐阜或東京共同生活。當初和阿姨在岐阜道別時，稚枝子曾哭著哀求無論去大連或美國都帶她一起去，爲此她什麼都願意做。可惜她的哀求不管用。

「那時候，阿藤也哭了。從窗口抓著我的手不放。火車起動後，她也哇哇大哭不肯放手。火車站的人一再大吼危險，她還是不肯放手一直跟著跑。我也哇哇大哭。後來覺得很丟臉。」

稚枝子描述從東京出發時的情景。

「阿姨還在火車上哭個不停。」

「阿藤寫了信給妳嗎？」

「喜代曾寄信來，阿藤沒有，我也沒寫信給她……這次若能去東京，我只想對阿藤說一句話。我要去咖啡廳告訴她：『妳現在變成貴婦，滿意了吧。』誰教她接受阿姨那麼大的恩情還老是說阿姨的壞話。要是想想自己，應該就不好意思說別人了。」

稚枝子在的時候一直躲在暗處的女人藤子，自從接手經營咖啡廳後，稚枝子說她就神氣活現擺出一副老闆娘的姿態。

她也提到初夏時曾來岐阜找她的男人渡瀨。稚枝子若無其事說，她和渡瀨一起去參觀了鸕鶿捕魚。說到一半，水庭說：

「他沒有向妳求婚嗎……在東京，不是聽說他曾哀求妳和他接吻？」

「哪有……」她說著，臉頰羞紅。渡瀨從以前就不斷追求稚枝子，稚枝子卻討厭他，這些傻夫和水原兩人都知道。就算排除那男人對稚枝子的感情所生的反感，那男人本身也令人毫無好感。水庭提到那人因同性戀行爲被趕出高中宿舍，她裝作聽不懂。水庭解釋同性戀的意涵，並且說女人也會如此。

「那人眞討厭。」稚枝子說。俊夫問：

「還有誰來過嗎？」

「有啊。有個中學生來過。當時在下雨，他就在冷冰冰的院子梅樹下，撐著傘悄然佇立，我心想那是誰，過去一看，原來是他。我叫他別站在那種地方，先進屋再說，但他就是不肯進來。而且一句話也沒說。」

「他就那樣走了嗎？」

「對，就那樣垂頭喪氣走了。」

說著，她彷彿絲毫無法理解少年從東京專程前來的心意，輕輕笑了。

他們玩起簡單的撲克牌遊戲。基於個人癖好，水庭讓兩個女服務生也加入。玩了約一小時，女服務生就走了。這種遊戲幾乎不需要技巧，但水庭一個人占據絕對優勢。俊夫慘敗。他有點不愉快，但他想那也是因爲氣勢上就已落居下風。俊夫和水庭結伴去東京的約定，也暗自帶有在岐阜下車見稚枝子的默契。水庭知道俊夫想見稚枝子，也知道俊夫一個人終究提不起勇氣。不過，俊夫決定在岐阜下車時，自尊心令他猶豫不決。她還在里拉咖啡廳工作時，俊夫不僅沒有單獨前往，印象中甚至不曾和她好好交談過，他只是水庭和瓜生等人的影子。而水庭與她曾於春天時見面，和岐阜之間亦有書信往來，相較於她對水庭的親近，他的分量太輕，因此這趟岐阜之行非得有水庭結伴不可。高中時期的俊夫，不只是在里拉咖啡廳，舉凡那類場所，他總是在朋友和女人之間以第三者的身分像顆石頭被扔下。水庭素來不將女人當女人，在態度強勢的水庭面前，他往往自動退居那個位置。所以俊夫自己也知道，稚枝子屬於水庭，他沒有試圖破壞過那種關係，也壓根沒有那種想法，就算有話想對女人說，也總是消失在喉頭，他不希望老遠來到岐阜還得扮演那種蠢角色，被迫旁觀那種拘束不斷墜入內心最深處的卑微模樣。和高中時相比，俊夫已來到更大的世界。然而，稚枝子對俊夫和水庭一視同仁地攀談，水庭安然與俊夫分享座位視之爲理所當然的禮貌，帶給俊夫意外的新奇感，毫無陰影的心令他舉止快活。這樣的俊夫對稚枝子而言很新鮮，因此俊夫離座不在場時，她對水庭說：

「俊夫先生變得精神十足呢。」

可是當水庭去泡澡，剩下兩人獨處時，俊夫反而變得很拘謹，令她很不自在。他們玩五子棋。俊夫很清楚，幾乎完全不懂規則的她，只是機械性地落子。但他也不想故意放水。他急切地等待水庭洗完澡回來。

「不玩了。」

「好……」

過了一會，她逃到簷廊躲避俊夫，坐在廊上的椅子看河。俊夫似乎想再次強調見到她的感覺，說道：

「妳真的健康多了，太好了……我一直想見妳一面，正巧在京都車站和水庭同路，所以就來了。」

她不知如何回話。

回到房間的水庭像小人物般殷勤安慰稚枝子，努力以自然低調的態度讓她開心起來。他擔心稚枝子的感冒，又捨不得外面的好風景，因此三人將紙門開開關關，或者拉開一條縫。那種內斂的好意，顯然也流入她的體內。她興致一來就渾然忘我，那一口關西腔的叫聲聽起來就像感冒一般。她開心時忘我地喜悅，生氣時就不顧一切憤怒，是個會令男人心動的女人。

「稚枝子，手給我看看。」

「不要，不要。我不要……我最討厭讓人看手相……」

水庭泡妞的毛病又犯了，他這麼一說，稚枝子就將雙手塞進自己的坐墊底下，身體擺出抗議的姿態。

「來，伸出手給我看看。妳藏起來也沒用。」

水庭去拉她的手臂，在棋盤上掰開她緊握的拳頭。

「這是怎麼回事？啊？看都看不懂。喂，妳不能亂動。妳的手到底是怎麼回事，簡直亂七八糟。」

她認命地默默張開手心。

「妳的也很亂吔，紋路錯綜複雜根本分不清。」

俊夫湊近看，大吃一驚。並且說：

「看我的。」他說著伸出自己的手。

「哇，好誇張。水庭先生，你看……」

「你這是什麼手啊……」水庭說，三人都笑了。

「會吃很多苦吧。肯定命不好。」

「也不見得……」水庭說出不痛不癢的意見。她乖巧地聽著，手放回自己膝上說：

「是啊，隨您怎麼說吧，瞧您一本正經的……」

「胡說，我當然絕對不會錯。我說得很準。」水庭說著笑了。

俊夫不禁放縱自己浮想聯翩。他對手相一竅不通，但是自己那對錯綜複雜如葉脈的手紋，平時看起來都覺得不祥，他認爲那是人生雖坎坷淒苦想必也屢有不凡變動的徵兆，只要一條手紋消失都會教人感到寂寞的年輕氣盛。他也曾回顧幼年時代，覺得手相蘊藏孤兒的感傷，或者想像未來的變化。按他自己的說法，看到稚枝子比自己更複雜的手相，不由想起她過去的生活，暗自想像從她的性格也預想得到的未來變化。他同時感到，自己之所以伸出手讓對方承認彼此的手相相似，自以爲同病相憐，是將那當成脆弱的繩索，試圖藉此攀登稚枝子這座高嶺。

她突然紅著臉說：

「待在岐阜，甚至被迫做個建築工人，真討厭……」

「怎麼會……」

「因爲寺裡在蓋房子，我得幫忙做各種工作。最近在刷牆，光是攪拌牆土就讓我煩透了。」

她拒絕同情似地對他一笑。她是在替剛才惹得俊夫也蹙眉、粗糙如農家女的雙手辯解。

俊夫這才明白她不想伸手給水庭看的原因。

非常之事

一

本來還是白晝的街頭，等三人走出餐館時，已是滿街燈火。

新進作家吉浦對我們告別後，下坡離去。

今里先生站在人潮中取出大錢包掏出鈔票給我。這是讓我明天搬家的錢。

我倆朝上野走去。身材矮小的今里先生心情很好，穿著披風式大衣的圓肩湊過來幾乎撞到我。走到湯島的坡道，今里先生突然說：

「你覺得我上次的小說主題會不會太膚淺了？果然還是適合婦女雜誌嗎。」

「寫法很難呢。」

「簡而言之，妻子被丈夫虐待踐踏了快二十年，已然失去主動逃離丈夫魔掌的意志力。

這時丈夫意外罹患重病，妻子喜不自勝，全力祈禱丈夫死掉。她幻想等丈夫死掉，自己解脫後，就能重回年輕貌美的少女時代。」

我很想說點什麼。我正打算近日內結婚，因此對結婚懷抱夢想。我只看到所有女人的女性化溫情。

「可是，妻子反而被丈夫的病傳染，自己先死掉了。」

我的感情因爲預期即將結婚而變得纖細。如此粗暴地反向看人生令我不服。

「而且，其實那女人對這段婚姻完全不需負起責任。因爲不是她想結婚，是被迫結婚。她還是個分不清東西南北的小姑娘時就在父母強迫下嫁掉了，當時才十六歲……」

「十六！」我在口中嘀咕。和我許下婚約的女孩就是十六歲。我早已陷入一種病態喜好，比起十六、七歲的女孩，年長的女人對我毫無吸引力。可是就社會一般標準，和十六歲女孩結婚是異常。我憑靠幻想美化了我這個特例後樂在其中。

「很少人十六歲就結婚吧。要怎麼安排結婚呢？」

「當然是例如新任縣長的兒子看上身爲本地舊藩士的後代，任職於縣政府的小官員的女兒。如果是通俗小說的話……」

今里先生輕鬆打發這個問題。我沉默不語。

在上野廣小路和今里先生分開後，我搭乘電車去團子坂找朋友柴田。邀他出來陪我買了五個冬天的坐墊，還有梳妝檯、針線盒、女用枕頭……三千子抵達前須添置的物品忙得我團團轉。

我順路去明天要搬到二樓的新家，從門口拜託房東，坐墊送到時先幫我收下。

「北島先生，北島先生。」房東從屋裡匆忙喊我。

「請你進來坐一下，內人說想當面和你打個招呼。」

我打開西式大門，走進鋪榻榻米的房間。第一次見到房東太太，一張長臉就像不具輪廓的青色物體懸在半空中。臉頰紅潤令人眼睛爲之一亮的小女孩就睡在她的膝上。女孩緩緩睜開眼看我，眼中浮現美麗的血絲。

「這孩子天天吵著問大姊姊什麼時候來。她現在就唸著等大姊姊來了，要叫大姊姊帶她去澡堂。」

穿著灰撲撲棉袍的房東，把玩著高雅的鬍鬚尖端，親切地說道：

「改天等尊夫人來時，她父母應該會送她來，屆時可以住在我們家。家裡還有很多被子。」

「不，是我去接她。」

「你們明天就要一起搬來？」

「明天只有我搬過來。我會在四、五天內去岐阜接她。」

實際上只是我盤算應該會在四、五天內去接她。我還在等她來信通知我日期。只要收到她的信就行了。無論如何，只要她能來東京就行了。

二

回到淺草的住宿處，我收到三千子的來信。我立刻衝上二樓。這下子豈不等於她已經來東京了。

然而，那封信的內容令我大感意外。我任由膝上的包袱掉落在地，猛然起身衝出宿舍。帽子還保持剛進門時的狀態。我來到電車道，沒看到電車出現，只見低矮發白的軌道。

「一二、一二……」我邊數數邊踢出腳尖像要將土地往後踩踏，盡可能大步飛奔。邊跑又讀了一次信。

總之，我得立刻發緊急電報去她岐阜的家，請他們向東京的警局報警尋人。我忘記帶她的照片了。但柴田那裡有照片。我得現在就搭夜車去岐阜，不知能否趕上最後一班車？要叫柴田陪我一起去嗎？到此地步，除了直接找她的養父母攤牌，盡全力找出她之外別無辦法。

這些念頭在腦中井然有序。除此之外能否進一步釐清整件事，我自己也難以確定。記憶和想像攪在一起四處盤旋，感情與理性結成一團硬塊。

我急忙趕去找柴田。不知不覺，我已來到上野廣小路的換車地點。我跳上電車。我在電車上，又讀了一遍信封上綴有桔梗花圖案的來信。我壓根不在乎旁人眼光。信是什麼時候寄出的？我檢查郵戳。

——岐阜，十年十一月七日，晚間六點至八點之間。

是昨晚。昨晚三千子睡在哪裡？

可以確定她昨天傍晚還在岐阜。但這封信是她離家途中寄出的嗎？或她寄信之後曾回家一趟？

她現在人在何處？今晚睡在哪裡？要是昨晚在火車上，那她尚未被玷汙。如此說來會是今晚？現在是九點，三千子出外不可能在這時間就安心睡著。

「非常之事。非常之事。非常之事究竟是指什麼事？非比尋常？非世間常理？」

在我腦中，「非常之事」這個字眼如雨滴不斷響起。

我下了電車走上團子坂，同時就著晚間路邊攤的瓦斯燈讀信。

懷念的友二先生

謝謝您的來信。

遲遲未能回信非常抱歉，想必您一切如常。

我現在，必須向您鄭重道歉。我曾與您堅定許下承諾，但我發生非常之事，而那件事無論如何都無法告訴您。我現在說出這種話，您想必感到不可置信，想必會叫我告訴您那非常之事。與其告訴您，我寧可死掉，不知會有多幸福。

請您就當這世上沒有我這個人吧。

下次您寫信給我時，我已不在岐阜。請當做我在某個國度生活吧。

我一輩子都不會忘記與您的〇！就此向您告別——

今天這是最後一封信。就算您來寺裡，我也不在了。再見。我會永遠祈求您的幸福。

不知我會在何處如何生活——

永別了。再見。

謹致懷念的友二先生

這是只在小學習字到三年級秋天的十六歲女孩的來信。她模仿婦女雜誌讀物中的信件依樣畫葫蘆，卻不知文字究竟表達了她的幾分想法？她是基於何種心情使用「非常之事」這個字眼呢？我已經將這封信的字字句句都背了下來。

「〇！〇！這個符號究竟是指什麼？是代表哪個字？她明明會寫戀或愛這些字，所以〇到底代表哪個字？」

打從剛才就有無數的圓圈忽大忽小在我眼前不停閃爍。

我走上柴田租屋處的陡峭樓梯，這才發現自己的雙腳不住顫抖。

三

柴田看著三千子的來信，不由膚色發白，暴露他的情緒。

我吸了一、兩口紙捲菸就塞進火盆，又點燃一根塞進去，連續扔了好幾根菸。

在柴田的注視下，我說：

「是爲了男人吧。」

「我也這麼猜想。女人難以啟齒之事，只有失去童貞。」

「還是有什麼生理上的缺陷？」

「嗯，生理缺陷。」

「比如不良血統或遺傳？」

「嗯，血統或遺傳。」

「無法坦然告人。像是家醜，父母或兄弟的醜事？」

「嗯，家醜。」

「可是，不可能是那種事。」

「不過，我覺得她不可能遭到男人欺騙。因爲她非常精明，一點也不像那般年紀的小女孩。」

「總之，她應該已經不在寺裡了吧。」

「說不定還在。也許還在拖拖拉拉。」

然後柴田對著遠方自言自語說：

「上次她說要來時，要是立刻讓她來東京，就不會發生這種事了。你錯就錯在沒有及時抓住機會。」

「可是——」

「所以讓機會溜走了。」

他說的是三千子在十月中旬寄來的信。信上說她要在十一月一日逃出岐阜，叫我給她一點錢搭火車。那倒是沒問題。問題是，三千子說要與比她大五歲的鄰居女孩結伴同行。這讓我很不愉快。我對那女孩感到莫名的道義責任。兩人結伴來了東京，若教我只收留三千子不管那女孩，我想我恐怕做不到。據說那女孩打算去咖啡廳上班。但是她若就此墮入都會的最底層，我不可能坐視不管。總之那將成爲我的重擔。而且那女孩雙親俱在，家人不可能任由她離家出走。如此一來，說不定本來三千子一個人的話不會被抓到，卻受到連累，抵達東京之前就被帶回岐阜。我希望三千子抵達東京時，就只有她一個人。我希望她的感情只專注於一處，讓我能專注地接納她。我不希望第三者打攪。我甚至無法忍受三千子一個人旅行。當我想像一個年輕女孩情緒高亢地長時間待在夜行火車上，我就恨不得自己去岐阜接她。而且她說不定穿著家居服就逃離家門，要是連衣服也沒替她準備就太可憐了。因此我反對三千子和鄰居女孩同行。上次我提到這件事，柴田就說：

「這有什麼，區區一個女人我隨便都能搞定。」

如今看來，我也深深感到，早知如此就不要講求那種潔癖，應該先將三千子接來東京放在身邊才對。

柴田安慰我。

「放眼我們周遭，學生談戀愛可以說十對裡沒有一對順利。你的情況進展簡直順利得可怕，難保不會在哪出問題。」

可就算如此，我應該沒必要配合社會大眾的失敗吧？

「怎麼辦？」

「不管怎樣我現在得趕去岐阜。」

「這樣最好。」

「我什麼都沒準備，能否借我鋼筆或鉛筆，還有信封、包袱巾？還有三千子的照片——」

「毛巾和牙刷呢？」

「我再找地方買。你有沒有錢？我有一點，但是不知道她在什麼地方。要是去找今里老師他應該會借給我，可是我想他家應該已經關門了，況且也沒時間繞過去。」

「我沒錢，去火車站的途中我幫你找朋友借。」

「雖然可能是馬後炮，但我還是給寺裡發個電報吧。」

我們匆匆走出宿舍。快入冬的夜風很冷，柴田拉開吊鐘披風的袖子摟住我。他這樣感情洋溢地對待，令我有點不好意思，但我還是和好友裹著一件披風走路。現在心情稍微平復，已不再聳肩喘息了。

我忽然想起來，說道：

「該不會是報紙上那起私奔事件的同夥吧？」

「啊？什麼私奔事件——？」

那是前天晚報的報導，標題是「前所未有的大私奔。岐阜市中學生男女十二人結伴私奔」。六個男學生和六個女學生相約私奔。那竟然發生在岐阜讓我略感驚訝。不過，正值總理大臣原敬遭到刺殺的報導占滿報紙全版之際，這則新聞並未被詳細報導，而且似乎是過了兩、三天才刊登。報上說六名女學生中最年幼的才十五歲，就讀二年級。三代子這個名字連同姓氏都和三千子很相像，是報紙誤植嗎？

現在，我不禁覺得那和三千子的來信似乎有關。但是三千子十六歲，也不是女學生，不可能和鄉下中學生結伴鬧出兒戲似的私奔。況且私奔是四、五天前的事，而三千子昨晚還在岐阜。不過，說不定她是抱著只要能離開岐阜就好的念頭，加入這龐大的逃亡隊伍？不料之後被抓到，送回了岐阜？所以她在岐阜和養家都待不下去，只好再次離家出走？不會吧——

雖然這麼想，我卻無力抹消這個懷疑。

來到駒込郵局前，柴田鑽出披風按著我的肩膀。

「這件披風你穿著。」

——三千子離家出走，請速逮回。

我發電報時沒寫發報人姓名。因爲想讓三千子離家的我，現在卻要將離家的她逮回來。

我和去借錢卻不巧朋友不在的柴田會合後上了電車。正巧車上有認識的同學，柴田立刻說：

「喂，借我錢。要去旅行用的。」

但此人身上也沒錢。

我對自己還戴著制服帽耿耿於懷，說不定在岐阜必須做出什麼不名譽的事。我借來柴田的軟帽試戴，但是太大，連耳朵都蓋住了。

「渡瀨和三千子去參觀鸕鶿的那晚，該不會對她做了什麼吧？」

我聽了之後，彷彿法學士渡瀨那蒼白冰冷的皮膚碰觸到我的肌膚，不由爲之發冷。

「不可能。若眞是那樣，三千子上次說起那件事時不會那麼詳細。」

「說不定是和尙做了什麼。」

身材壯碩宛如院政時代僧兵的養父，彷彿就杵在我眼前。

「該不會是三千子的親生父親寫信去說了什麼吧？雖然他當時同意了婚事——」

「我也這麼覺得。」

這麼回答時，我想起北方小學那個看似落寞的工友。是那個男人，或他的家庭有任何醜聞嗎？

在東京車站的候車室，我匆匆寫信給今里先生。我在信上說柴田是替我跑腿，拜託今里先生借錢給他。

我從火車車窗伸出頭，自信十足且斬釘截鐵地說：

「只要三千子的身子沒被玷汙，我一定會設法帶她來東京。倘若出事了，我也會送她回家鄉的親生父親身邊。」

「好，就這麼辦。」

火車發動時，柴田伸出手。我握住那隻手。

四

在東京車站時，我總覺得三千子就在東京車站。搭乘火車時，我也覺得三千子就在這班火車上。

我睜大眼睛試圖看清新橋和品川這些明亮月臺上的每一個女人，眼睛都瞧得疼了。交錯而過的上行列車的黃色車窗飛逝。窗中的人影拖曳著灰色尾巴從我眼前流過。我心想須做好準備以便隨時跳到對面的列車上。因爲說不定會看到三千子搭乘的火車。

我將寬褲正裝和帽子扔到行李架上。可我仰望著行李架，一邊卻想像要一把抓住行李跳下車。因爲三千子或許就站在某個車站的月臺。

那個女人怎麼看都像三千子。的確是她，不，沒有那麼像……我如此暗忖，茫然遠眺著低頭坐在前面五、六排座位上那女人的馬尾和肩膀。

坐在對面的學生找我攀談。他在東京準備高等學校的入學考試，現在要回四國，看到我放在行李架上的大學帽子，似乎對我肅然起敬。

綁馬尾的女人直起身子，胸脯雪白。她正在餵嬰兒吃奶，臉蛋看起來起碼比三千子老了十歲。

我將披風裹在身上，仰躺在座位上睡覺。

可能與不可能模糊了界線，我的腦子此刻充滿幻想。

——那是白色牆壁的正方形狹小拘留所。臉色蒼白的三千子和男人倚靠那牆壁，電燈的燈光忽明忽滅。養家報警尋人後警方逮到了兩人。

——爲了尋找三千子我四處流浪。海浪聲傳來，散發醬油味的矮几。流浪的我和身體已被糟蹋的三千子不期而遇。

——三千子哭著說她不是女人。我和三千子過著不是夫妻的柏拉圖生活。

——警笛聲響起。我搭乘的這班火車，輾斃了正與別的男人相擁的三千子。

——那是北方的大雪。歷盡滄桑的三千子回到父親身邊，我在兩人面前的榻榻米鞠躬行禮。

——「她或許和你有過婚約，但她現在已是我的人。」「不，懂得如何愛這個女人的只有我一人。」然而三千子袒護那男人，挑起眉毛高亢嘲笑我。

我想起少年時代讀過的娛樂雜誌和冒險小說，想起其中帶來各種奇蹟的忍術、法力和奇異的魔力。

——我大喝一聲化爲青煙，飛上天空，冷不防出現在正想侵犯三千子的男人面前。

——我大吼一聲，那男人就渾身僵硬動彈不得，或打起瞌睡。或者，雷電打在男人身上。

可是總之——我緊閉雙眼，右手按住額頭。倘若我讓精神力澈底集中在額頭，凝聚祈求的念頭，我的心情能否從額頭流出去、越過天空傳達給遠方的三千子？我不相信那種事。但我爲何無法相信？就是不相信才做不到。只要相信，它就會成眞。

然而人類的精神力如此軟弱，我毫無辦法。這麼一想，我驀然安靜下來。我幾乎要睡著了，彷彿將自己放逐到遠方，變得空洞。

我又讀了一次三千子的來信。塞進袖子時，懷中的錢包猛然滑落。我不想動。學生替我撿起來，我恍恍惚惚地收下。披風的下襬敞開垂到火車地板，學生拎起來裹住我。我忽然變得軟弱，彷彿人家替我這麼做是理所當然。之後學生屢屢爲我拎著披風的袖子，我甚至沒道謝。我滿心依賴，彷彿將自己委身於眼前的學生。我已脆弱得就算對他人的好意不做任何反應也能心安理得。

這學生還替我守夜，整晚都沒睡。我一副理所當然的語氣說道：

「我要在岐阜下車，要是我睡著了就叫醒我。」

我不時醒來，只有站務員拎著燈走在空蕩蕩的月臺上。我猛然起身，在車窗外搜尋三千子。

我在豐橋又醒了，已是早上八點。昨晚起伏的情感和今早之間，似乎沒有任何關聯。我彷彿遺忘了手腳，淨是愣愣坐著發呆，習慣地在每個車站逐一審視走動的人。

岐阜到了。咦！火車站經盛大裝飾下，月臺的柱子都裹上紅白布條，天橋的升降口也掛上紅白緞帶裝飾。是爲了迎接激動趕來此地的我——才怪。當然也不是爲了慶祝三千子逃出此地。不過，我內心湧上極爲新鮮的興奮感。

我急忙走進候車室，匆匆翻閱報紙。人們神情怪異地看著我。只有本地報紙有全版私奔事件的報導。男生隊和女生隊分頭出逃，想必是相約在目的地會合。六名女學生在橫濱被抓到，六名男學生似乎一路逃到北海道。不過，每一份報紙都提到了十五歲的二年級學生三代子。

走出候車室，火車站入口豎立拱門。抬頭一看，白色的匾額寫著「慶祝升格」的紅字。

「升格？哪個學校升格了？是靠近三千子她家寺院後面的農校嗎？那裡的農學生就是三千子的男人嗎？這裡正在爲那男人的學校慶祝？」

然而，冷雨澆在低矮的城市，死氣沉沉。

我橫越雨幕，一路跑到火車站前的紅牆旅館。

「哎呀！歡迎光臨！」女服務生衝出來，想拽著我進屋。

「啊，您能來眞是太好了。」女服務生歡喜地朗聲說道，從後面輕推我的肩膀，抬著腿蹦蹦跳跳地引我進走廊深處。後面還有兩、三個女服務生小跑步跟上的腳步聲。

我目瞪口呆，啞然任其擺布。這家旅館的女服務生沒道理對我如此親暱。那位推我進來的女服務生，我連她的長相都不記得。九月時我住過一晚，十月時來吃過一次午餐，但我幾乎沒和女服務生說過話，也沒給過小費，這些女服務生的親暱態度從何而來？我簡直一頭霧水。

「請在這個房間等一下，馬上爲您打掃出一個好房間。」

我愣住了。怪事接連發生，我簡直快瘋了。

這時柴田匯來的電報支票送到。剛才那位女服務生在走廊對其他女服務生說：「快點收拾一號房。是嗎？可以直接帶客人進去了？」

五

從一號房越過小片植栽，可以俯瞰火車站前的廣場。

我隔著庭院樹木的枝椏監視火車站入口。我擔心一不留神，讓三千子走進車站就麻煩了。

旅館聲稱馬上好的午飯拖到快十二點才送來。

我吸了一口茶碗蒸，差點吐出來。自己都覺得驚訝，雖然很餓，卻什麼都嚥不下。

伺候我用餐的女服務生不是之前那一位。

「是哪一間學校升格了？」

「學校？」

「不是豎立了拱門慶祝嗎？就在那裡。」

「哦，是火車站啦。慶祝岐阜車站升格。」

「原來如此，是火車站啊。我還是學生，看到升格滿腦子只想到學校。」

「是。」

「發生了大規模的私奔呢。」
「是嗎？」
「妳不知道？報紙上不是有大篇幅報導？就在岐阜喔。」
「天啊！眞的嗎？因爲我從來不看報。」
「那妳有沒有聽說××町某寺院的女兒離家出走之類的消息？」
「完全沒聽說。哪間寺？」
「澄願寺。」
「沒聽說。我是不太淸楚，但旅館的老爺在女校教書，等他回來了我替您問問吧？」
「行了，立刻幫我叫車。」
「是。」
我頻頻反胃作嘔，於是勒緊褲帶，但反而更不舒服，只好又鬆開。
我借了旅館的雨傘上車。
出了岐阜市往郊野走一段路後，來到家家戶戶製作本地名產雨傘的小城下町。
車子抵達雜貨店前，店裡站著四十歲左右的女人，似乎就是三千子口中的「阿嬸」。
三千子常來這家學裁縫和插花，這位老師也是在岐阜唯一對三千子表達善意的人，三千子這麼說過。我寄來的信，也是這家替三千子代收。

「我是從東京來的。」

「是。」

「想請教澄願寺的三千子的事——」

但這女人正眼也不瞧我，態度很冷淡。她慢吞吞賣鍋子給比我晚進來的客人。好不容易做完生意後，依然讓我站在內院，她自己也站著。

「請問你是哪位？」

「敝姓北島。」

「哦，北島先生。」

「常常麻煩您幫忙。」

「哪裡。」

「我是爲三千子的事而來。」

「三千子怎麼了嗎？」

「她一切如常嗎？」

「我沒聽說有什麼不對勁。」

「她沒有離開澄願寺嗎？」

「我有段時間沒去澄願寺了，但是應該不可能吧。」

「是嗎？昨晚我收到她奇怪的來信，信上說要離家出走。您不曉得這件事？」

「她如果來過，我絕不會隱瞞。」

她意外尖銳的語氣令我一驚，我不禁瞄向屋內深處，只望見白色紙門。其實我並沒有質問她的意思。

我忽感疲憊，甚至懶得再多說。

「我去澄願寺看看。」

上車後，我才發現忘記拿傘。澄願寺就在附近。我讓車子在寺院門口等我。

門口和內院之間有個沒有隔間門的房間，養母正獨自縫製衣物，是三千子視爲「敵人」的養母。九月時我來過寺裡一次，這是第二次。

簡單寒暄後，養母說：

「今天您是打哪來？」

「我今早剛從東京過來。」

「專程過來？」

「對，因爲有話想說。」

「是爲了三千子？」

「是的。」我顯得緊迫盯人。

「最近我們堅決不讓三千子出門。」

「嗄！她在家嗎？」

我彷彿深深沉落，安心地長嘆一口氣。

「就算同樣年紀，在東京長大的女孩和鄉下人就是不一樣。本以爲三千子和這附近的女孩一樣，其實大錯特錯。她已經很成熟了，我可不放心讓她一個人出去。」

養母對我冷嘲熱諷。不過，那種事先姑且放到一旁。

「她最近都在家嗎？」

「對，就算跑腿也不會讓她一個人去。我們盯得很緊。」

「她在這裡？」

「啊？」

「三千子什麼事都沒發生嗎？」

「三千子向您說了什麼嗎？」

「對，所以我才會今早趕來。」

「這樣子啊……您先請進來坐。」

我在坐墊坐下後，再次微微低頭行禮。我苦澀地說：

「同時我得向您道歉，另有要事懇求您。不過——」

養母沉默不語。

「昨晚我收到她奇怪的來信，實在不放心，就立刻趕來了。她沒有任何離家出走的舉動嗎？」

「我完全沒聽說。她這麼對您說的？」

「對，昨晚的電報就是我發的。」

「啊，原來是這樣。我就覺得奇怪。三千子一個人睡在這房間，電報送來也是三千子簽收的。叫她給我看，她卻四處閃躲，叫她唸給我聽，她也不肯，淨說著看不懂，一點也不懂，然後將電報撕破了。」

三千子既然在家，那封電報當然不能給養父母看到。我到底做了什麼！而且就算她撒謊，可我竟然告訴她的養父母她寫信給我說要離家出走。

那封信是騙人的？我這才懷疑起來。是假的。我壓根沒想到那是假的，從昨晚到今早居然激動成那樣。

「真是謝謝您，讓您白擔心一場，還大老遠專程來岐阜。」

「哪裡，有件事我也得道歉。」

是我想扮演好孩子，這才將三千子形塑成壞蛋嗎？

「其實——」

「三千子是怎麼想的我一點也不了解，還是請您自己問她本人吧。」

養母說著喊道：

「三千子、三千子。」

沒回音。我渾身僵硬。養母起身走向隔壁房間，此時紙門拉開了。

「歡迎。」三千子那尖銳如鐵絲的聲音說著，跪地行禮。

一眼看到她，我的心倏然蒼白。那瞬間湧現的，不是憤怒、也不是喜悅或愛意，更不是失望。愧疚令我縮成一團。

這女孩有哪一點像是一個月之前的三千子？這模樣有哪一點像個年輕女孩？這分明就是痛苦的化身吧？

她的面容失去生氣，變得枯燥乾癟，白粉還浮在臉上。她的皮膚像乾魚鱗一樣粗糙，眼睛失神地恍如注視自己腦中，瓦斯紡織生產的棉袍泛白破裂，整個人看起來黯淡無光。

我看到的不是我心愛的女孩，也不是或許打算背叛我的女孩。看著三千子，就像看著空虛，我頭好痛。

她這模樣，絕非短短兩天的痛苦所致。這一個月以來，她天天和父母吵架、以淚洗面，給我寄來十封的信這樣訴說。那對我而言是幻想的感傷，對三千子卻是現實的痛苦。如今幻想和現實面對面，就是我的婚約的客觀狀態。

我不知道發生了何等「非常之事」，但是和我許下的婚約壓垮了三千子。她已不堪負荷那重擔才會寫出那封信嗎？

一團痛苦逼近我，在火盆對面僵硬地坐下。

（大正十三年十二月，刊於《文藝春秋》）

人壽保險

突然出現三個自都市遠道來訪的陌生學生，當面求娶離家已久的女兒，積雪深厚的山中牧師館的工友顯得一臉錯愕。他狼狽得甚至無暇思考三人之中到底是誰想娶他的女兒。這個求婚，是他自女兒失去音信三年後，頭一次接到關於女兒的消息。而他唯一能商量的牧師正在遙遠的海邊避寒。

我拿出和他女兒的合照給他看，證明彼此已許下婚約。父親貪婪地盯著照片。

學生A說：

「她長大了很多吧。」

「是。」

小聲回答的老人，眼中浮現淚光。他難爲情地垂下頭。突然間某種感情沾染我全身，唯獨好勝心分外強烈的亢奮，得到內省的安靜。幾乎像強迫對方交出女兒的心情受挫，我感到一絲悲哀。

A娓娓說明我的家庭背景。

「嫁過去的話沒有婆婆也沒有小姑，西田沒有父母手足，父母都在他小時候過世了。」

這時B像要搶話似地急忙補充：

「他父親是在日俄戰爭戰死的。」

「對，是戰死——」A也說。

我霎時一驚。但她父親或許因思緒混亂已無暇傾聽他人說話，只心不在焉地應了一聲「是」。

談完走出牧師館，B立刻說：

「不行啦，要是說父母都早死，他會認爲小孩肯定也身體虛弱。所以我才趕緊說是戰死。」

B對於自己的機智有點得意，可我就連碰觸那個問題都很痛苦。藉著夜晚的雪光，我看著自己的手，那裡有我狡猾的自卑。襯衫袖口鬆垮遮住雙手的半個手掌，一方面當然是因爲寒冷，但主要是我不想讓她父親看見我過於纖細的手臂。我暗自竊喜是在穿著厚重棉袍的冬天來見他。

那女孩還年輕，不懂得拒絕主動搭訕她的男人。我唯一擁有的優勢，就是我是第一個向她求婚的男人。她只是興奮如做夢般順勢點頭而已。她應該也是百般考慮過各種條件，但她根本忘了考量對象的健康問題。就算想到了，她也不懂如何拒絕。從小沒見過父母的孤兒，反而成了追求女人的好武器。不知多少女人驚呼著瞪大雙眼，毫不吝惜對我付出感情；也有很多女人瞞著父母或丈夫暗地塞零用錢給我。我一哭訴，旋即含淚露出同情的神色。年輕女人同情年輕男人而落淚，近似拋棄理性，將感情交付到男人手上。會在那瞬間考慮到「父母早死，小孩或許也會早死」的女孩，肯定是不像女孩的魔女。我並沒有對牧師館工友的女兒使出哭訴自家身世的計策，多半是因爲我只說「我想與妳結婚」，她立刻說「好」就這麼解決了。不過，我也沒提醒她「妳可有我會早死的心理準備嗎」。我多少感到「不說」是詐騙，可我決定拖到將來再替這詐騙辯解。因爲只要好好注意保養，虛弱的人也能變得健康，說不定可以延長十年甚至二十年壽命。而且我沒有勇氣認定自己是不能結婚之人，就像我無法澈底相信自己會早死。兩者都不過是抱著自身命運稍微坎坷之感，沉溺於陰鬱的遊戲。然而我對她的自責始終沒有消失。這種心情我沒讓A和B知道。所以當B說出「是戰死」時，我感到「果然人們都這麼想啊」，彷彿被推落深淵。

翌晨，她父親同意了。我說再過不久等正月新年就帶她來，他對此充滿期待，就這樣無力地走下積雪的山路，一路送我這個八成會早死的女婿到火車站。

回到都市兩、三天後，我和大醫院的副院長走在歲暮街頭。夜已深，醫生趁著醉意說：

「總覺得你很寂寞，我看著都感到不忍。你的身影很落寞。你的身影是殘缺的。你心裡的陰影，來自從小命運坎坷。還是學生又有什麼關係，結婚吧，否則救不了你。我替你安排，幫忙出學費、成家、保障生活，這種病患家庭多得是，都是我安排的。總覺得你的影子是殘缺的，你知道嗎？」

「身爲醫生的你說出這種話沒問題嗎？你可是醫生——」

「你是笨蛋——」他口氣浮誇地撲向我，害我差點被他推到水溝裡。

「是醫生在告訴你喔，是醫生！你太迷信了。這是迷信。——我可是醫生。」

「我的妻子將來恐怕會窮途潦倒。」

「我說你不會死。」

「誰知道。」

「所以我不是叫你娶富家千金嗎。」

「算了，我還是在街角撿個貧窮的女孩吧。」

「那樣也行。有壽險喔。」

「原來如此，還可以投保啊。」

壽險這個非常好的主意浮現腦海。不過，還是學生的我居然認眞考慮這種事，讓我覺得自己很可悲。

（大正十三年八月，刊於《文藝春秋》）

丙午年女孩讚歌，及其他

【丙午年女孩讚歌】

說起丙午年生的女孩，我個人有些心得。算不上眞知灼見，只不過一般人似乎沒察覺這點，所以我還是姑且寫出來。

「丙爲陽火，午爲南方之火，火上加火是爲大凶。」《本朝俚諺》據說如此記述，意思是火上加火過於猛烈。除此之外還有何根據，我並不知曉。

不過，我很喜歡「丙爲陽火，午爲南方之火」這句話，三、四年前還以「南方之火」爲題替《新思潮》寫了長篇小說。因此報章雜誌上那些丙午年女孩的報導，我從以前就分外關注。

歸根究柢，報紙第一次出現丙午年女孩厭世自殺的報導，是在大正十年（一九二一）。今年二十歲的丙午年女孩當時十六歲。十六歲的女孩悲觀看待嫁不出去的命運而自殺，再怎麼說都絕望得太早，太心急。對此，我痛切感到，婚姻這種事是如何早早就宿命般侵蝕多數女性的心頭。

單就我認識的十六歲丙午年女孩來說，她曾在感嘆過往不幸時表示：

「是午年作祟。」

而在思考自身今後的方向時，她也說：

「反正我只適合陪酒賣笑，誰教我是丙午年生的。」

後來，丙午議題見於報章雜誌，尤其在婦女雜誌上受到熱烈討論。各界名流於婦女界的聯審會上陳述意見，最近《時事新報》的讀者也頻頻投書論戰。而那些說法，似乎一致認定此爲迷信。

當然，丙午年生的女孩會殺死男人或吃掉七個男人的說法，想必的確只是迷信。

此外，今年二十歲的女人星座是四綠。四綠丙午。卻也有人說四綠星是外遇星。這當然應該也是迷信。

雖然應爲迷信，不過，正如作家久米正雄在婦女界聯審會上提到的，丙午年生的女孩，奇妙地多半個性好強、機靈、敏感。這點我也認同。我所熟識的人當中很多人亦如此認爲。美麗、好勝、倔強、好鬥、機靈、花心、三心二意、敏感、尖銳、活潑、自由、新鮮的女孩，爲何多半是丙午年出生的呢？相較之下這種女孩爲何多半生於丙午年？既然如此，丙午年云云該不是迷信吧？對此，我個人略有見解。

我認爲，這是因爲丙午年女孩是戰爭的女孩。換言之，她們生於明治三十九年。她們是日俄戰爭時出生的女孩。

日俄戰爭，那是日本賭上國運之戰，是建國以來的第一場戰爭。在社會主義和國際主義幾乎已成常識的今天，恐怕難以想像當時滿懷愛國意識的戰鬥心。如今日本已爲世界三大國之一，恐怕亦難以想像戰勝當時強權俄國的心情吧。可是，丙午年女孩是這場戰爭和勝利的女孩。她們是那場戰爭活生生的紀念品。

生於明治三十九年的女孩，多半在三十八至三十九年間於母體受胎。她們在母親肚子裡受到怎樣的胎教呢？當時舉國亢奮，連天空都染上戰爭和勝利的色彩。光是想像身處大後方的母親及家庭的情緒，就不難理解胎兒的特質。進而，凱旋歸來的軍人的第一個孩子也多半於三十九年出生。參與日俄戰爭的不只是現役軍人，也有許多已婚的軍人。他們在中國東北或西伯利亞的荒野淪爲不知是否還有明天的殺人狂，戰鬥了一年甚至更久。那些凱旋歸來的軍人和在國內苦等他們的女人，滿懷感激與歡喜地結合所孕育的即爲丙午年女孩。若作此想，幾乎可感受到某種淒慘。更何況周遭還充斥舉國的激情與混亂。

就交由讀者自行幻想吧。

基於上述想法，我認為生於丙午即為火女的說法是迷信，但是生於三十九年故為戰爭與勝利之女的說法並非迷信。她們當然會殺死男人。殺死，這是正面意義的比喻。我並非刻意叨唸著丙午年女孩的壞話，而是要讚頌她們是最好的女性。

我相信讀了我這篇論點會拍膝叫好的丙午年女孩及女孩父母，想必不在少數。

【最近】

明明是十一月十日，農民卻已種起了麥子。去年我來到伊豆溫泉時，農民也在種麥子。我很意外居然滿一年了。或許是在山中待上一年，最近我與人見面時略感厭煩，見了面也懶得說話。

山中稻田少，不一會兒就割完稻子了。想著割稻還早、還早之際，田裡已經連一根稻子也不見，我感到很驚訝。山上的紅葉亦復如此，總讓我驚嘆是幾時變得那麼紅。翌日朝山上一看，還是忍不住驚嘆是幾時變得那麼紅。

我細細凝視許久未見的收稻風景，操作各種機器看起來很稀奇。接著我難得想起故鄉的農村。我小的時候還沒有這些機器，但農村裡倒是不少特殊活動，小孩自有每個季節的小孩遊戲。腦中浮現了長年遺忘的記憶。

這個村子完全沒那種活動，連一首種田歌也沒有，村民只是默默埋頭苦幹。不過還算悠然自得，生活很輕鬆。傍晚早早休息，夜晚不上工，小孩也完全無需勞動。走在村中，瀰漫分外靜謐之感。

兩、三天前的傍晚，小孩難得唱起本地的歌謠：

白色的流鶯
穿著白棉衣
來呀來到了

原來是小孩抓到小蟲子。這種蟲子看起來就像小黑蚊穿著白棉花。飛得慢，走得也慢，眞想抓時卻又轉瞬消失了。這是我的故鄉沒有的遊戲。

最近天冷了，我猶豫著該回東京還是去南方。若向南越過天城嶺，風景霎時將轉爲晴朗亮麗的南國風情。

【貓】

很暖和吧，貓啊。初冬的小陽春，你喜歡待在屋頂上吧。大棉被很大所以一起睡吧。拍拍你的頭你就會伸長脖子吧。是喔。是咽喉那兒癢嗎。人哪，爲了證明不會背叛親愛的信賴，會替你搔癢喔。哦，你呼嚕呼嚕叫了。可貓啊，你不會寂寞嗎。你似乎想著人沒想著貓呢。除了交配期之外。

【狗】

開心地走在前頭是很好，但一來到岔路，你怎麼就一臉古怪地回頭看我。狗啊，你還打算繼續跟著我嗎。已經走了四公里山路嘍。你要跟著走多遠都行，但是你到處小便讓我很不滿。雖說你只是憑本能感到回程將要獨行，的確有點可憐呢。你看，那頭就是溫泉場了，再走下一個山坡，我就買點東西給你吃。咦，你爲何神情那麼凶。怎麼，都走到這裡了你卻要掉頭回去了嗎。哦，原來如此。你聞到了溫泉場的狗的氣味啊。枉費你伴著陌生人大老遠走到這裡。你要走了嗎，再見。其實人和你也有點像。

【野菊】

野菊花開滿地，愈看愈美麗。我們生活的世界想必受到大自然恩賜。但我不免懷疑，人類是否眞懂得這朵花的美麗。也許只有替這花搬運花粉的昆蟲，才懂得這般美麗的恩賜吧。

（大正十四年十二月，刊於《文藝時代》）

五月幻影

一

惠子的胭脂紅大衣是溫暖的春天，她丈夫的輕薄外套是爽朗的五月，或許只是一場海邊的小旅行，連個小行李袋也沒拿。

兩人沒有朝新吉回頭，依偎著走向月臺。當然，她丈夫不可能回頭看新吉。但是惠子沒回頭就顯得不太自然。她肯定感到新吉正注視著她的背影。

然而，這雙年輕夫妻的美麗背影，僅是美麗的幻影。惠子和丈夫度過的幸福生活，對新吉而言是人生的美麗幻影。而她的背影，完全感覺不到絲毫和新吉的關聯。要是繞去前頭端詳，她那張臉孔會是什麼模樣？想必好強如她會像光鮮亮麗的花朵般一臉漠然吧。

既然如此，站在新吉的立場，這樣不是很好嗎。惠子保持美麗的模樣永遠消失，不正是他的希冀嗎。不就再也無需窺視她的內心，試圖理解她所思所想了嗎。不管她想些什麼，都不會顯現於背影。如此看來，新吉不禁慶幸於那容貌體態。只要誠實去感覺，視形體爲形體即可。霎時，新吉渾身一輕。他對著惠子的背影呢喃：

「妳要勇敢。」

美麗的幻影消失就行了。記住新吉的長相，是惠子人生中最愚蠢之事。

新吉轉身，和走向出口的惠子兩人反方向，走向乘車口。

電車如活潑的魚游動。東京的夜景比他在旅途中想像的更沉鬱。月臺上與一旁交錯的細長鋼鐵軌道，令他意志振奮。和惠子兩人從大磯搭乘同班車的巧遇，肯定是人生的疾病。

他走出東京車站的乘車口，切過停車場的建築邊端，快步走向車站飯店的入口。搭電梯上三樓，在走廊亦大步疾行。房間似乎是八角形。眼前的丸之內大樓成排明亮的窗子顯得很耀眼。

「抱歉來遲了，我剛抵達。」

「勞駕您大老遠趕來，辛苦了。」

「哪裡，也到了該來東京的時候。鄉下已是一片青綠。」

眼前三人正坐在深陷的皮椅中，分別是電影導演、擔綱主角的演員，以及製作公司的文藝部長。導演說：

「您一定累了吧。我們已經準備好餐點。」

新吉在椅子坐下，自行倒了一杯粗茶喝。

「剛才在火車上，我遇見這個故事的女主角了。」

「秋子嗎？」演員問道。他放在桌面的雙臂圍成半圓，中間隨意擱著大型菸斗。

「不是，不是女演員。我是說眞正的當事人。」

「哦？」演員不知該說什麼好。

「這故事的人物有原型啊？」

「對。」新吉說著，忽然放低聲音。

「我們就洗耳恭聽吧。」

就算對方這麼說，其實也沒什麼好說的。

惠子的父親是瘋人院的工友，新吉的電影劇本就是圍繞這名工友展開描寫，如今將被這些人拍成電影，於是他結束旅行趕了回來。而方才遇見的惠子，和她父親窩囊的模樣截然不同，在新吉看來洋溢著美麗的喜悅。但只要惠子勇敢一點，這其實算不了什麼，和他們的電影製作更是毫無關聯。

新吉想起什麼似地倏然起身，推開玻璃窗。

「這個房間——」他說著伸出頭。「就是突出在乘車口上方的那個房間吧。」

眼下汽車如螃蟹四處爬行。

二

走出餐廳，新吉沒有回房間，獨自漫步走廊。走廊盡頭那圓形的空間，沒想到竟是乘車口內的廣場。他倚靠鐵欄杆，俯瞰下方大排長龍的旅客。那些人正在等開往神戶的三等車開放檢票。他們頭頂上一片開闊的空間，讓他們顯得格外渺小，隊伍看起來也很蠢。他湧上落寞的哀愁。隊伍幾乎完全沒動，旅愁逐漸沁染心頭，夜似乎更冷了。

「是惠子。」

那年輕女孩拎起腳邊的籃子時，稍微抬起的臉頰幾乎貼著前面那男人的腰部。那張臉孔分明是惠子。新吉驚訝之際，旅客的隊伍也像要倒下般往剪票口吸了過去。柏油路面響起凌亂的木屐聲。那道從雙眉間延伸鼻梁的線條分明就是惠子。是惠子會流露的悲哀神情。那單薄的肩膀順著人流走向剪票口。

話說回來，她的服裝也太寒酸了。她的外表才令人想到暖春，不到三小時，卻已換上單薄的和服現身同一個車站。

新吉猛力壓下電梯按鍵。他沒拿帽子和外套就衝出旅館，不管三七二十一買了坐到國府津的車票。從第一節車廂緊緊瞪著每道車窗內，接連撞上前來送行的人，匆匆走過月臺。他直直走到火車尾端，仍逐一瞪著擠滿月臺的人群，又往回走到火車頭，然後盯著車窗後退。

發車的鈴聲尖銳響起，他跳上最後一節車廂。火車起動的同時，他站起來逐一觀察每一位女乘客，遊走在車廂之間。巡視了三、四節車廂後，他感到自己拉開玻璃門的動作愈見粗暴。

「是惠子。」

她敞開胸脯低著頭，正在給嬰兒餵奶。從耳朵周圍的頭髮看來分明就是惠子。他充血的雙眼湊近女人的臉孔。

「喂！」

這時，某人尖聲拽住他的手。

「別做失禮的舉動。」

眼前浮現一張大鼻子男人的臉孔。女人抬起頭，那是多麼愚鈍的臉孔。新吉茫然佇立，無力地說：

「對不起，因為方才在東京車站發現棄嬰。」

「棄嬰！」

某人這麼一喊，眾人的目光立時投向新吉。男人多半以為他是刑警，態度變得和緩。

「這樣啊，又出現了嗎？可你看我們不是帶著孩子嗎？這孩子可不是撿來的。」

他逃出這節車廂後，恍恍惚惚地穿過幾節車廂，在新橋下車，搭計程車回到旅館。房間裡的三人都對新吉投以責備的眼神。

「您上哪兒去了？」

「哦，我剛才從走廊俯瞰乘車口，忽然想起故鄉的朋友要搭火車，所以去見了朋友一面。畢竟十年沒見了。」

稍微鎮定下來，他接著說：

「這個腳本中，女兒和父親悲慘的生活無關，談了幸福的戀愛準備結婚。但是關於那部分，我想寫成女兒其實也不幸福，靠著出賣貞操過活；平時衣衫襤褸，惟外出賣身時，才去服裝出租店將自己打扮成千金小姐。去看父親時也穿著那些華美的衣服，甚至借了胭脂紅色的毛織大衣。」

「可是那麼一來——」文藝部長插嘴。

「故事整體太陰暗了吧?而且情節也過於混亂。」

「但那就是事實。」

三

新吉搭乘市電的公共汽車。女車掌深藍色制服上有道紅領子,那紅色令他不住望向她的脖頸。那紅色透著野地的氣息。雪白的頸項很清新,上頭有一顆大黑痣。她稍微張開的雙腿在晃動時牢牢撐著身體,腰上掛著黑色皮包,皮包附帶銀色的粗大鏈子,那銀色充滿女人味。他定定瞧著那鏈子,感到平靜的安心感。忽然間他覺得全身無力,只想安詳地摟著她。不過,她那頸子爲何那麼像惠子?

「惠子。」他想喊住她。公車在車站停下,她下車了,新吉尾隨而去。她走進女車掌的休息室，女車掌們正靠著木牆坐在木凳上。他站了一會就邁步離去。

在銀座尾張町的十字路口，女學生們正在做交通量調查。

「惠子。」新吉叫道，大步走近一個女學生。她肩上的繩子鬆脫，頂在胸前的畫板上的白紙散落。

新吉逃回旅館。他的房間在九樓，這麼高，人類根本不可能安睡。丸之內大樓的屋頂似乎就在眼前，東京車站趴伏在下方。他和電影製作團隊見面的那個房間窗口，從這旅館看去也很渺小，不過似乎兩個晚上都垂下白色窗簾，也沒有開燈。他始終望著東京車站前的廣場。他總覺得惠子會經過那裡。

到了夜晚，每次省線電車經過高架線，他就會眺望。因為電車亮著燈行駛。

他還在等惠子。不約而同搭上那班車時，他眼神嚴肅地拉著她去洗手間，叫她來這家旅館。然而，在東京車站的月臺上，他朝她的背影呢喃「妳要勇敢」，意思其實是叫她別來找他。

要是她來了，足可見那披著輕薄外套的美男子並非她丈夫。而且不知為何，新吉已在不知不覺中確信她目前過著賣身的日子。

到了約定的第三天晚上，敲門聲響起。惠子如花朵般光鮮亮麗卻一臉漠然。因為那鮮明的情感起伏，才如花一般光鮮亮麗。

「我以為妳不來最好。」

「是沒錯。不過，完全沒有睽違五年的感覺呢。」

「既然來了，我就不會再讓妳走。妳若走了，我可能會將世上所有的年輕女人都看成是妳，對很多女人犯罪。」

「那是因為你嫉妒我。」

「嫉妒？」

「是的，你在火車上瞪著我的眼神就充滿嫉妒。」

「妳說到重點了。那是個錯誤。首先，妳見到我時為何露出痛苦的神情？妳可知道，正是妳那痛苦的表情殺死了我。倘若妳變得美麗、變得幸福，為何不坦率地展現妳的美麗和幸福？要是妳做不到，為何不刻意在我面前誇耀勝利？」

「那就是嫉妒。」

「我問妳，那男人算什麼？」

「他是我丈夫。」

「丈夫是什麼？」

「就是你以外的男人。」
「妳爲何而來?」
「因爲你嫉妒。」
「那男人的嫉妒又如何?他同意讓妳來嗎?」
「對啊。爲了消除你的嫉妒。」
惠子嫣然微笑著脫下胭脂紅大衣。

四

新吉驀然醒來,腦子澄澈清醒,又隱約覺得這是錯覺。事實上肯定頭痛得幾乎忘了頭痛。是電車聲。還有電車經過。他爬起來拉窗簾的繩子,單薄如紙的褐色窗簾倏然掀起。他開了窗,放眼空無一人的西式建築街景於他是頭一遭。黑暗壓制了廣場。廣場的土地爲何如此平面?平面爲何如此可悲?

「是惠子。」

一個女孩猶如收起的黑色雨傘走過廣場，那身影是惠子臉上流露的哀傷，那是多麼寒酸的模樣。他霍然一驚，轉頭看床上。

「妳不是惠子。」

雪白的臉頰安詳而放鬆。

「妓女！騙子！」

新吉大喊。他在火車上的洗手間，向這女人說了他和惠子的事，所以女人偽裝成惠子來賣身。

「妳居然敢玷汙惠子。」

他伸出雙手狠狠掐住女人的脖頸，兩根大拇指交疊陷入她的咽喉。

接著他衝向走廊，瘋狂壓著電梯按鍵。然而隻身佇立廣場那寂寥平面的惠子似乎將永遠消失的焦慮，令他滾落樓梯。

（大正十五年十二月，刊於《近代風景》）

冰霰

一

新吉正想著今晚無法忍受一個人度過，淋得一身落湯雞對一起走下坡道的永見說：

「今晚我去你家睡吧。」

他簡短回答：「嗯。」感受到友人話語中的好意，他回到住宿處，兩人鑽進唯一的那張床後，話題還是榮子，而且一直聊到天亮。雖然聊著榮子，新吉卻害怕幻想今晚的榮子。

「榮子是那種脾氣的女人，就算去了內藤的住處，或許整晚都不會讓男人碰她一根手指。」

永見也這麼說。他這麼說當然是想拯救新吉，至少給新吉一點光明的希望，但那顯然也是他的想望。聽說那天一早榮子逃出里翁咖啡廳後，立刻投奔了在附近租房子的學生內藤，當時永見就對新吉說：

「要不要去看看？」

「去看看吧。」

新吉當下爽快回答「去看看吧」，似乎令永見很意外。他吃驚地看著新吉，然後相視一笑。而彼此彷彿都覺得理解了那笑容的意涵。守在內藤的住處前窺探到下雨的深夜，對新吉可謂莫大的屈辱，永見顯然也覺得是主動去受辱。簡言之，永見亦因榮子之事大爲亢奮，甚至寧願去承受那般屈辱。換個說法，即是永見感受到榮子的魅力，不禁幻想榮子的確淸淸白白地度過那一晚。他也湧現一股衝動，想仰賴小姑娘那瘋狂又倔強的脾氣來築夢。

「沒希望了啦。」可是當事人新吉反而像要打破永見的夢想般出言駁斥。

「要是榮子太害怕寂寞就糟了。女人來到男人身邊，一旦感到寂寞可就完了。」

「會嗎？」

「當然會！她太害怕寂寞就糟了。話說回來，她害怕寂寞的方式還眞怪。我從沒見過那樣的怪事，你說是不是？總之你想想看，她不是去了戀人那裡嗎？但不到三小時就叫良子去陪她，還讓她留到傍晚，等人走了又緊接著寄信給良子，這樣還不夠，隨即又打電話到咖啡廳找良子，說明天也一大早就去陪她。就算是小姑娘，和戀人在一起會那麼寂寞嗎？而她信上寫的『我現在要去幫助一個男人，心情感到很寂寞』，這說法也很奇怪吧？」

新吉說著，深深感到榮子身上的寂寞彷彿屬於自己。這並非因爲他認爲榮子去找內藤是錯誤的。前往男人住處，不到一小時就覺得和男人獨處非常寂寞，這種幼稚的脆弱，很不像榮子的個性，和時間、地點也毫不搭調，這再次讓新吉感到榮子的少女氣質。比起聽聞榮子在男人身旁幸福地嬉鬧，這反而更讓他心痛。她投奔內藤的經過多少有點曖昧不明，甚至連那是否出自她的本心都令人懷疑。不過，得知她安頓下來後的情形，新吉不得不感到，正是她內心的寂寞和脆弱，讓她除了倒向內藤的懷抱之外別無選擇。她已失去力量。她已失去反抗任何之事的力量。她肯定會隨波逐流地接納內藤。

新吉害怕去幻想那樣的榮子。只能抹殺一切幻想。所以他不願停下和永見的談話。他像討論歷史上的女性一樣大談榮子，藉此壓抑自己對那一晚榮子與內藤的幻想。

夜裡冷得不像三月，新吉亢奮的身體陷入發冷僵硬的疲憊中，他看到窗戶透入的黎明微光。

屋頂瓦片啪拉啪拉作響。新吉起床打開遮雨板。

「咦，下冰霰了。難怪這麼冷。」

白色物體在屋瓦上微微跳躍，四處滾動。天空當然是灰色的，呈現彷彿深不見底的陰霾。那是失去距離感的陰霾。眼皮很冷，定睛望著冰霰顆粒微微彈跳，新吉感到昨晚湧上的尖銳亢奮忽地如流水般散溢的悲哀。內在的某種東西突然令他空虛不已，彷彿漂流去了遠方。

夜色已盡。晨光中他的幻想也不再拍著黑色翅膀翺翔。這麼一想，新吉的腦中，清晰浮現擠滿學生的出租宿舍骯髒的洗手間。浮現榮子洗滌疲憊雙眼的內藤住處的洗手間。

「喂。」新吉從窗邊轉身，氣勢洶洶對著床上的永見說：

「內藤也太傻了。昨晚讓榮子睡在出租公寓，未免太可憐了吧。不僅可憐，首先，那不也等於玷汙了他們的愛情嗎？哪怕只有一晚，至少第一晚，應該帶榮子去海邊或山中溫泉那些安靜的旅館才對吧。那裡可不像學生街混雜的出租公寓，榮子的心情才能平靜下來。等她平靜下來，不是才會更依賴那個男人嗎？」

隔壁房間的動靜清晰可聞，隔壁房間的燈光會從縫隙透進來的單薄牆壁，令人生厭的凌亂房間，瀰漫男人臭味的走廊，清晨洗手間的擁擠，骯髒又狡猾的女傭，學生們飢渴的好奇眼光，那些景象一瞬間湧上新吉的腦海。那荒蕪的風景，肯定粗糙刺痛了昨晚澈夜未眠的榮子受傷的神經。就算她今後要和內藤一起生活，或哪天兩人分手，昨晚也注定是她畢生難忘的一夜。她必須一輩子背負著學生街出租公寓骯髒的記憶。不管對象是誰，榮子的愛情都應該始於更溫暖安靜的床鋪。

新吉漸漸覺得榮子無比可憐，凍冷的冰霰令眼睛溼潤，也怨恨起無法安慰榮子的內藤。

他終於找到悲傷的出口，找到兩人的戀愛值得批判之處。在那之前，他遲遲無法對榮子投奔內藤之舉找出任何不滿。他的聲音顯得更加情緒化：

「不是曾聽聞內藤爲百萬富豪的兒子嗎？帶榮子出外旅行一、兩晚應該是小意思。當然，或許形式的確不重要，但是帶個小姑娘回廉價出租公寓，不管怎麼想都很不對勁吧。而且你知道，要是出身好家庭的大家閨秀，那樣可能還好。可榮子是在咖啡廳工作的女人，豈不顯得更爲可憐。單就那一點，榮子一輩子的光明就有很大的差別——」

更何況，她本來就如此害怕寂寞——新吉很想這麼說。瞬息間，美麗的沙灘和早春的海色浮現他腦海，也聽見松籟和濤聲。眼前是榮子倚靠走廊欄杆望著大海靜靜哭泣的模樣。那是之前的事了。不是在海邊，是在河邊。去年秋天，榮子在鄉下城鎮的河邊旅館和新吉許下婚約時，她一泡完澡立刻去了走廊，新吉以爲她是躲起來化妝，所以刻意不看她。但她讓額頭壓上擱在欄杆的雙手一動不動，他起身過去察看，這才發現她正默默哭泣。她哭泣的心情率眞地感染新吉，成爲他的美好回憶。

「內藤爲何不去海邊或溫泉，創造他倆的美好回憶呢？不管怎麼想都太傻了。」

「這麼說的確也是。」永見對他的感傷無動於衷，在床上睡眼惺忪地看著冰霰。新吉放低音量悄聲說道：

「關上門睡到中午吧。」

「嗯。」

「冰霰應該很快就停了。」

新吉拿起桌上的黑色紳士帽。

「還是溼的呢。雨一淋變這麼重。」

「對啊，昨晚雨太大了。」

兩人隨即露出昨晚在咖啡廳，面面相覷說著要去內藤住處一探究竟時的苦笑。

昨晚一衝出咖啡廳就碰上滂沱大雨，兩人沒帶雨傘，只能將手縮進袖中，甩著袖子弓身跑過黑暗的街頭。內藤的住處距離咖啡廳不到六百米，大門深鎖。從門縫一看，玄關正面是高達四、五尺的掛鐘，僅黃銅製的大鐘擺在視野中規律晃動，猶如妖魔鬼怪。後方是櫃檯的白色紙拉門。

「應該就是這家沒錯，點燃火柴看看吧。」永見說著舉起火柴的火光。門口上方有住宿者的名牌。

「就是這個、就是這個。」新吉說著抬起頭，想指著黑色木牌上以紅漆寫的「內藤佳一郎」幾個字時，他的紳士帽邊緣盛積的雨水，立時嘩啦啦落到肩頭。

「真倒楣。」露出苦笑之際，蕎麥麵店的外送員走上石階，他們連忙退到一旁。然後從馬路對面的香菸店屋簷下，眺望這棟半西式的高大出租公寓。三樓有間房的玻璃窗垂掛嶄新的白窗簾，榮子似乎就在那白窗簾內。新吉的聲音變得無力：

「就算闖進去也做不了什麼。」

「算了吧、算了吧。」

上了電車後，雨水再次從帽緣滴落淋溼他們。

那帽子放在桌上晾到今早還是溼的。

思及因內藤讓榮子住在廉價出租公寓而深感憤怒的自己，新吉忽覺空虛。他漸漸剩下自嘲，自己的愛情原來不過近乎帶榮子去海邊或溫泉的那般幻想。他倏地關上遮雨板，說道：

「睡吧，睡到十二點的話還剩五個小時。」

「嗯，你也好好睡一覺吧。」

二

當晚，兩人又現身里翁咖啡廳。

「要去嗎？」永見開口邀約時，新吉略顯猶豫，

「好像有點丟人現眼，我可沒輒了。」

「管他的，裝作若無其事不就好了。」永見說。最後他聽從了永見的話。

但新吉還是心虛地僵著張臉，跟在永見身後走進咖啡廳的藍色大門。良子立刻跑來對永見說：

「榮子和內藤先生剛剛一起來了。」

「來這裡？」永見驚愕地看著新吉。

榮子昨天早上不是才趁著家裡的人還沒醒，暗地收拾好隨身物品裝進包袱溜走了嗎？而且她總害怕那些聚在咖啡廳裡炫耀腕力的壯漢，不是應該更想對自己的去處和男人的身分保密嗎？

「她來這裡了？」

「對。」

「還在嗎？」

「不，剛走。她說要搭今晚九點的快車一起去九州，匆匆忙忙走了。」

「去九州？」

「對。聽說內藤先生的家在長崎，因爲徵兵檢查必須回去一趟，似乎要順道帶她回去了。」

「是嗎。」

「去九州啊。」新吉說罷，呆站了片刻。

「要不要去二樓？」良子說。

「嗯。」新吉回答，走上狹仄的樓梯時又說：

「那得越過關門海峽吧。」

「不過，突然帶女人回家，這樣沒問題嗎？榮子也是的，虧她好意思去。」

二十一歲的學生和十七歲的小姑娘。新吉也還是學生，卻對那兩人的青春感到一種美，大老遠帶榮子回家的勇氣與純情打動了他。昨晚讓她在出租公寓過夜，原來是爲了今天的長途旅行嗎？內藤雖然沒帶她去海邊或溫泉旅館，卻帶榮子回自己的家和家人身旁。這時間快車已從東京車站出發了，糾纏榮子的種種早已追不上兩人。新吉又說：

「那得越過關門海峽吧。」

下關和門司之間的交通船浮現他的腦海，那感覺異樣遙遠。

良子上來二樓。永見還在追問榮子的事。

「榮子剛才看起來怎麼樣？」

「氣色很好，和昨天簡直判若兩人。她說等這次回東京就要和內藤先生成家。內藤先生的伯母聽說就住在東京。那位伯母非常和善，據說還要替他們向內藤先生的家人溝通。榮子的父親好像也同意了。」

「應該不可能吧。她父親住青森，不可能昨天剛走、今天就收到同意婚事的回信。總不可能光靠電報討論婚事吧。」

「可是，榮子就是這麼說的。」

「老爹當然不可能說不同意。」新吉滿腹窩囊說。他一不留神差點說出「那個老爹」。去年秋天，爲了徵得那個老爹同意自己與榮子結婚，他曾專程造訪青森縣那座鄉下小鎮。如今他又想起當時眼中榮子父親的模樣。身爲東北地區貧窮木訥的農民，不管女兒打算和新吉結婚，還是和內藤結婚，父親想必除了給出近似無意義的允諾之外，也別無他法。

新吉心不在焉地四下張望。餐桌上的盆栽草花凋落，掉落的花瓣無人撿拾，腐爛在衰弱的花莖根部。棄置一側的舊長椅上，布面已然破裂露出稻草屑。桌布上浮著五、六個啤酒杯底的印漬。每次身體一動，椅腳就吱呀作響。窗戶的彩色玻璃上也多處是尚未修補的裂痕，簡直像拍完電影後殘破的道具般空虛。而且事實肯定是如此。這家咖啡廳已成了暴力分子及壞學生打架鬧事的場所，每晚都會爆發血淋淋的衝突。甚至可以說，來這裡的男人沒有一個懷裡沒藏著凶器。非以暴力爲目的的客人不敢再上門。所以儘管打從多年前即是出了名的高級咖啡廳，而今卻逐漸沒落沉寂，打掃得也不澈底，濕漉漉的地板上瀰漫著等待當晚衝突爆發的陰鬱空氣。

「川島那群人來了嗎？」啜飲啤酒的永見問道。良子小聲回答：

「來了，就在樓下。」一邊探頭看樓梯。

川島是被本地居民冠上「游擊隊」（partisan）的綽號、避之唯恐不及的一群暴徒的首領。

「他應該還不知道榮子去了內藤那裡吧？」

「別提了。」良子說著在兩人的桌子坐下。

「實在嚇人。川島就坐在帳房不走，短刀插在榻榻米上。他隨身攜帶那袋子裡的東西，我以爲是洞簫，沒想到是短刀。」

「然後呢？」

「他威脅我們老闆，逼問老闆究竟將榮子藏到哪兒去了。」

新吉心頭一緊。

「老闆說了嗎？」

「不知道，我嚇得逃了出來。就是因爲我們都說不知道，他才會去帳房。」

「要是他問出榮子的下落，打算大鬧一場嗎？」

「對嘛，榮子都不在東京了還能怎麼樣。他總不可能追去九州吧？昨晚倒是很危險。」

永見說。

昨晚川島也來了。在新吉看來，川島分明從以前就愛上榮子。聽說榮子來這家咖啡廳上班，新吉頭一次過來時，只見她拘謹地坐在川島的桌旁。可是一看到新吉，她會故意和川島親密地嬉鬧。川島自負擁有俠客的武術資質，但不善言辭，還會口吃，也不知他平時和榮子都說些什麼。總之，看到川島在這家咖啡廳執意想將榮子拽向身邊，新吉就感到他身上那股暴力的壓迫感。不過，川島是新吉就讀高中和大學時的學長，基於這層關係本來就認識，因此新吉深信川島不會對他動粗，來到店裡時依舊坦然自若。

「哎喲，啊，年輕人眞麻煩。但榮子那種女人比較特別吧，我從來沒見過那種女人。」

上來二樓的女服務生對良子說。女人已經過了三十歲。

「對啊，榮子來了之後，咖啡廳就變得雞飛狗跳。」

「像我人老珠黃已經沒人要理我了。」

「榮子在的時候天天都有好戲看呢。」

新吉紅著臉苦笑。根據他從良子口中聽來的說法，榮子早在新吉上門光顧的第一晚，就將她和他的關係全盤告訴那些女服務生了。而且聽說她都躺上了床鋪，還像瘋子般每晚高聲朗讀某個男人天天寫給她的情書。一名上班族說要送她去女校讀書；另一個男人說要將她家鄉的父親和妹妹接來照顧；還有一所私立大學的學生，在她口頭允諾婚約隔天，就在左臂刺了她的名字來咖啡廳展示。不過，那時她已和內藤許下承諾要去投奔他。亦即她在同一天和兩個男人許下婚約。肯定還有多如牛毛的男人是爲了年僅十七歲的她才勤跑這家咖啡廳。新吉也是其中一人。聽良子說起這些，新吉感到自己的手在伸到她面前的無數隻手當中，顯得陳舊又微弱無力。他感受到榮子的不幸，感受到破滅。連榮子也是，上一秒還抓著良子吶喊自己的不幸、聲嘶力竭痛哭，隨即又胡亂唱著歌劇的流行曲，弄得嗓子都啞了出不了聲。之後還投奔了內藤。此刻應該靜下心來保持鎮定！新吉想替她如此祈禱。他想瞞過川島偷偷藏起她來。

「喂，川島先生怎麼了？他看起來似乎不肯善罷甘休呢。老闆再不說實話恐怕很危險吧？」

「實在教人意外。」年長的女服務生在良子身旁坐下，看著新吉說：

「我可佩服了。」

「怎麼說？」

「老闆全說了。老闆說昨天早上榮子就去內藤先生那裡了。本來還擔心川島先生的反應，不料他只淡定說了『是嗎』。然後拔起插在榻榻米上的短刀說：『哦，你就充當他倆的媒人，好好促成這樁婚事。』就這樣，態度極爲乾脆。」

「嗯——」新吉沉吟著，和永見面面相覷。暢快感流入心頭。榮子與內藤的結合在他腦中降下的陰霾，似乎在轉瞬間豁然開朗了。

「老闆看起來也安下了心，對他說：『其實她沒向我打聲招呼就跑了，我還在生氣呢。我本來就打算讓榮子嫁出去，她要是肯先說一句，我好歹可以送她一個衣櫃。』沒想到川島先生說：『的確讓人生氣，但你還是好好替她辦婚事吧。』」

新吉漸漸覺得，似乎只剩自己未給予榮子兩人祝福。他得跟上旁人的祝福。

這時，川島上樓來了。他按住新吉的肩膀沉穩地說：

「喂，走吧。要不要一起走？」

「去哪？」新吉滿臉意外地仰望川島。

「我也不知道去哪，總之走吧。」

「嗯。」新吉兩人也站起來。

三

他們走在夜深人靜的電車道上，約七、八人占滿了路面。川島擁有法律系學位、律師的頭銜，是柔道四段；其他人是私立大學的柔道選手，或是私立大學的中輟生。新吉和永見在其中顯得格外瘦弱。而比他倆更顯眼的是美少年三浦。川島等人對這名少年的過人才智與美貌仿如懷有一股近似感傷的尊敬。三浦在他們之中總是格外耀眼。

「繞來巷子一下。經過派出所前很麻煩。」川島苦笑著對新吉嘀咕。

原本看見所有人不約而同拐進巷子，新吉心下疑惑，聽了川島的說明，忽然感到自身的落魄，心情也頹廢起來。如今完全失去榮子、又不得不躲開派出所的處境，襲來一陣好似澈底捨棄自我的魅力。川島當然知道新吉和榮子的事，但他一個字也沒提。他今天破例開口邀約，新吉明白這是榮子之事的安慰，還甚至有點想依賴那樣的暴力。

繞過派出所來到電車道後，再次拐彎，深處就是陽炎咖啡廳。

新吉和永見慢了一步進去。新吉才拉開門就愣在原地。

只見川島的右手和左手拽著兩個學生的前襟。右邊學生的腳被絆住，狠狠摔到水泥地上跌個狗吃屎；另一個學生緊接著也被扔出去疊在他身上。兩個學生被扔出去後，又爬來川島的腳邊，像狗一樣不停磕頭。

「對不起，今天請放我們一馬。」

「請放過我們。」

「喂，這是什麼德性。虧你們好意思擺出柔道選手的嘴臉，不知天高地厚的小鬼。小心我掐死你們喔。」

川島鎮定地冷笑，慢吞吞穿上之前交給身旁女服務生的大島紬外褂。

私立大學的柔道選手們還來不及拍落衣上的灰塵，撿起散落一地的木屐後，就從後門連滾帶爬逃走了。

他們若無其事占據中央的桌子，命人送酒來。

「找老板娘出來，對吧，三浦。」其中一人說。

「一定要叫夫妻倆跪地道歉。」

陽炎的年輕女主人像女王一樣高䠷美麗，和美少年三浦墜入情網相偕私奔。可是僅僅過一個月，她就回到丈夫身邊了。那次事件有一陣子差點演變成刑事案件，勾起咖啡廳客人滿滿的好奇心。

一、兩人闖入廚房想要找著女主人來店裡時，眾人在桌前三言兩語低聲交談，只見一個滿臉殺氣的男人冷不防猛然起身走出去。

之後，一個穿著印有商店標誌的短褂、頭綁毛巾的男人揮舞著扁擔從門口跳進來。

「喂，你們居然敢砍人。有、有、有種就打死我，去、去、去門口單挑！」

他的毛巾被血染得通紅，一邊臉頰還在流血。儘管那男人很激動，桌旁的人卻若無其事地嚼著食物。

「喂，年輕人，怎麼搞的，你都流血了。」

然後大家都笑了。

「有、有、有什麼冤仇要砍人。有種殺了我——」

「看起來倒是挺慘的。但你這傢伙找錯對象了吧？可不是我們害你變成這樣。」

「我明明看見他走進來。」

「是嗎。你仔細看清楚，我們之中可有砍你的人？你先冷靜下來。」

「唔。」綁頭巾的男人說不出話來。

「可惡，給我記住！」說完就這麼消失了。

是方才走掉的男人，一打照面就持刀砍傷蕎麥麵店外送員的額頭。

「那傢伙胡亂砍人真糟糕。」川島笑著說。

新吉此時就算看到滿臉鮮血的人也毫不在意，心情反而亢奮起來。

這時，兩個男人拽著女主人的雙手將她從裡屋拖出來。

「給我坐下！」

兩個男人像要一把將她拋出去似地壓到他們這桌的椅子上。她面不改色地坐下。三浦顯得渾身僵硬。

「叫妳那口子過來。」

她笑著看似充耳不聞。驀然看到新吉倆人，竟然意外地主動攀談。

「榮子最近怎麼樣？」

新吉一時答不上話。誰都沒說話。原來她也知道他和榮子的事。新吉被七、八個男人一齊盯著不禁垂下頭，些微冷意如流水般滴落內心深處。

「給大家倒酒，讓妳男人親眼看看。」有人開口。於是她默默替眾人斟酒。只見她丈夫怒氣沖沖地從裡屋衝出來，隨即拽起妻子的手就走。眾人安靜注視這一幕。

「如何，三浦，我看今天就算了吧。至少心裡舒坦點了。」川島說著站起來。

之後他們又繞道派出所後方，去了破舊的咖啡廳。店裡狹小得幾乎無法讓所有人坐下。沒椅子的兩、三人只好坐在帳房，叫老闆拿出酒菜談判。這些人在里翁和陽炎也都是白吃白喝。

店裡有個中年男人正和女服務生對飲。川島站起來走近那男人。

「喂，土老帽。」說著一掌拍飛那男人的紳士帽。男人撿起帽子，憤怒地瞪著川島。

「帽子挺不錯的嘛。」

川島再次打落他的帽子。

「太過分了。」

「喂，土老帽，你也會生氣啊？」

「你有完沒完！」

「哼，你想上天堂是吧。」

川島伸出指尖戳著他的臉頰，緩緩脫下外褂。

「比起你的命，我更珍惜我的外褂。」然後一把揪住男人的前襟，將他從椅子上拽起來。男人才試圖毆打川島的手臂兩、三下，片刻又因咽喉被勒住暈了過去。川島立刻抱著他的身體做起人工呼吸，男人懵懵睜開雙眼，露出乞憐的表情。

「如何，見識過天堂的景色了嗎？」

「嗯……倒是很有意思。」

「下次我讓你見識地獄吧？」

「我只要上天堂就好。」

接下來，男人像商人一樣拚命奉承。

「喂，土老帽說要請我們喝酒。」

但是女服務生同情男人，不肯去拿酒，男人只好搖搖晃晃地站起身去叫酒，並且一臉窩囊地嬉皮笑臉。

臨走時又有人去挑釁他。

「算了、算了。」川島都已經開口了，那人仍獨自留下，揮拳痛毆男人的臉，打到他流鼻血。

這麼晚沒有電車了。

在街角道別後，川島轉身呼喚新吉。

「我們也不是天天都打架鬧事喔，回家之後可別瞧不起我們。還有，你就乾脆地對榮子死心吧。」

「嗯。」新吉老實回答。和這群暴力之徒分開後，忽感夜晚的寒意。

（昭和二年五月，刊於《太陽》）

在淺草待了十天的女人

一

據說璃來子每天都將那些寄來劇場後臺的情書帶回酒館，就寢前像瘋子一樣高聲朗讀給其他女服務生聽。

一名上班族說要送她去女校念書；另一個男人說要將她的母親和弟弟從故鄉接來照顧；還有個自稱私立大學學生的男人，在她口頭承諾結婚後，不到五小時就在左臂刺上她的名字回到酒館。然而那時璃來子已經答應嫁給內藤了。她在五個小時內，分別和兩個男人許下婚約。

她一現身酒館，其他的女服務生都像忘了如何說話般全愣住了。

「哎喲，唉，年輕人的騷動我已經看到不想再看了。但是像璃來子這樣的女子，我還從來沒遇過。」

良子筋疲力盡地在新吉旁邊坐下。

「自從她來了之後，沒有一天不見血。這間店拜她所賜招來這麼多惡劣的客人，我看遲早關門大吉。」

說這番話的良子已經過了三十歲。

新吉漫不經心望著四周。桌上盆栽草花凋落，掉落的花瓣無人撿拾，腐爛在快乾枯的花莖根部。棄置一旁的長椅上，布面已磨破，露出裡頭塡塞的稻草屑。白色桌巾上有五、六個啤酒杯底的印漬。每次身體一動，椅腳就吱呀作響。窗戶的彩色玻璃破了好幾塊也沒補，簡直像拍完電影後的布景道具般殘破。事實上，這裡每晚都發生流血衝突，可以說出入店裡的男人幾乎都懷揣凶器。這間店本來是相當知名的酒館，但是璃來子來了不到一週，不具暴力傾向或視璃來子爲目的的客人逐漸不再上門。女服務生們似乎也懶得打掃，濕漉漉的骯髒地板上沉澱著汙濁空氣，陰鬱地靜候當晚爆發衝突。

再說那些流血事件，爭執的當事人本身也說不出明確原因。思來想去只能說是璃來子不知怎地天生就能激起男人的暴戾之氣。不過，據良子表示，璃來子每晚上床後，都會緊抓著良子哭喊沒人比自己更不幸，過一會兒又不停唱著歌舞秀表演的歌曲，直唱到嗓子啞了出不了聲。那讓新吉感受到一名女子的悲慘與破滅，卻也更加吸引他。

璃來子擅自缺席劇場表演，連練習也沒來的晚上，新吉去酒館接她，這才發現良子剛從內藤的租屋處回來。據說那天早上，璃來子趁著女服務生們還在夢鄉，逃去內藤的租屋處。走出酒館時，外頭仍降著梅雨時節的陰雨。只見同屬歌舞劇場文藝組的永見，雙手攏在懷中甩著袖子朝上野跑去，新吉追在後面喊道：

「喂，你要去哪裡？」

「內藤的住處。去看看你的心上人嫁到什麼地方。我向良子詳細問過地址了。璃來子那種脾氣，就算去了內藤的住處，說不定也整晚都不讓男人碰上一根手指。」

「怎麼可能。」新吉駁斥朋友的勸慰，

「璃來子那麼怕寂寞。女人去男人的住處，一旦感到寂寞，就等於落入男人手裡了。」

「會嗎？」

「會啦！但她那麼害怕寂寞的模樣還真奇怪。沒見過那麼怪的女子，你說是不是？你想想看，是去戀人的住處對吧，照理說應該渴望兩人獨處。可她才去不到三小時，就打電話叫良子過去，還挽留良子待到傍晚，良子一走就立刻寄限時信給她；這樣還不夠，接著又打電話給良子，叫她明天也一早就去陪她。璃來子這種女人和戀人待在一個房間，多半像被綁架的少女一樣寂寞吧。」

「昨日一天之內和兩個男人許下婚約也很不正常。」

「也許她根本不在乎去哪裡，只想安定下來。也許她只想躲起來。」

新吉這麼說，是因爲他總覺得，比起聽聞璃來子在戀人身旁幸福地嬉笑，去了戀人住處不到一小時就受不了兩人獨處寂寞難耐，反而更像她的作風。那般和她不搭調的脆弱，似乎令她倒向男人懷中的行徑更顯美麗。那體現的不是愛情的脆弱，倒像是愛情的強大。

內藤的住處大門深鎖。從門縫偸窺，只見玄關正面掛著四、五尺高的掛鐘，黃銅製的大鐘擺在視野中規律晃動，看起來如同妖魔。

「應該是這家沒錯，點根火柴看看吧。」

永見說著，舉起火柴的火光，累積在帽沿的雨水霎時嘩啦啦灑落肩頭，兩人被那聲響嚇得向後跳。之後，他們從馬路對面香菸店的屋簷下眺望這棟半西式的高大出租公寓。三樓有個掛著嶄新白窗簾的窗口亮著燈，璃來子似乎就在那窗內。新吉微弱地開口：

「就算闖進去也不能做什麼。」

「算了。今晚我去你那裡睡吧？」永見說完，率先邁步，

「眞不知道到底是來看什麼。但這下子你稍微放下了吧。」

璃來子來到淺草的大衆劇場那天，就和劇場文藝組的新吉許下婚約。令新吉驚訝的是，

她獲劇場僱用當晚，同時也前往淺草的酒館兼差。

二

隔天晚上，永見又邀約新吉，新吉雖然說「好像有點丟人現眼」，卻還是去了璃來子上班的酒館。

一看到兩人，良子連忙跑到門口，對兩人小聲囁嚅著：

「璃來子方才和內藤先生來過了。」

「來店裡？」永見說著，和新吉面面相覷。璃來子不是昨天一早就打包好隨身物品偷偷逃出這間店了嗎？再來，她不正是因爲害怕群聚在店裡的無賴男子，還拜託良子千萬別透露她的去處和她的對象身分嗎？

「然後呢，他們還在嗎？」

「不，他們剛走。她說要搭今晚的末班車和內藤先生一起去九州，似乎在趕時間。」

「去九州？」

「對，聽說內藤先生的老家在久留米。」

「去了九州啊。」

新吉彷彿想像起那趟遙遠的旅途，站在原地愣了一會。內藤還是個二十歲出頭的學生，他突然帶璃來子這樣的女人回到老家和家人面前，如此年輕氣盛的魯莽讓新吉感受到一種美，卻也陷入沮喪。這時間末班車已從東京車站出發了。在淺草這十天糾纏璃來子不去的人事，也追不上他們了。

「那得越過關門海峽吧。」

「兩位要不要去二樓？」良子說著，率先走上樓梯，永見跟在後面還繼續打聽璃來子的事。

「她看起來如何？」

「氣色很好呢，和昨天簡直判若兩人。她說等這次回東京，就要和內藤先生成家。璃來子的父親據說也同意她和內藤先生的婚事了。」

「少來了，聽說她老爹在神戶，怎麼可能這一、兩天之內就收到老爹的回信。總不可能就發電報商量婚事吧。」

新吉在椅子坐下，良子立刻湊到他耳邊說：

「喂，你可別下樓。川島那群人來了。」

川島擁有法律學位和律師頭銜，但他不知從何時起混跡淺草，成了一群暴力分子的頭頭。他總愛拉著璃來子來自己桌邊。她本來拘謹地坐在他旁邊，可是一看到曾和她訂婚兩、三天的新吉，就會狀似親密地和川島打情罵俏。

「他還不知道璃來子去了內藤那裡吧？」

「別提了。」良子壓低嗓門。「實在不得了。川島先生就坐在帳房不走，短刀插在榻榻米上。他總裝在袋中隨身攜帶，我還以爲是洞簫，誰知居然是短刀。」

「然後呢？」

「他正在威脅我們老闆，問他將璃來子藏去哪兒了。」

「老闆說了嗎？」

「我可不知道，我一害怕就逃了出來。」

「可是璃來子已經不在東京了，知道又能如何。他總不可能追去九州吧。」永見說著，對著一臉陰沉的新吉露出笑容。這時，一名年輕的女服務生帶著看似商人的客人上樓來，抓著良子肩膀說：

「好戲終於落幕了。自從璃來子來了就再也沒人理睬我們，現在她走了，這間店也完了。我決定跳槽了。」

「川島先生才大發雷霆，看起來不可能就此善罷甘休。不向他說實話會有危險吧。」

「實在教人意外。」

「怎麼說？」

「老闆全說了。他說昨天早上璃來子就去內藤先生住處了。我本來還擔心川島先生該作何反應，不料他只平淡地說了『是嗎』，然後拔起插在榻榻米上的短刀說：『那你就替兩人做媒，好好完成他們的婚事。』就這樣，態度非常乾脆呢。」

「哎喲眞是。」

「老闆也安心了，馬上壯起膽子說：『其實璃來子也沒向我打聲招呼就跑了，我正生氣呢。要是她肯說一聲，我好歹可以送她個衣櫃當嫁妝。』川島先生聽了也沒笑，只說『你或許生氣，但還是要讓她好好出嫁』。」

年輕女服務生說到這裡，忽然奔向自己的客人那桌。原來是川島上樓了。他的神色嚴肅，沉穩地按著新吉的肩膀說：

「喂，走吧。跟我一起走吧？」

「去哪裡？」

對新吉而言，彼此只打過照面，並不曾交談，因此驚訝地仰望川島。

「我也不知道要去哪裡，總之先走再說。」

川島的夥伴有七、八人，看起來多半都是學生。新吉和永見兩人單薄的體格在他們之間格外顯眼。離開淺草公園後，他們走在夜深人靜的電車道，一行人占了整條馬路。

「先繞去巷子，別經過派出所前。」

所有人不約而同拐進巷子時，川島苦笑著對新吉這麼耳語。新吉不由得乍然浮現淪落人生後巷之感，心下頹廢了起來。如今已完全失去璃來子，卻反倒予人意外的魅力。川島想必早就知道新吉和璃來子的事，但他隻字未提。不過，川島今天破例邀他同行，顯然是爲了璃來子的事特地安慰自己，正因爲明白這點，新吉甚至想就此倚賴他們的暴力。

途中走進一家小咖啡廳，這時有個穿著印有商標的短褂、頭綁毛巾的男人舉起扁擔衝進來。

「喂，你們居然敢持刀傷人。有、有、有種打死我，去、去、去外面單挑。」

他頭上的毛巾被鮮血染紅，一邊臉頰還在流血。相較於他的激動，川島等人仍若無其事吃著眼前的食物。其中一人說：

「喂，小伙子怎麼了，流血啦？」

「無、無緣無故砍人，今天要是沒打死我——」

「看著倒可憐，但是你找錯人了吧。」

「我明明看見那人走進來。」

「是嗎。那你仔細看清楚，我們之中有砍你的人嗎？你冷靜一點。」

「唔。」綁頭巾的男人說不出話來。

「可惡，給我記住。」說完，就消失在眼前。

川島這群人中，有人莫名其妙劈頭就拿刀砍傷蕎麥麵店外送員的額頭，中途已先行離去。

新吉縱然眼見那人滿臉鮮血也毫不在乎，反而覺得昨天就沉鬱不已的心又活了過來。他對這樣的自己感到很驚訝。

「璃來子沒看到就沒意思，對吧。」川島說著，恍恍惚惚地笑了。

「只是以她的作風，遲早會在哪裡看到男人流血吧。」

新吉爲了掩飾背上的冷顫低下頭去。

（昭和七年七月，刊於《SUNDAY 每日》）

她的盛裝

一

新助徹夜未眠。

腦子很亢奮，如石頭一樣硬邦邦的，幻想於事隔六個月後又華麗起舞。而且按照他的習慣，幻想總是讓每件事安排得猶如童話般的奇蹟，老是想像幸福的光明美夢，可是當那強烈幻想的重量壓向身上，輾轉反側之際，背上肌肉亦僵緊了起來。

然而，當他開燈從床上坐起，三月的深夜還是很冷。疲憊的腦子深處，隱約聽見逐漸沉入地底的響聲。同樣是關於三千子的幻想，卻不再像六個月前那樣讓新助的存在鮮活起來。幻想與眞實人生之間那一道寬闊的濁流，自己似乎始終無法橫渡。

他栽倒在床上。關了燈，又出現幻想，籠罩小房間的是沉重的黑暗。

他終於在睡衣外披上罩衫，按照來信日期重讀三千子的十五封信。

○

懷念的新助先生：

很高興收到來信，請您見諒我前一次寫的信。

來談談那時的信吧。我要告訴您真相。很抱歉對您提出那種無理的要求。現在才向您坦承請勿見怪。我要誠實說出真話。

您回東京之後，我在家天天挨罵。他們天天說，妳對新助先生說了什麼，不管他寄給妳的信上寫了什麼，妳都不准回信，要是收到了信一定要給他們看。就在那時。我再三考慮，心想再待在這個家，就算您寫信來，也不可能只有我一人看到信，與其待在這樣的家，我寧可去您身邊，和您商量之後再回鄉下。可我雖想回到您身邊卻沒有錢，於是我苦惱該怎麼辦。

我想請您寄錢來，讓我立刻逃去東京，所以才寫了那樣的信給您。但寫信時我仍心神不寧，如今想想，我根本不曉得自己寫了些什麼。真是對不起您。

您肯愛我這樣的人，於我不知是多大的幸福。我哭了。直至今日仍有許多男士寫信來，信上也寫了些愛啊情的，我遲遲不知該如何回信。

我要將自己全盤交由您的心處置。即便是我這樣的人，也請永遠愛我。

今天是我第一次在信上寫到愛。我終於明白了愛。

同時，上次的信也提到女人。我就老實告訴您吧。那女人今年二十三歲。她以前在名古屋時，曾去咖啡廳上班。當時一度和學生結婚但現已離婚，如今和父母在岐阜同住。她很想去東京，說想去咖啡廳上班，過那樣的生活，可是又有另一個學生向她求婚，所以她放棄了去東京的計畫。請安心。我就算去東京也不會和她同行。

還有，您信上說，十一月中旬要來岐阜接我，對我而言，您能來我不知有多麼歡喜。但母親始終唸著您和岩佐先生的壞話。您知道母親是怎麼說的嗎，她警告我，下次就算你們來了也絕對不准我出門。我真的是天天哭泣。要是你們專程來訪，我卻不能離開家，屆時我真不知該如何是好。仔細思考後，我認為與其讓您來接我，不如我逃去東京。

與其讓專程來訪的您感到不快，我就算死也要逃去東京的您身邊。十一月一日雖不能前往，但我想十日前後去。若您還是要來岐阜我就等您，要是您不介意我去找您，那我就在十日前後逃去東京。

您認為是等您來較好，還是我去找您較好？我會照您的意思做，請寫出您的想法寄信給我。

您能來我當然很高興，可一旦家人堅持不准我出門、惹您不快時，我真不知該如何是好。

請您好好考慮這件事，但別為我寫的這封信而惱怒。我對您誠實以對。我只想請您決定，如今究竟是我該去東京好，還是等您來更好。不管發生任何事我都會追隨您。靜候您的回信。

來信請寄到村川家。

就此停筆。

請保重身體。

十月二十三日

○

懷念的新助先生：

謝謝您的來信。

很抱歉未能回信，想必您一切如常。

此刻，我必須向您道歉。

雖曾與您堅定許下承諾，但我發生某件非常之事。那件事無論如何都無法告訴您。眼下我這麼說您一定感到很不可思議吧。您想必會叫我說出那非常之事。但與其說出那件事我寧可死去，那樣不知有多幸福。

請您就當世上沒有我這個人吧。

下次您再寫信給我時，我已不在岐阜。請您就當我在某個地方生活吧。我一輩子都不會忘記和您的〇！我該就此停筆了——

今天是我最後一次寫信給您。就算您來寺裡我也不在了。永別了。我會永遠祈求您的幸福。

我該在哪裡生活呢——

請代我向大家問好。就此道別。再見。

十一月七日

〇

新助先生，上次承蒙您遠道而來，讓您擔心很抱歉。請原諒。

我不該寄出那樣的信。聽岩佐先生說，您非常擔心，真的很對不起。

我要去東京找您。我無法隨意離家，所以會在元旦如期出行。到時候我就能設法離家。

又及，謝謝您來信附上的錢。

我想拜託您的是，先前家鄉的親生父親來信提及您，但我已回信請他拒絕。所以就算您收到拒婚的信，也請別當真。

我之所以給父親寫那樣的信，是因為寫那封信時，親戚家的女孩來訪，看到我的信，所以只能請父親拒婚。都是因為那女孩在，我才無法寫出自己真正的心意。

要是您收到我父親拒婚的信，請不要生氣，還請繼續愛我。

又及，收到我父親的信之後，能否請您回一封信？我雖寄出那樣的信，卻是因為那女孩在這才寫信請父親拒絕，信上寫的並非真心話。不好意思，要請您寫封信好好解釋這點。拜託您了。真的很對不起您和岩佐先生。

您好像全告訴林先生和瀨越先生了。請代為問候。此外，我本來也該寫信給岩佐先生，但家人在一旁監視，我不便寫信，請您轉告他，我改天再寫信給他。這也是趁家人不在時偷偷寫的信。

暫時無法去村川家取信，改天等我寄信給您後，您再寫信。拜託了。

且就此停筆。請代我向大家問好。

並請保重身體。

十一月十一日

○

新助先生，謝謝您的來信。

讀了您的來信後，我無法相信您。
您並不愛我。您以為錢就能擺布我了吧。我讀了信之後，已不再相信您。
我恨您。我並不希罕美麗衣服。我不知有多恨您。請忘了我。我也會忘記您。
您以為只要我去了東京，之後變成怎樣都無所謂了吧。
我已無話可說，總之我會忘了您。
您應該會恨我吧，恨我也無所謂。
您寄到村川家的信，已被人拿走落不到我手上。
就算您讀了這封信後來岐阜，我也不會見您。
不管您怎麼說，我都不會去東京。
寄信來我也不會看了。
我要忘了自己也忘了您，認真過生活。我恨您。您要恨我，就請儘管恨吧。
寄信來我也不會看，請好自為之。村川家也不會再代收您的來信。
我永遠恨您。再見。

十一月二十四日

○

從小皮包中的包袱巾取出三千子的來信時，順勢掉出兩本運勢曆。是去年和今年的。白鶴易斷所出版的運勢曆，就像汽船的航海日程表一樣預言了三千子的起居變化。從去年起，新助每天都翻閱她這年齡的運勢，如今幾乎已倒背如流。這是不可思議的事實，換言之，她完全按照丙午年女孩的運勢過活，似乎只因爲她是典型的丙午年女孩，讓戀愛的魅力倍覺新鮮。

新助任由三千子的來信散落枕畔就鑽進被窩，又讀起今年的運勢曆。

○

【十七歲　丙午四綠　天河水】

生於此年之人，本年的干支運勢，十干相剋，十二支相生。顧及此乃本年一年之循環，今年境遇易生變化，尤其上半年會有種種辛勞，因而心生迷惘，或任性急躁擾亂運氣，恐因自身心性招來厄運。因此解說今年總體命運時，根據以上意見，重點在於不可率性而爲。只要萬事留意此點，下半年將出現好運吉兆，亦可得人相助，獲取信任，開拓有利將來之路，有望達成心願。除此之外，女性因不諳世事易受甜言蜜語欺騙招致不幸，因此事事愼防獨斷獨行。且有與長輩起衝突、或遭朋輩猜忌、嫉妒之憂，亦務須謹愼。

吉方　南，艮，坤

凶方　巽（五黃殺），乾（暗劍殺），東（本命殺），西（干支本命殺），北（此方位相剋故大事盡量不用爲宜）

〇

二月運氣　壬寅五黃

本月運氣，本命星四綠和中宮的巡命星五黃相剋，顧及此乃月分循環，雖尚未入好運期，月初仍稍露吉兆，容易受此蠱惑心中蠢蠢欲動，但若得意忘形輕率行事，自身反易起波瀾或出現意外障礙，恐有失敗之虞，因此謹守現狀保持低調爲要。尤其是中旬後至月底，衰運的傾向增強更需注意。此外，易與長輩衝突，火災，意外災害，尤其月底須注意病災。女性會因自身心願不如預期而鬱鬱寡歡，易遭長輩無理處置心生不滿，但是忍耐不爭方爲上策。

吉方　東，南，北

凶方　巽

○

三月運氣　葵卯四綠

本月運氣因本命星四綠巡行中宮俗稱本命月，顧及月分循環，衰運之時諸事不順，雖感焦躁卻無運氣相伴而心生迷惘，精神和處境都渴望變動，但變動反易招來不利，因此應萬事低調謹守現狀。只要如此留意，自本月中旬起便將出現吉兆，到了月底運氣將轉順遂。此外，容易因家人而操勞、生病，因疏忽大意招致失敗，意外破財、遭他人連累，務須格外小心。女性本月將有姻緣，但操之過急易遭不幸，務須留意。

吉方　北，坤

凶方　巽，乾

二

十一月二十四日寫來的信，是三千子最後一封信。

當時新助正拎著臉盆走下樓。

「宮坂先生，有你的掛號信。」

他拿到的就是這封信。

新助無暇刷牙，也等不及臉盆裝滿水，直接雙手接著水龍頭的水洗臉，臉還滴著水就衝上二樓。

拆開信，信封裡掉出小張支票，正是他之前寄給三千子的金額。他懷著不祥的預感，讀起她稚嫩的筆跡，感到幾乎就此頹然昏睡的失望。

桌上散落稿紙。

「梳妝檯

女用枕頭

手套
化妝用毛巾
髮飾
針線盒
針
線
頂針
篦子
剪刀
熨斗
火鉗
篦板
火鉗檯
梳妝檯布套
小手鏡

洋傘和雨傘

室內坐墊

衣箱

…………

…………

…………」

他將三千子逃來東京前必須替她添置的物品都寫了下來。

「梳子

刷子

燙髮火鉗

髮帶

假髻

髮飾布

髮飾紙

髮夾

小髮夾
橡皮夾
U型夾
假細髮片
假髮鬢
髮網
液體髮油
固體髮油
鬢角油
香油
髮蠟
包梳子的紙夾」

前一晚，他邊焦急於已十餘日沒收到三千子的來信，邊寫下採購清單。

依十月初許下婚約時的想法，他本來打算取得三千子親生父親和養父母的同意後，穩當地接她來東京。可是三千子與他許下婚約後，每天情緒激烈變化，連人在東京的新助都能清楚感到。況且她和養父母的齟齬似乎也愈演愈烈，因此他決定在十一月十日讓她逃離岐阜，遂於兩、三天前租下了兩間八帖大的二樓房。

沒想到，就在已近十一月十日的七日，她忽然寫信聲稱「我發生非常之事」。當時新助方外出歸來，讀了信，膝頭的包袱霎時跌落，他沒和住處的人打聲招呼就衝出門。從進門到出門，連帽子都沒脫。之後他和岩佐商量，慌亂地搭乘當晚的末班車趕往岐阜。

他不顧一切跑去三千子的養家，本以爲發生「非常之事」的她想必已離家出走，沒想到她好端端待在家中，以至於他打從前一晚就發瘋似的激情無處宣洩。可是三千子雖在家，卻和一個月前的她判若兩人。她看起來就像痛苦的化身，面如土色的乾燥臉孔，臉上的粉都龜裂了，像乾魚鱗一樣粗糙，眼睛彷佛茫然注視著自己的腦中，瓦斯紡織生產的棉衣泛白破裂。

「非常之事」究竟是什麼？就連是否眞有那回事，新助都不得而知，但總之他被她的痛苦震撼了。每次看三千子在信中寫道天天和父母吵架以淚洗面，就對她的痛苦生活感同身受，等面對她的現實後，他明白之前那些只不過是自身幻想的感傷。他在宛如石頭的痛苦化身對面坐下，一心想替她卸下重擔。他想深深鞠躬道歉，從她眼前消失。她聲稱遭遇「非常之事」令他倉皇奔走之舉，他不僅無法責備，更心疼她不惜玩弄這般幼稚的小伎倆也想擺脫他的痛苦。

信。

然而新助已無法再坦然閱讀她的來信。或者該說，三千子已不再寄來能讓他坦然閱讀的信。

她聲稱親戚家的女孩來了，只好寫信叫故鄉的父親拒婚，這也很奇怪。她總不可能當著那女孩的面寫信吧。新助讀到她這用意昭然若揭的藉口，只爲三千子的寂寞感到哀憐。不管如何，讓她來東京的自己身邊就行了。

她的下一封信，又是沒頭沒腦的絕交信。他已不再像讀到那封「非常之事」的信時盲目驚慌，也不再燃起不顧一切的激昂，僅霎時體認到肉體上的衰弱。

恨——這個字眼筆直刺入他心頭。然而，那並不是因爲眞的相信了她信上寫的理由；並不是因爲她控訴自己拿錢任意擺布她、只要她來東京就再也不將她的下場放在心上云云。和信件內容無關，純粹是他從那封信感受到她生活中痛苦的爆發。

「我很痛苦，請解放我。」

那似乎才是三千子唯一的目的。

「寄到村川家的信也不會再交到我手上了。請不要再來岐阜。」

那似乎才是她唯一想說的。

只讀到小學三年級、不擅寫文章的她，肯定是自暴自棄寫出那種信。首先，今後計畫賣文爲生的新助，一心想安慰三千子而寫的信，不管怎麼想都不可能激怒她。「我不希罕美麗衣服。」她在信上這麼說，但是就連這點，他也只是叫她寫出衣服尺碼寄來而已。他猜想要是她偷偷離家，身上肯定只穿家居服，可讓一個年輕女孩穿破舊衣服踏上旅程太可憐了，這才打算在東京替她做件整齊的新衣服寄去給她罷了。

拿錢任意擺布她——「擺布」這個字眼異常刺激了他。他感到晴天霹靂。擺布她是什麼意思？

她或許猜想十六歲的小姑娘去了東京就得委身於他，因而已抱著相當的覺悟？也或許爲那樣的猜想而感到害怕？總之寫出這些話的三千子，已經逾越他對她的幻想界線。爲了避免她將結婚和那件事連結而變得畏縮，他無論在談話或寫信時皆格外細心留意。他經常說：

「就算妳來到東京，也無需做任何事。像小孩一樣開心玩耍就行了。過去妳吃了不少苦，現在就重新當一次小孩吧。」

「我哪有資格享那種福。」三千子不勝羞怯似地仰望著他露出微笑。

他當時確是眞心認爲有必要讓她再當一次小孩。因爲他也想透過她，再當一次小孩。兩人從小都離開父母獨自長大，他認爲應該重新當一次小孩，不，是有生以來頭一次當小孩，才能揮別過去的陰影。他想洗淨她身上沾染的往昔生活的殘渣。而且他認眞猶豫著，若要使她煥然一新，究竟該讓她做個少女、還是該讓她變成女人。但若要讓她變成女人，他總覺得難以想像。

不僅如此，他連三千子的手都沒握過。不是想握卻不能握，是忘記去握。他根本沒起過那種念頭。他甚至不忍心在接她來同住後還讓她洗碗洗衣。爲了讓她盡可能感到自由快活，他甚至考慮過等她來東京後仍分開租屋。

而三千子大剌剌的言詞一如狂風暴雨，爲新助的幻想吹入情慾。可她的信，不僅拒絕所有和他的溝通，亦無暇挑選好藉口，只想逃離新助。

他連飯也沒吃就拿著她的信前往岩佐的住處。上次拿著她「非常之事」的來信去商量時，他走上樓梯時雙腳僵硬不住發抖，這次卻冷靜多了；甚至有了多餘的心思，覺得給好友看這種信都替三千子難爲情。

「三千子又寫來奇怪的信。」

「我瞧瞧。」岩佐說著，讀起了信。只見他臉色微微變化，斬釘截鐵地說：

「你可以對三千子死心了。」

「我會的。」

「這到底算什麼。我看她根本瘋了吧。」

「嗯。」

盯著這麼回答的新助一會兒後，岩佐又改口：

「那麼，你打算怎麼辦？」

「好像沒輒了。」

「事到如今的確已束手無策。」

「的確束手無策。就算去岐阜，八成也不會讓我見她，寫信給她肯定也會被養父母沒收——」

「看來姑且就讓她自個兒仔細想想，此外別無辦法。等她的亢奮平靜下來後，再想想辦法吧。」

「嗯。」

「不過，這封信該不會是被人逼著寫的吧？」岩佐說著，檢視信封內。

「什麼都沒有。我也檢查過信封內了。」

新助說著，落寞地苦笑。他的信有時會被她養父拿去看，所以岩佐和他寫給三千子的信，都會在信封中另貼一張信紙。例如寫給她叫她在岐阜安頓下來好好孝順雙親的信中，偷藏著另一封信商量如何前往東京。

「而且——」新助又說。

「要是在家人身旁寫下的，遣詞用字應該會更平淡。但這封信中用了太多『恨』這個字。而起先若是那樣，就不可能將錢退還給我。」

「她還你錢了？」

「對，原封不動，金額剛剛好。」

「你叫我轉交給她時，我還特地吩咐她要藏在榻榻米下。難道她一毛錢都沒花？」

「或許是誰替她還了這筆錢。」

「家裡的人或許也和她談了很多，宣稱她被騙了或是嚇唬她云云。可動力也消耗得太快了。」

「的確很快。」

說著，兩人笑了。那件事源於新助先前被「非常之事」嚇到，連夜趕去岐阜，後來還將岩佐叫來，讓他和三千子見了一面。那時岩佐保證一定會讓她對新助回心轉意，曾經勸告新助：

「簡而言之她沒動力了，畢竟旁人不住責罵她，她只是一艘逆流而上的小船，動力一耗盡旋即會被激流沖走。所以你得勤快寫信給她，給她更多動力。」

新助彷彿要從一身挫敗感中振作起來似地說：

「你還沒吃午飯吧？我剛在路上已將三千子退還的支票兌換成現金。之前正因一毛不剩而發愁呢，我們拿這筆錢去吃點好吃的吧。」

「好。」

那天正好是週六，搭乘電車時遇上女學生放學，和三千子年紀相仿的少女們顯得很快活。新助感到晚秋的寒意。拽著電車吊環的手臂碰觸到女學生肩膀時，女學生衣服布料的那冰冷觸感，令他泫然欲泣。

「再等別的機會吧。」岩佐說。又說：

「正月新年我要返鄉，到時我會順路去岐阜見三千子。」

在新助看來，雖然當著別人面前直說要放棄、要死心，卻未採取積極的手段，僅像是就此接受三千子的絕交一樣保持沉默，但其實內心仍想著她。收到她最後一封信的那天倒下的幻想，曾幾何時又站了起來。不過，以前他淨是華麗幻想著接她來東京後的生活，而今徒留她在岐阜鄉下寂寥寒酸生活的悲哀幻想。在那幻想中，冷風始終吹過冬日街頭。那是無法感受自己體溫的冬季。

他們沒再通信。但新助還是寄了一張隱含縹緲感傷的明信片給三千子。上面的圖案是一位高雅的大家閨秀正在化妝的複製油畫。

謹賀新年。

他只寫了這四個字。可是對三千子而言，應該可以看出「新助爲了接她，已來到岐阜車站前的紅牆旅館，趕緊溜出家門同赴東京吧」的意思。十一月時，他本想讓這張明信片作爲暗號，幫助她逃出岐阜。

當然，新助並未在正月前往岐阜的紅牆旅館，他僅僅毫無意義地寄出那張明信片。他只想讓三千子看到這張明信片後想起，他們曾經計畫在正月初一的人潮中助她逃出養家。那是他渴望幻想會憶及過往的三千子。

冬天的梅樹經常浮現新助的心頭。三千子曾經躲在那梅樹後芳，在月光下讀他的來信。鄉下風格的大灶經常浮現他的心頭。她曾趁天沒亮就起床，拿著枯樹枝，一邊生火一邊燒掉他的來信。

在他的幻想中，她每天和左眼窩有顆大黑痣、一副壞心眼的養母結伴做裁縫，朝著身型高大如直入雲霄的妖怪般患著重聽的養父大聲說話。

再怎麼不幸的日子，她肯定也有半天時間是在快活地嘰嘰喳喳，但他幻想中那身在岐阜的她，總是包裹在灰布之下。首先，老舊寺院對年輕女孩的生活而言過於灰暗；再者，雖說兩人已毀婚，但她尚未交往新對象，和個性不合的養父母也並未和解，不管怎麼想，相較於她打算遠赴東京與新助結婚那時，眼下都是毫無希望的陰鬱冬日，這一點爲他的幻想帶來沉靜的慰藉。而且，他似乎迄今仍愛著她，總在她也正思念他的夢境中忘卻時光流逝。他經常恍恍惚惚沉溺於幻想，幻想童話般的奇蹟出現，再次撮合她與他。

到了三月，他驀然聽說三千子來東京了。

當晚，新助和林、瀨越三人在服務生爲男性的咖啡店碰面，

「我們最近爲何不再去有女侍陪酒的咖啡廳了？」其中一人說。

「好久沒去了，不如去史泰倫咖啡廳吧。」林說著站起來。新助有點猶豫。

「不好吧。」

「放心啦，誰也不知道。」

「知道也無所謂。我只是覺得犯不著特地去大家都知道那件事的地方。」

三千子在史泰倫咖啡廳從十一歲待到十五歲那年的秋天，新助等人從高三到大一幾乎天天泡在那家咖啡廳。可是，咖啡廳老闆娘和年輕的法學士婚後打算遷居大連，決定賣掉那家店，向來將三千子視如己出疼愛的她，心想嫁去岐阜眞宗派寺院的妹妹沒小孩，於是帶著三千子去岐阜，讓妹妹收養三千子。不過，當時店內一名女服務生成了咖啡廳新老闆的妻子

後，仍待在店裡，加上可能還有人知道，因此新助自從和三千子的事之後，會刻意避免經過店前。但這晚，新助勉強跟在友人後頭去了。

「哎，眞是稀客。」

老闆娘自店內深處匆匆走出來迎接，惹得店裡客人都一臉好奇。

「林先生，您去過三千子那兒了？」

「三千子？」

「三千子來東京了，您應該知道吧？」

「妳是說岐阜的那個三千子？」

「哎喲，您還不知道啊？」

新助等人面面相覷。新助愣住了，甚至不敢抬頭。

「她現在在哪裡？」

「在里翁啊。」

「里翁咖啡廳嗎？她一個人從岐阜過來？」

「對，聽說是獨自離家跑來東京。」

「什麼時候？」

「她三月底來了之後一度回家鄉找父親，兩、三天前又來了。昨天還到我這裡說了我不少壞話才走呢。她說已經不想做咖啡廳女服務生那種卑賤的工作，要當歌劇女演員。」

「歌劇女演員？」

「她嘴上雖這麼說，不過聽說她已經去里翁上班了。是客人通知我的。總之，她看起來氣色很好呢。您去看看她吧。」

里翁咖啡廳就在這附近。林、瀨越、新助依序從玻璃門的縫隙窺探店內。

只見三千子托腮坐在正對面的吧檯俯視客人的座位，泰然自若地微笑。

「怎麼嘻皮笑臉的。看起來一點也沒變嘛，完全沒有長大。」

雖然林這麼說，但在新助看來，她和之前待在岐阜鄉下時已然大不相同。

臉上塗抹厚重的白粉，令她失去水果般新鮮的原野氣息。身型稍微圓潤了一點，成梨形的臉蛋感覺有點鬆弛。

「她本來就是這樣的女孩嗎？」

和他幻想中的三千子似乎毫無關聯。

林想進去，卻被新助硬生生阻止。

「總之明天我獨自見過她之後再說。今晚不行，旁邊太多客人了。」

「這丫頭眞大膽，不知她到底打什麼主意。她跑來本鄉的中心區，難道以爲不會遇見你和我們嗎？眞是令人火大。」

後來他們去了別家咖啡店休息，林和瀨越都顯得莫名的亢奮。

「那就明早八點，高村教授的考場見。」

「明天見。」

「撇開三千子不說，這個學年一定要多拿幾個學分。」

「好。」

○

「今年境遇易生變化，尤其上半年會有種種辛勞，因而心生迷惘，或任性急躁擾亂運氣，恐因自身心性招來厄運。」

「若是女性更有因不諳世事易受甜言蜜語欺騙招致不幸，因此事事愼防獨斷獨行。且有與長輩起衝突、或遭朋輩無謂猜忌、嫉妒之憂，亦務須謹愼。」

「二月因月初稍露吉兆，容易受此蠱惑心中蠢蠢欲動，但若得意忘形輕率行事，自身反易起波瀾或出現意外障礙，恐有失敗之虞，因此謹守現狀保持低調爲要。」

「若是女性會因自身心願不如預期而鬱鬱寡歡，易遭長輩無理處置心生不滿，但是忍耐不爭方爲上策。」

「三月爲衰運之時諸事不順，雖感焦躁卻無運氣相伴而心生迷惘，精神和處境都渴望變動，但變動反易招來不利，因此應萬事低調謹守現狀。」

「若是女性本月將有姻緣，但操之過急易遭不幸，務須注意。」

○

新助將運勢曆隨手一扔，關掉電燈。

這本運勢曆似乎預言了在他毫無所悉之下，三千子逃離岐阜以及去咖啡廳上班之舉。既然如此，三月也是出現姻緣的月分——他的幻想又拍起了翅膀。他一再爬出被窩讓臉貼在遮雨板上，從木板的小洞仰望夜空等待破曉曙光。他聽見報紙扔進來的聲響後，悄悄下樓撿起報紙。他等不及水管響起水聲就去洗臉。房東阿婆的肥臉露出詫異。

「這麼早就醒了啊。宮坂先生這是怎麼了？」

「今天八點要考試。」

的確要考試。但今早的他只是因坐立不安才去學校。此刻才七點。向來愛賴床的他，看到早晨披著圍巾臉頰仍凍得微微發紫的女學生，不覺備感新鮮。昨晚的種種幻想已經消失了，他在晨風中感到些許希望。

教室裡還沒人來。他蹲在蒸氣鐵管上抱著雙膝，遠處響起熱水流過來的聲音。之後零星聚集的學生中出現島谷的身影，他得救似地喊道：

「嗨！」

「哦，你這麼早就來啦。」

「瀨越和林應該也會來。」

「是嗎。你們不來考試不行啦，胡亂寫寫交卷就行了。」

「來是來了，但我筆記只有十五、六頁。不管出什麼考題，我打算都一股腦抄上去。」

「沒錯，那樣就行了。」

「算是亂槍打鳥吧。子彈還只有一發。」

足以容納近百人的教室擠滿了學生。八點的鐘響後，瀨越和林還是沒出現。新助猜想他們八成又是一早爬不起床，早知如此自己就不該一個人來。

高村教授帶著年輕的助教走進教室，助教分發答題紙，新助茫然望著教授頂著禿頭在黑板上寫起題目。

一、請舉出本學年度講義各部分的主要題目，寫出全體概要。

二、請從下列 Shelley 的詩中任擇兩篇評論：

1. Julian and Maddalo.
2. The Triumph of Life.
3. Alastor, or the Spirit of Solitude.
4. Rosalind and Hellen.

教授寫完後轉身面對學生，漫不經心開口：

「當然，你們要看筆記也行。第一題請盡量簡短作答，但要是沒涉及講義全體就不給分。還有，每年很多人寫的答案和題目毫無關係，今年這種文不對題的答案也完全不給分，你們好自爲之——」

教授說完露出會心微笑。課桌之間乒乒乓乓一陣騷動，學生們一個個逃出教室，約有三、四十人絡繹退場，教授微笑旁觀。新助當下不知所措。

「喂，島谷，我也要溜了。這樣我根本寫不出來。」

「幹嘛要溜？這點題目有什麼好怕的，只要坐著總會有辦法。」

「不行啦。」

「逃走太丟臉了。寫啦、寫啦。」

「是嗎。」新助說著又坐下了，然後在答題紙上茫然地塗鴉。

對於整年下來好好聽課的人而言，這種考題很簡單。但是每週四小時的講義只偶來上過一、兩次課的新助，連一行答案都寫不出來。他甚至沒看過雪萊這四首詩，當然更不可能評論。他尷尬地旁觀其他學生忙碌揮動鉛筆。比他晚一年從一高畢業的學生坐在他右邊，雖然連對方名字都不知道，他還是厚著臉皮開口：

「如果你不打算看那本筆記，能否借我看？」

「沒問題，我有三本，按順序給你。」

那個學生爽快回答，拿起第一本借給他。實在沒時間看完厚厚的三本筆記，新助只好快速翻閱。幸好左頁空白處以紅筆做了堪稱講義大綱索引的摘記。他埋頭拚命抄寫，光是要翻完三本筆記就忙壞了。

「喂，你還沒寫完嗎？差不多就行了啦。我先交卷嘍。」島谷催促道。沒帶筆記本來的他似乎沒什麼內容可寫。

「等我一下，我快寫完了。」

新助加快速度，連手腕都疼了起來，漸漸感受到一股肉體上的快感。他收集三本筆記的索引，寫出講義全體概要；接著又瀏覽島谷借給他的那本單薄的雪萊評傳，匆匆將詩集評論譯成日語。之後和島谷一起走出教室，去青木堂的二樓喝咖啡。

才在大桌坐下，昨晚持續至今的疲憊乍然爆發，他的眼皮不停抽動，幾乎將濃咖啡吐出來。

「這下子就算和三千子見面，鐵定也說不出話來。」

他胡亂想著，硬灌咖啡似地連喝了好幾杯，心情卻愈發消極頹唐。三千子突然現身東京，自己卻像完全失去力氣般動搖不了這淒涼的現實。即便如此，在本鄉三丁目的十字路口和島谷分開後，他還是立刻趕往里翁咖啡廳。他從入口的玻璃門透過綠色簾幕窺探室內，沒有人影的前廳，椅子依然倒扣在桌上，午前的咖啡廳一派冷清乏味。確認之後，他喘不過氣繃緊了的胸口彷彿開了個大洞。

「不管怎樣先回去睡一覺再說。眼下衰弱如此也做不了什麼。」他嘀咕著，卻反而如釋重負。他越過電車馬路，從對面再次眺望咖啡廳。他還是無法相信三千子就睡在那裡面。

他垂頭喪氣走下坡道，上了電車。

翌日，岩佐和林帶三千子來了。她稱死也不想見新助，他只好躲在青木堂的二樓，等他們去了雞肉飯館再隨後趕去。

小雨淋溼了石板路。

三千子和林並肩斜撐著傘走過新助眼前。她爲何會來呢？她離開咖啡廳來見他們的舉動教人詫異。照理說她應該很清楚，她和聲稱死也不想見的新助之間，除了婚約沒別的話題可談。

她還盛裝打扮。胭脂紅的毛織大衣搭配綠衣。已經十點了，這表示她肯定八點就起床梳妝打扮以便和他們見面。那是爲了拒絕新助的妝容和盛裝。

他對她的妝容和盛裝不禁萌生怪誕的幻想，這時林亢奮地衝進來說：

「喂，不行，說什麼她都不聽。看來除了搶婚沒別的辦法了。你乾脆拉著她上汽車帶她去別處吧。就這樣搶走盛裝的她。任她就這樣盛裝，就這樣盛裝。」

（大正十五年九月，刊於《新小說》）

水鄉

我在水鄉佐原市某觀光旅館的偏屋寫下此文。後窗傳來雙眉葦鶯的叫聲，與其說是鳴叫，那聲音更像是鶯啼婉轉，連綿不絕。今早我五點就醒了，之後牠一直叫到正午，幾乎像是澈夜不休。雙眉葦鶯會撥開蘆葦，吃其間的蟲子，據說因此得名。外型和顏色都神似黃鶯，但似乎比黃鶯大。

潮來的十二橋下，典型的船娘划著小船穿過，我請她稍微划遠一點去與田浦。那裡的茭白筍和蘆葦叢中，不時可看見雙眉葦鶯的身影。牠們群居在水畔蘆葦之間，當然，他們是水鄉之鳥。此刻，門外傳來神似雲雀的鳴叫聲，我不禁拉開紙門眺望天空，並未發現雲雀。不過，那不是雙眉葦鶯，是雲雀的叫聲。門外的雲雀叫聲斷斷續續，雙眉葦鶯的叫聲卻是連綿不絕。不如黃鶯的叫聲那麼清亮，或許更像是放大了麻雀鳴叫後再配上合聲吧。早上，我對

旅館的女服務生提起雙眉葦鶯的叫聲，

「您沒聽見田蛙叫嗎？應該已經出土了。」女人說。那種醜陋又吵鬧的田蛙，昨晚沒有叫。昨日在那艘從潮來至佐原的橫利根川的屋形船上，我聽說田蛙是某人養殖的，遍布這水鄉的水域，抓到後冷凍起來大多運往美國。在這一帶，那些抓田蛙的人，據說一個晚上就能賺三千日圓。雷魚或草魚這類從大陸新來的魚，在水鄉似乎也比日本傳統的淡水魚強悍。

打開外頭有雙眉葦鶯鳴叫的後窗，跨越大利根川的水鄉大橋南邊的渡口就在眼前。橋畔據說有蘇峰[7]題字的「水鄉之美冠天下」紀念碑。對岸就是茨城縣。這邊是千葉縣。經由佐原開往成田、銚子的成田線電車及縣道，行經千葉這一帶的河岸。大橋和旅館之間、也就是利根川和旅館之間的溼地長滿了蘆葦，是雙眉葦鶯的家。雙眉葦鶯又名行行子，自古就是知名的詩人。從旅館的窗邊及溼地的路上，可以看見吉野原有柳樹、無花果、白楊佇立。這些也是水鄉的景觀。

我這趟水鄉之旅，從土浦起始，結束於佐原。從上野車站搭乘常磐線的準急電車約需一小時便可抵達土浦，令我料想不到。還有，潮來的鳶尾、十二橋等，雖是知名的觀光景點，但是和橫須賀線或東海道線的鎌倉、江之島、三浦三崎一帶比起來仍未觀光化，也在我意料之外。一方面也是地理淵源，潮來十二橋的鳶尾花之外，祭祀軍神的鹿島、香取神宮，參拜

7／德富蘇峰（一八六三～一九五七），明治至昭和戰後的記者、思想家、史學家、評論家。

者在戰後皆大爲減少，在冬天獵鴨、釣寒鯽的季節外，此地缺乏觀光的著力點，或說，觀光的宣傳和設施並不多。

對於已受夠近年來所謂觀光熱潮（這字眼很討厭，還對大自然造成破壞）的我而言，水鄉是一種安慰。沒想到東京附近就有如此截然不同的自然景色。比方說，從潮來到佐原沿橫利根川航行約一小時的屋形船上，茭白筍的青莖配上白鷺鷥，縣道沿岸也有釣魚民宿，非常悠閒，我甚至覺得倘若請船家就在這水面往返，昏昏沉沉打著瞌睡肯定分外安寧。

在土浦搭乘的汽船浮島丸，長十九．五四公尺、寬四．八公尺、深一．八九公尺，總重量五十八．二六噸，可容納旅客兩百二十八名，於昭和三十五年四月下水啟用。霞浦的航路就是這般悠閒，讓我不禁想抄下這些資料。簡而言之，左右兩岸的山脈起伏不大，堪稱極爲平坦。這裡是日本全國僅次於琵琶湖的第二大湖，但兩岸風景和琵琶湖明顯不同。

流入土浦的櫻川和流入高濱的戀瀨川之間有出島，霞浦的頭部（從地圖看來）形成V字型，霞浦又和北浦形成V字型，連結利根川，構成水流錯綜複雜的水鄉。櫻川就是歌謠〈櫻川〉所描寫悲劇故事中的河川，現在河堤似乎成了賞櫻景點。戀瀨川是和歌〈百人一首〉中「筑波峰落男女之川，以爲是愛卻成深淵」那條河。霞浦和北浦都朝著阪東太郎這道利根川的河口逐漸變得細長。很久很久以前，據稱河床被海浪擴大了河岸、海水退去後形成湖泊，這說法連一般人看了這地形也會點頭同意。

霞浦的河水據說可見筑波山倒影。不只是湖上，在這平坦的地區，能否看見筑波山，似乎成了景觀的一大重點。在麻生離湖上岸，從那邊搭車時，司機也很遺憾地說：「像今天就太晴朗，看不見筑波山。若是剛下過雨，可就格外清楚。」這趟旅行期間，不知聽人說過多少次「那個方向可以看見筑波」。雖幸運地碰上梅雨期間的短暫放晴，卻從哪兒都看不見筑波山。當然，若是與田浦、霞浦在秋天乘帆船拖網捕魚時，或者橫利根冬天獵鴨、釣寒鯽時，想必可以清楚看見。雖說鳶尾與菖蒲盛開的梅雨季已放晴，卻是充滿溼氣的乳白色天空。

今井正導演的電影《米》中成群帆船的美麗畫面，我是在它代表日本參加坎城影展時看的，那就像是拍攝霞浦這裡帆船拖曳網的船帆。描寫水鄉的電影似乎不多，我始終難以忘懷的是栗島澄子（現在是水木流[8]的主導者，當時是松竹蒲田片廠的大牌女星）主演的《船頭小調》和《水藻花》。《船頭小調》當然是迎合野口雨情[9]的歌曲風潮而製作的；《水藻花》緊接在《船頭小調》之後，是小品電影。那是四十多年前的片子了。

栗島澄子當時約莫二十歲。我是上淺草看的電影，時年不過二十二、三歲，還是本鄉的大學生。那是大正時代的尾聲。歌詠「我是河岸枯芒草，妳同樣是枯芒草……妳我不如就在利根川撐篙划船過活」的〈船頭小調〉，無論詞曲都很出色，現今仍不時聽人吟唱，是流行

8／水木流，日本舞的流派之一。

9／野口雨情（一八八二～一九四五），詩人、童謠及民謠作詞家。

歌史上不可或缺的一頁。也有「照亮枯萎茭白筍，潮來出島明月夜」這樣的名句。有人說歌曲傾訴的是當時的世情人心，這才傳唱一時。我在佐原曾聽與倉歌舞團的人唱過〈佐原謠〉，那當然是祭典的歌謠，但連那種場合都演奏〈船頭小調〉，令我稍感吃驚。

不過，我之所以記得四十餘年前的電影，有我個人的原因。我二十一歲時曾與十四歲的少女許下婚約，隨後無端遭到女方毀婚，受傷頗深。關東大地震時，我也很關心那名少女的安危，還曾徘徊在災後滿目瘡痍的東京尋找她。那名少女和《船頭小調》、尤其是《水藻花》中看似潮來船娘的栗島澄子，簡直長得一模一樣；至少在我眼中是如此。我在客滿的電影院站著看片子，當著同行的友人面前，只能拚命忍住眼淚。那名少女如今也已不在人世。是她的姪兒來信，我方知她的死訊。

此外，霞浦也有我的傷感回憶。敗戰那年春天，我以海軍報導班員的身分，在大隅半島鹿屋的特攻隊基地入伍約四十天。同行者還有作家山岡莊八等人。當時海軍已經失去所有軍艦，正痛苦地呼籲讓飛機組成航空艦隊。那正是沖繩戰役之際。鹿屋位於最前線，特攻隊員一起飛，就抱著炸彈連機帶人衝向敵艦，做出自殺式攻擊，大多皆未能生還。

那些隊員之中，有學生兵和少年航空兵。學生兵是大學生和高中生，無論是志願加入特攻隊、還是被迫加入，他們和少年航空兵本就不同；脖子上圍著顏色鮮豔、迎風飄揚的圍巾的是少年航空兵。這些少年，想必更容易單純抱著赴死的念頭。然而他們終究是特攻隊員。從早到晚，連同半夜，我們一再目送特攻機一去不回。那些少年航空兵的訓練場、飛行場就在霞浦。那塊留下「七顆鈕釦有櫻與錨[10]」這首〈預科練之歌〉的土地，就在出了土浦不久後的右岸，但據說在美軍轟炸下幾已了無痕跡。

我們搭乘的浮島丸前後，只見到一、兩艘小船，惟水路的波紋在黯淡日光下閃爍，從船上眺望湖景的客人也不多，船行約一個半小時就抵達麻生。碰上鳶尾花季，導遊特地細心安排，在這安靜的小鎮過夜遠勝於潮來的喧囂。我們在碼頭的旅館「湖月」稍事休息後就出門觀光。去了天王崎，我遙想那籠罩於潮溼天空下的筑波山，揣想電影《米》中的成群帆影，或許近似秋天的帆船拖網。

儘管如此，自古以來保有農村景觀的麻生，令我心情放鬆。我們搭乘的浮島丸一抵達麻生，載滿當地人的船隻就立刻駛向湖中，我一問之下，原來那是反對建設國際機場的陳情團體。今天對岸加起來也有共十個村鎮、聚集達千人之多。不過這純粹是「寧靜的抗爭」。霞浦河岸也是新機場的建設預定地之一，居民們擔心會妨礙捕魚及噪音問題，所以發起反對運動。「抗爭隊」搭乘小船回去，倒是稀奇的景象。

從麻生經牛堀，我們轉向鹿島神宮。長長的神宮橋橫跨北浦，橋上有人停車觀看漁船拖

10／出自〈預科練之歌〉的歌詞，預科練（海軍飛行預科練習生）的制服有七顆鈕釦，鈕釦上有櫻花與船錨的圖案，分別象徵日本與海軍。

曳「竹浸」這種捕魚工具。其實那並不是竹枝做的，而是將櫟樹或橡樹的樹枝沉入水底，等小魚躲在裡面築巢後再拖起來。現在是六月，據說主要用於捕蝦。從神宮的樓門前擺攤的盆栽小販口中，我聽到鹿島松的故事。

神官打開寶庫給我們看。其中最驚人的，是長達兩公尺七十一公分的神刀，據說鑄造於奈良時代，還獲指定爲國寶，想必是日本最長的古刀。當然，那不能拿來揮砍，只是一種神威的象徵。還有鎌倉時代的古瓷狛犬[11]，站立的姿勢也很出色。永仁壺風波[12]時，據說曾拿來和假壺比對。拜殿前的氣派功德箱，是由職棒巨人隊的城之內選手所捐贈。我們一路走到內宮。古人將長途旅行稱爲「鹿島行」，從《萬葉集》收錄的防人歌可知，東國募集的士兵，似乎就是在這裡祈求武運長久，之後奔往遙遠的筑紫城守衛。傍晚樹木林立的安靜神宮內，我想起奈良王朝的防人歌。栲樹的花香飄來。

隔天早上去潮來，正好ＮＨＫ《來自村鎮》的拍攝小組也在，我被當成了鳶尾花祭的觀光客。有一幕是在鳶尾花園拍攝藝伎的手舞。不過今年天氣異常寒冷，鳶尾開得晚，黃菖蒲倒是開了。配合ＮＨＫ的拍攝，延誤了一小時才搭上船娘的船。潮來歌謠有一句「此處是加藤洲十二橋」，水鄉觀光的主要水路比我想像中還短。還有，雖說是橋，其實更像是兩岸民家來往的私人道路，樸素的木橋頗富意趣。觀光客就這樣沿路欣賞狹小水路兩岸的民宅及庭

11／狛犬，貌似獅子或狗的日本神獸，想像中的生物。通常是成對放在神社或寺院門口兩側。

12／永仁壺風波，一九六〇年發生的古陶器贋作事件。瓶身刻有「永仁二年」被指定爲國家重要文化財產的鎌倉時代古陶器，遭人發現是當代陶藝家加藤唐九郎的作品。

院。船也是小型田舟[13]。

船娘以手巾包裹頭臉，戴著潮來笠（也叫做突頂笠，是芒草做的）、白手套，深藍色白點窄袖上衣搭配勞動褲，寬腰帶和腰繩是大紅色的，洋溢著牧歌式的和平風情。從船娘口中得知她學習駕船的起因，頗爲感人。她說種田太辛苦，才想划船送家人去田裡，多少讓家人少走些路。船隻就是水鄉的雙足。此外如歌謠也吟唱「成排燈火是潮來的圍城」，潮來的妓院曾經引誘沿利根川上行或下行的乘客，以及前往鹿島、香取參拜的信衆。如今早已船過無痕。

水谷八重子女士在日生劇場主演的三島由紀夫戲曲《戀愛帆影》，據說就是從這十六島得到舞臺的靈感。舞臺上是僅坐落一棟房子的小島，四方以橋連接；而讓那場景變得可能的，正是此地錯綜複雜的水路。穿過水邊更顯青翠的綠蔭，十二橋的水路，烘托出船娘的身影，據聞野口雨情曾說，水色混濁反倒別有意趣。十二橋的岸邊，今年也因天氣寒冷，到了六月十日前後仍不見鳶尾及繡球花盛開。

我們登上陸地，去長勝寺參觀國寶鐘。那是北條高時[14]捐贈織物，鎌倉圓覺寺第十六世的清濁大師在上面刻了一句「客船夜泊常陸蘇城」。再次登船後，從北利根川進入橫利根川，搭乘屋形船去佐原。我覺得水中的聚落很美。我試著想像此刻青翠的茭白和蘆葦，到了

13／田舟，在水鄉可用於乘坐或搬運農作物的簡陋平底小船。

14／北條高時，鎌倉時代末期的北條氏家主。鎌倉幕府第十四代執權。

秋冬乾枯後只剩滿目蕭條的水景，以及水面的月夜。那同時也是獵鴨、釣寒鯽的季節。河岸有很多釣魚民宿。在佐原，我們去了香取神宮、伊能忠敬[15]的宅邸。

這一帶是早熟米的產地，也是穀倉地區。關於今年的寒害、漁業，以及旅館的川魚料理，我本來還想寫更多，總之，在東京附近能有風景如此不同之處，雖是知名觀光區卻不像觀光區，令我十分驚喜。最後我要補充，我已親自確認過，的確是雙眉葦鶯徹夜啼叫（儘管啼聲微弱）。

（昭和四十年七月，刊於《週刊朝日》）

15／伊能忠敬（一七四五～一八一八），江戶時代的天文學家、地理學家、測量家。

第二部

千代

山本「千代」松氏突然來中學宿舍找我，記得應是在罌粟花開的時節。我和他站在花圃中談話，周遭盛開的罌粟花，像夕陽親吻綠葉般屏息靠近，令人莫名湧上一股少年悲愁。我不好意思給同學看到他那土氣的鄉巴佬打扮，所以帶他進了花圃。正因爲起初絲毫猜不出他的來意，得知之後才更教我意外。

「千代」松提及我祖父署名的借據，由於祖父已死，想請我改成我的名字。但首先，我根本不曾在宿舍裡寫過任何借據。況且家中事務我已全權交給親戚（我的監護人）處理，無論擅自做了什麼都對親戚不好交代。於是，我當下藉口學校不方便寫借據，搪塞等我週日回宿久莊（那是山本和我居住的村莊，距離中學六公里），再去他家寫。那天，我記得是週三或四，我打算週日之前先找監護人商量過，才去他家，可是最後兩件事都未能做到。

沒想到週一他又來宿舍了。這次他帶來借據的草稿，叫我照著抄寫。這下我沒轍了，而且也感到不悅，最主要是，我急欲讓這個衣衫襤褸的鄉巴佬趕緊離開。我只好接過草稿，去二樓的娛樂室，在桌球臺上抄寫。至於金額，我現在不好意思說出口。在那份草稿上，將直至今日的本金加上利息改成新的金額，歸還期限也改爲當年十二月，我感到某種迫近的惡意。此外，看見祖父的名字被改成「重治」，心情也變得很微妙。我至今仍清楚記得，那張紙的左邊角落印刷著「大阪府立茨木中學用箋」一行紅字。我將這張紙交還給在會客室等候的他，他遞給了我一張舊借據。舊借據上頭只有金額，沒有利息、也沒有期限，是一張簡陋的破紙片。那是中學三年級的夏天，我代替失明的祖父寫的。我隨手撕破扔到腳下。他看了面露不悅，我也一臉不高興。之後我送他到門口，慢吞吞走過校園的白楊樹下，想起和死去的祖父曾共度那段貧窮而悲慘的歲月，不禁有點感傷。

總之，我沒和親戚商量，就給本金加上利息還定了還錢期限，令我耿耿於懷，心想得要寫信解釋一番。而我也不免擔心十二月的期限之前能否還清。祖父在我中三那年的八月過世，到現在我（已中五）仍未理清家務，三、四位債主顯得很不安。

重寫借據後過了半個月，十二月之前能否還錢的憂慮倏地消除了。親戚們決定賣掉我家的房子來償還債務。──「不賣掉房子難道就無法解決嗎」不是我該說的話。儘管我並非完全沒有不滿。親戚和親戚之間、親戚和村民之間各自起了小糾紛；私下有些人也向我表達一番好意。但所幸他們都撇開我逕自處理，讓我反而始終能佯作若無其事。我保持沉默。我認爲只要完全不開口，就不會被任何人擺臉色。我想在大家面前扮演好孩子。

終於到了還清債務的時刻。我想起交還「千代」松的那張借據。至今沒知會親戚令我感到心虛。於是在某個酒席閒聊到最後，我假裝是自己忘了說，隨口提及此事。沒想到，發展大出我意料之外。人們都很氣憤，大罵那男人的行徑過於奸詐，紛紛同情起在學校宿舍遭遇此等尷尬之事的我，同時也嘲笑對方居然愚蠢到讓一名未成年人寫借據。還打趣說，不如就折騰他一番，最後只還給他本金吧。

後來，我從親戚口中聽說，債務乃至其他一切都順利解決了。尤其是「千代」松，親戚彷彿立了大功似地表示，不僅讓他低頭道歉，而且只還了本金給他。我聽了反而心生憐憫，對親戚的做法大感不悅。去村子時又聽到同樣的消息，男人跑來學校，幾乎可說強迫讓一個小孩、一個未成年人寫下借據，親戚們以這兩點當武器，據說擺出非常惡意的態度。令人驚訝的是，此事帶著憤怒與嘲笑傳遍了全村。

村民本來就對卑鄙攢錢的「千代」松沒好感，這下子就像找到獵物般群起圍剿。更別說此刻鄰里間正相當同情我與家族連番遭逢不幸之際。這是個僅三十戶上下的鄉下小村，所以確是有可能的。但我看到這局面反而難受起來。他來學校找我也只是出於老實鄉下人單純的不安，並沒有惡意。在學校被迫寫借據，事實上也不像人們說得那麼難堪。爲了錢，這些年來我已忍受過更多不堪的場面。

自此之後，「千代」松在我面前就如罪人般畏畏縮縮。我也盡量避免與他碰面。

去年暑假。我一如以往於假期間回到宿久莊，住在原本的舊家。房子買主是家族分支的分支，關係素來親近，所以我得以自在出入。舊家位於村子中央，很悶熱，我常在入夜後去朋友家聊天乘涼。朋友家位於村子南端前方能眺望整片稻田的小丘上，門口石階是全村最宜人的乘涼景點，一到晚上就很熱鬧。那裡的常客之一就是「千代」松。這時我已升上高等學校二年級。悲慘的童年逐漸遠離，個性也開朗起來。他幾乎已被我拋諸腦後。因此那瞬間和他打了照面，我的心情霎時變得低落，心生厭惡。

遇見他的第二晚，他難以啟齒似地說，家裡雖然沒什麼好東西招待，還是想請我去家裡玩。我當下不知如何答覆。他似乎羞於被旁人看見，撂下一句「請你馬上來」就匆匆離去。

翌日傍晚，他喃喃抱怨：「昨晚我特地準備，還和大家一起等你，爲什麼沒來呢。」說完就垂頭喪氣地走了。我正感疑惑，過了一會，他又抱來兩個大西瓜給我。我難過得幾乎想掉眼淚，這才發現他和那年來我中學相比已經大爲衰老，不由定睛凝視他。後來得知，據說他身體狀況的確變得很差，雖極力攝取營養還是日漸衰弱。村民在背後議論他，說他年輕時工作過度，而且飲食上太吝嗇。

我一時不知如何處置他給的西瓜，雖想當場切開分送大家，又覺得那樣太對不起他了。於是我將西瓜寄放在友人家，因與小學教師的友人有約，當下就去了小學。後來我對自己如此冷漠的態度耿耿於懷。隔天我帶著西瓜回舊家，切開後在場的人又交頭接耳說起「千代」松的壞話。我對那些人心生反感，而他那鄉下人純樸的歉意也令我泫然欲泣。從隔天晚上起，我再也沒在那乘涼時見過他。

這件事，很快就被我拋諸腦後。沒想到入秋後，第一波感冒大流行在東京日漸平息之際，我意外收到一封山本家寄來的掛號信。

信上說「千代」松因感冒過世，遵照遺言寄五十圓給我。據說他死前託人寄錢給我聊表歉意，說完才嚥氣。我這才明白，我的親戚和村民們不公平地誇大譴責，對他衰弱的心造成多大的傷害。比起同情，我忽感一陣恐懼。考慮半天，還是收下了那筆錢。我決定將那筆錢充當旅費，讓我正爲身世痛苦的腦子澈底喘一口氣。

我在伊豆的溫泉區旅遊十餘日。那次旅行，讓我結識生於大島的可愛小舞孃。不只她一個人，而是和一群人結識。但在回憶中，我更想強調是結識她一個人。那群人喊那小姑娘「千代」。

「千代」松和「千代」，這個巧合令我略感古怪，初識時的汙穢念頭亦已全然拋開（而且那個小姑娘年僅十四歲），我跟著那群人，像小孩一樣融洽自在地旅行，和小姑娘千代也能輕鬆交談。第一次見面，是我從修善寺來湯島途中，遇見打著鼓去修善寺跳舞的她。她深深激起了我的旅途情懷。第二天晚上，她又來我在湯島住的旅館表演舞藝。第三次見面，是我在天城山頂上的茶屋躲雨時，和他們不期而遇。後來我們一同下山去湯野，由於大雨持續兩、三天，等我又和他們動身去下田時已經成了朋友。我的客途旅意，也恰好吻合與人們結伴浪遊的情懷。抵達下田的翌日，適逢小姑娘的親兄長和嫂嫂生的嬰兒於旅途夭折滿四十九日。他們叫我留下參與那場聊表心意的法事。但我記憶中還留有「千代」松的死，對於做法事並無好感，於是我在抵達的翌晨就搭船回東京。小姑娘搭舢舨送我到船上，還買了在船上吃的食物和香菸給我，非常體貼周到，一副依依不捨。那個小姑娘，我喊她「千代」。

寒假到了，今年正月，我為了弔唁和道謝，前去拜訪「千代」松的家人。他的家人其實只剩下妻子和今春應升上女校四年級的女兒。母女倆異常熱情地歡迎我。我接受她們的好意住了兩、三天。由於他妻子再三強調對丈夫在學校讓我遭受難堪的待遇深感歉疚，於是我單純認爲，她是爲了替丈夫賠罪才熱情招待我。沒想到我要走時，她又塞零用錢給我。

據說他在遺言中特別交代妻子：「在監護人的看管下想必有諸多不便之處，不妨多給一點零用錢。」連他女兒也說：「請將這裡當成自己的家，隨時安心回來。」這話似乎帶有某種含義，我不禁狐疑地望向他女兒，然而那張純眞的笑臉看不出絲毫居心，我不覺深感羞愧。羞愧之餘，卻依舊揮不去一股刺探感。那個女孩，也叫做「千代」。但她是繼承父親的名字，所以不像伊豆的舞孃讓我那麼在意。我拿著對方硬塞來的錢又去了伊豆旅行。這次是去熱海、伊豆山、湯河原一帶。

直到最近之前，我很少想到他的家人。我雖簡單通知我從南宿舍四號搬到中宿舍三號，對方也不曾寄信過來。

轉眼到了櫻花凋落、已能感受到青葉氣息的時節。

突然間，我察覺自己陷入可恨的宿命詛咒。雖說不去想，但我還是忍不住想起那個女孩。我隱約察覺，自己已逐漸被逼入狹小空間。彷彿不受意志所控，被帶去了令人驚恐之地，驀然回神才發現全身緊縛難以逃脫的詛咒之繩。若我能夠就此停駐，好好審視「千代」松之女

「千代」的容貌和個性倒也沒問題。對於她，我應該不可能懷有任何強烈感情。但問題是，我不可能就此停駐。

就偶然（換言之極爲不可思議）的意義上，伊豆的「千代」亦教我大吃一驚。那對妻女和我似乎受到同樣的詛咒直直走下陰暗坡道，令我感到恐懼。連舞孃都像分不清是夢或幻的幽靈。

我不得不重新審視「千代」松氏。思考之下，又湧現新的恐懼。是的，既然是遺言，他肯定是臨死之前想到我。說到他臨死前的心理狀態，撇開艱深的分析不論，肯定是他想到旁人時，瀕死的心立刻想起我。他在死前那一刻，靈魂將要脫離肉體和人世的瞬間，想起了我。換個角度想，我反而倍覺驚恐。不管靈魂是否不滅，就算靈魂絕對會消滅，在那瞬間豈非更可怕？他等同於懷著向我謝罪的心情死去。

不管去哪，他的靈魂彷彿都在凝視我，令我無處可逃。兩個「千代」，亦如受他靈魂追逐的幻影，映現我心頭。他的妻女肯定也會同樣落入蟻獅陷阱般的詛咒，墜落到最底層，我幾乎難以忍受。我慌了。我像溺水的人只尋求一根救命稻草。我試圖抓住不叫「千代」之名的人伸出的手。

直到四月十一日至十五日這五天，我終於不再恐懼，反而得到希望和喜悅。我就像眞正走了好運般逃離兩個「千代」，得以將心思放到別的女孩身上，可同時也多了一個競爭者，那人還是我的同班同學。這起事件暫時還不能算是圓滿結束，爲了那位同學和女孩著想，在此我就按下詳情不表。總而言之，那同學無暇和我競爭，他不假思索冒險選擇直接告白。不料，女孩已有未婚夫——我和那同學都不知這是眞是假——委婉拒絕了他。

起初，我倆約定各自行動，再互相報告成果。於是我聽到同學的冒險和失敗經過。

那天是四月十五日。就在一高宿舍通往分館的走廊上，大雨橫掃進來，我們站著說話。聽聞他被女孩拒絕的經過還沒什麼，可怕的是他接下來說出的話。他泛著奇異的微笑低語：

「千代。」

這女孩居然也是——我們原先都不知她的名字——她也是「千代」。

我忽然湧上一股衝動，想當場連那同學都殺死。我感到四下昏暗無光，沒人能拯救我。

從那天起，我就快瘋了。

前面提過，「千代」松氏死前仍惦記著我一事，教人備感恐怖。但，驀然回神才發現，死前惦記著我的不只三、四人。毛骨悚然。我常聽祖父提起，我三歲那年死去的父親，我四歲那年死去的母親，對於體弱多病的我，不知懷有多大的眷戀逝去。八歲那年，祖母拉起我的手，殷殷囑咐我要好好活下去後就此離世。和我分開長大的姊姊，據說也是拜託叔叔嬸嬸照顧我後才死去。我十六歲時，祖父亦留下死後依然會庇佑我這句話才嚥氣。十八歲時，祖父的妹妹留下遺言將財產留給我這唯一的親人——因故並未實現——後死去。再來就是「千代」松。還有，此刻躺在病床上的外婆，死前肯定也會將我托付給舅舅。

這種事，不在意時毫無感覺，還可能讓我更堅強。我曾自戀地想，光靠祂們靈魂的力量，我無法妄想自己不成為天才；而一旦在意起來，就感到無盡的恐怖。親人們是祈求著我的幸福而死去——就算想藉此抹消那般恐怖也幾乎得不到安慰。更別說偏偏是此刻，「千代」松氏和三個「千代」出現的此刻，我只感到無盡的恐怖。

想到靈魂，我懷疑自己能活到現在並非靠一己之力。從小，大人們就對我不抱希望，總覺得我會夭折。和久違的人碰面時，對方甚至將我還好好活著看作奇蹟而大吃一驚。我也變得像那些人一樣，逐漸失去了信心。比如夜晚我在宿舍二樓驀然醒來，有時會覺得幽靈直盯著我，爲此不知所措。我自己看起來就像幽靈，我連自己都感到害怕；三個「千代」當然也是幽靈，至少是由靈魂的力量賦予生命鮮活起來的幻影。

昨天也是，我戰戰兢兢去看我和同學暗戀的「千代」。女孩走近時，我總覺得那美麗的臉孔背面馱負著幽靈，幽靈從女孩背後伸出蒼白的手朝我揮動。那女孩一點也不像是活人。

雖害怕幽靈，我還是痴戀著祂從女孩背後朝我招手的意志。只要我和同學所暗戀的「千代」微微一笑，我肯定會撲過去拜倒在她面前。我對舞孃「千代」的心意，也在不知不覺轉爲強烈的愛意。對另一個「千代」，也在益發害怕之際，升高了近乎愛意的情感。眞奇怪。

暑假快到了，放假時我不可能不去拜訪那對母女，我預感屆時將墜入蟻獅陷阱的最底層。一呼吸一眨眼，也將被幽靈注視、引導。這就是所謂的宿命——我如此認定。

無論在街上或劇場，我害怕看見美女。我怕她們都叫做「千代」。就算那女人不叫「千代」，她的母親、或祖母，乃至好幾代之前，肯定有個祖先叫做「千代」，不叫千代的女人不可能映入我那遭詛咒的眼中。那些美人也看似幽靈。

我害怕綠葉時節。最近，我輕易就能感到心臟變得衰弱。有時嗅覺敏銳得病態，有時觸覺敏銳得病態。

我總覺得這是我尚未發狂的腦袋所能吐出的最後感想。我懷疑，此堪稱爲「瘋狂青年手記」的開端。

這雖非易卜生筆下的「幽靈」，不過，若說各家皆受怨靈糾纏，那麼在我家，怨靈肯定是「千代」。甚至得遡及祖先，調查他們可曾遭到名爲「千代」之人的怨恨。不只是我的祖先，我也想更廣泛了解那來自「千代」的怨恨。

而且我很想問問諸靈魂。要是從靈魂得不到答案，我想直接詢問三個「千代」的心意，否則我不知將被逼到何等地步。

友人冰室說正負責編輯五月的《校友會雜誌》，問我要不要寫點文章，我忍不住答應了，還讓他為了等我將截稿日期延後四、五天。然而，此時此刻我滿心對千代的恐懼，幾乎不可能思及其他。無奈之下，我決定照實寫出內心的恐懼。我心想若能寫上稿紙，或許就能將恐懼逐出我的腦子。這件差事很痛苦，我盡可能避開觸及自身情感的字眼，以無關緊要的語氣淡淡敍述。要是如實敍述恐懼，我怕我或許當下就會變得高度神經衰弱；要是再誇張點敍述，恐怕我會就此發瘋。尤其當我細細描述「千代」松氏的外貌，幽靈可能會從稿紙間跳出來。

我害怕綠葉時節。我將墜落蟻獅陷阱底層的暑假也近了。看來，倘若不似那些至今仍凝視著我的靈魂一樣，脫離肉體變成靈魂，我大概不可能逃離這種恐懼。

（大正八年六月，刊於《校友會雜誌》）

孤兒的感情

一

父母——父母這個字眼久違地浮現腦海。是妹妹這個字眼讓我聯想到的。

我試著就我對妹妹所知，盡情在心中描繪，最終我的回憶才兩分鐘就找不出題材了。不過，妹妹還活著，這比什麼都令人欣慰。而她今天也寄來了信，足以證明妹妹活著。可我不記得曾經收到父親或母親寄來的明信片。當然，死去之人若還能寄信給我，那才是怪事。

然而，我從千代子這個女人身上，感受到不同於全世界任何人的感覺。這感覺是什麼？她是妹妹。千代子爲何是我妹妹？因爲她和我同父同母。妹妹常讓我在念及她時順帶想起父母。

父母過世的夏天，四歲的我和一歲的妹妹被不同的家庭收養後長大成人。兒時的我忘記父母過世，也忘記妹妹的存在。無法親眼看見的人，就算活在這世上，我也不認爲那人活著。

所以，在鄉下房子的簷廊和七歲的我並肩吃烤栗子的女孩，那天頭一次見到的都市風格女孩，竟是從天而降的妹妹，令我非常錯愕。我必須在內心尋回身爲哥哥的感情，要是尋不回就得趕緊醞釀。當時感情上幼稚的驚慌，就是我對妹妹最初的記憶。換言之，那個猶如感情強盜般的小女孩，自此成爲「不請自來的妹妹」。

妹妹小學二年級時，鄉下的嬸嬸討了十張妹妹的習字作業來給我看，聲稱她的成績是全年級第一名，字又寫得特別好。我略感嫉妒，找出她寫字稍微往右下角歪斜的缺點後才安下心來。還有一次，嬸嬸說，千代子總是將鉛筆用到比她的大拇指還短，筆記本就算寫到最後一頁也和第一頁的字跡一樣漂亮，藉此責罵我的浪費。我心想，那種妹妹不會是什麼好女人。

中學畢業後，我去東京的學校念書，每逢寒暑假返鄉，都會去撫養妹妹的家庭打招呼。但我只在客廳吃午飯，不會待到晚飯，也從未留下過夜。妹妹會來客廳，但我沒看過妹妹的房間，也不曾和妹妹單獨相處。我討厭兩個孤兒閒聊孤兒才懂的話題。

「不理這個少女也沒關係，因爲她是妹妹。」

心裡雖這麼想，卻連望著妹妹的臉都略感難爲情。而這種難爲情是一種喜悅之情。

每當我告辭時，姑姑總是對妹妹說：

「千代子，送妳哥哥去火車站。」

妹妹雖回答「好」，但她總是和家人一起跪坐在玄關道別，從未送我到門外。

到了妹妹約莫十五歲時，我就不再回故鄉了。我們最後一次見面，妹妹已經就讀女校。

姑姑說：

「千代子從小學五年級的正月起，就一天不漏地寫著蠅頭小字的長篇日記呢。眞難以置信，她居然有這麼多話可寫，還不肯給任何人看。」

妹妹臉紅了。我對妹妹油然萌生嶄新的親密感，有點像秋天的心情。

有人向妹妹提親了，對方在東京。爲了見那個人，妹妹要來東京在我的租屋處過夜。向來只寄賀年片給我的妹妹，難得今天寫信來，信上如此表示。

二

妹妹是獨自搭乘長途夜行火車來的。

妹妹從小頭髮就茂密又過長。我盯著她頭髮的視線轉移到她臉上後，這才發現我將她的年紀記錯了兩、三歲，暗自微微詫異。我感到十五歲女孩擁有十七歲女孩的頭髮那種不自然。

不過，在火車站見到睽違五年的妹妹時，她的容貌身形和美麗的頭髮很相稱，她已是適婚期的女孩。

帶她回到我住處後，我說：

「妳離鄉時有人唸妳什麼嗎？比如『妳爸媽要是還活著，看到妳有今天不知會多高興』這類的話。」

「嗯，唸到都嫌煩了。」

「是嗎，我就知道！他們肯定是泫然欲泣地這麼說吧！」我的語氣過於熱切，妹妹微微露出詫異的表情。

話說回來，「你爸媽要是還活著，不知會多高興」這句話我不知聽過多少遍。像是入學時、畢業時，總之只要我人生發生什麼事，人們總是會對我說這句話。每每聽到這句話，我總是低頭不語。

他們說出那句話時，腦海想必浮現了我父母的身影吧。可我什麼也沒看到。在那一刻，他們想必在憶起我父母的同時，還體會到了甜美又悲傷的感情吧。可我從來不懂親情。但若是拷問我的感情，我或許會說：

「是的，要是爸媽還活著該多好——」

然而相對地，我也從來沒聽過這句話：

「你爸媽要是還活著，不知會多難過。」

假使誰都不曾如此說過，那麼就算雙親還活著，難道我會是從來不曾讓他們生氣或傷心的孝順兒子嗎？看著孩子的行爲，父母卻找不出傷心或生氣的理由，換言之其實是一對沒有愛的父母，以及不像孩子的孩子嗎？

不管怎樣，一般人爲何非得將孩子和父母或家庭放到一塊兒看待呢？爲何我非得幻想第一個爲我的成功高興之人，必須是不見形影、壓根沒見過的父母呢？照這樣下去，就算在我的喜宴上，人們可能也打算讓我父母的送葬隊伍經過吧。

我以第一名的成績進入中學時，前往撫養妹妹的那戶人家打招呼，那家的姑姑照例又說出那句臺詞：

「哎喲！你爸媽要是還在不知會多高興。你爸媽——」

「沒那種人在。」我斷然撂話。

「當然，他們現在是不在了——」

「就是不在。」

「眞是個怪孩子。你要說你是沒父母的人嗎？你爸爸可是我哥哥呢。」

「就是沒有。」

「千代子可是說有喔。千代子很想知道爸媽的事，你卻完全不想聽。」

一旁的妹妹微微露出尷尬的神情。

但我已四、五年沒回故鄉，因此也聽不到「你爸媽要是還活著——」這句話了。不過，我猜想將爲婚事遠赴東京的妹妹，肯定會視父母的幽靈爲送行者的祝福帶來東京。

「那句『——要是還活著』的客套話折磨了我十年。要是父母起死回生猝然現身在我面前不知會如何的幻想，對我來說似乎是這世上最不愉快的幻想。」

「是哥哥太誇張了啦。我倒不這麼想。哥哥只針對百般心思中的一種，獨個兒硬是誇大百倍、甚至兩百倍還樂在其中。」

「換句話說，這是爲了反擊悲傷的一種悖論式感情遊戲嗎？」

「若眞要誇大感情，我寧願讓感情往和哥哥相反的方向誇大，否則我早成了不良少女。要說世人總認爲女人就是笨蛋，那麼世人也認定不良少年就是孤兒，孤兒就是不良少年。今早也是，我在火車上讀報紙，某篇報導說有個當過兵的人蓋了一間孤兒院，聲稱是爲了從兩片葉子中摘去不良的嫩芽。他們認爲孤兒是不良的嫩芽吔。」

這是我第一次和妹妹單獨談話，但她似乎很饒舌。

「話說，我倒很意外笠原想娶妳。他沒告知我，卻寫信給姑父眞是太可笑了。笠原這人我很熟，最近也常碰面。」

「天啊！眞的嗎！」

妹妹突然毫無顧忌做出誇張的表情。我心想這或許就是骨肉至親的親密，卻也不免略感驚愕。

但是，笠原這個男人——我第一次去他的租屋處找他時，他桌上的玻璃水盤養了多達百隻的蠑螈。之後他捏著夾子抓了一隻黑色蠑螈，給我看蠑螈紅色的肚子。

三

我的祖父有一個妹妹，她的丈夫已死，沒有孩子。六十歲後向丈夫的遠親領養了一個少年當養子。養子中學畢業後離家出走。之後老太太就獨自住在面對竹林有巨大正門的房子。

接到她病危的通知，趕往那間竹林房，是在我中學四年級的暑假。

老太太在事發前一晚下床想趕走吵鬧的老鼠，不慎被蚊帳的帳腳絆住向後仰倒。後腦杓撞到枕頭尖銳的邊角，撞出一寸五分的口子。她才爬到走廊就暈厥了。隔天早上，鄰居開門一看，老太太已經奄奄一息。壞就壞在沒能及時止血。

我是老太太在血緣上最近的親人。人們全離開病人的房間，只留下我，叫我待在房裡聽遺言。我對遺言這個字眼耿耿於懷。我認爲問將死之人還有什麼話沒說，就像在宣告「你快死了」，不免有點遲疑。老太太就在我遲疑之際斷氣了。之後四、五天我都想著老太太的事入睡。我每晚都猜想，今夜她會不會來我夢中，說出她來不及說的遺言。頭七那天養子回來了。

之後那七年，我完全沒聽說他的消息。沒想到我的文章在雜誌刊出後，他突然來到我的租屋處。同一天，我也應邀去了他的住處。我就是在那時看到蠑螈而吃了一驚。他就是笠原。笠原正在研究蠑螈的交配。他從大學的動物學系畢業之後，進了研究所專攻個體發生學。

春天的某個星期日中午，笠原邀我去醫學系的解剖學教室。他的研究室在二樓一個明亮的房間裡。

笠原調整高燭光的燈泡對著顯微鏡反射，替換幾個玻片讓我觀察。

我看著男人和女人體內那放大數千倍、爲這世間製造新生命的細胞。笠原熱情解說人類生命和演化的科學。同時，他也說明男人和女人爲何誕生；透過顯微鏡細數人類及各種動物的生殖細胞及受精卵的染色體，講解決定雌雄的性染色體。

「這是人類。」

「這是狗。」

「這是蚱蜢。」

「蚱蜢？」

「是的，蚱蜢算很常見，也有學者專門研究蚱蜢，或分別以蜜蜂、雞、蜻蜓等動物做研究。我主要的研究材料是狗，差不多用了超過兩百隻狗，還和殺狗的人成了朋友。我叫他們給我狗的那個，起初還被大肆嘲笑呢。畢竟很難拿到人類的那個。」

人類男女的細胞，在顯微鏡下，和雌雄蚱蜢的細胞受到同等待遇。但因爲是男人與女人，會讓感情和知覺變得亢奮；有時更讓人類不得不互稱「醜陋的禽獸」的力量來源，此刻看起來竟是美麗的天藍色裝飾圖案，令我深感驚奇。一塊玻片上，可以看到靨繭般美麗排列的染色體；再看下一片，畫面卻冒出無數正在游泳的小蝌蚪。眞想直接拿來作爲少女半襟的圖樣。有的看起來像是提燈遊行的燈籠，也有看似亂甩的女人頭髮，或是河川的水流。這就叫做人類個體發生的放大圖。笠原耗費兩小時講解，在我聽來近乎一部童話。

後來，我們去了解剖學標本室。腳邊有長型玻璃箱，放著人類的切片，一個女人從腳尖到頭頂，像切香腸一樣一寸一寸橫切成片狀，亦如香腸料理那樣排列。放眼望去，只覺得這是人體當木材蓋起的房子。

走去下一個房間，我鬆了一口氣，這裡骸骨如林。

「骸骨！和死肉比起來，骸骨讓人感到多麼清潔乾枯的親切感。」

四面牆壁垂落簾幕，簾幕背後是成塊骸骨，就像舊服裝店裡的衣服，或是農家簷下掛的白蘿蔔乾，搖搖晃晃成排林立。笠原拉起簾幕說：

「這是吉普賽女人。這是德國男人。這是法國女人。這是中國男人。這是高加索女人。這是科伊科伊女人。這是朝鮮人。這一排是日本人。」

他逐一告訴我那些骨架的特色。

窗外，似乎刻意炫耀的成排櫻樹正值櫻花盛開。兩個女人拎著藥瓶走過櫻樹下前往大學醫院。

我和笠原蹬著高亢的鞋音行過漫長的走廊。笠原掏出鑰匙開門。據說是死於獄中的乾瘦男人仰臥在桌上。這間是屍體室。笠原打開水槽蓋子，五、六個等待解剖的死人泡在酒精中。

接著我們去解剖室，笠原捲起解剖檯的白色罩子，我望著二十幾歲的男人和三十幾歲的女人的血腥內臟。我在圖書館看過解剖圖，那是西洋醫學剛傳入日本時的畫卷，畫中女人任由身體一部分被解剖，還不忘頻送秋波。

暮色昏黃的走廊亮著電燈，我們再次折返標本室。一個身穿老舊泛白睡袍的老嫗正拍去玻璃箱的塵埃。玻璃箱中躺著面貌愚昧的鄉下姑娘，切開的肚子裡，陰森地蜷縮著一個未能出生的大胎兒。

我們讓工友阿婆留在那兒仔細撣著灰塵，去了街上。笠原湊近我的肩膀說：

「你常說，爲了否定死必須肯定死，換言之必須感到生死合一，必須感受透過生與死流動的事物。你說過，無論是人類或動植物、生物或無生物、有形或無形存在，在某個崇高世界都是一樣的。可是拿屍體來說吧。不屬於人類這種生物、亦非無生物的屍體，該如何解釋？」

「過渡期。」

「過渡期？你是說，一切存在和虛無都有意義，但屍體是無價值的暫時狀態，是會轉移成其他存在或消失於無形的過渡期？」

「屍體無價值嗎？」

「我們正在解剖的是屍體。」
「視爲生的象徵？」
「同時也是死的象徵。」
「死應當不限有手有腳的屍體。方才顯微鏡觀察的玻璃片上，不也有無數生命未能誕生就死去了？」
「是的，所以唯獨被選中的細胞會孕育生命。宇宙中充滿了想誕生的意志、想活著的意志，這點光聽我今天的說明應該也能理解吧。只不過，能夠達成的意志很少。因此，生命很可貴。」
「因爲可貴，所以認爲一切都活著，不會死。有意志不就等於是遂行意志嗎？」
笠原笑了。
從那時起，只要想到笠原，我就會聯想起那些研究室、標本室和解剖室。當我從妹妹口中聽聞想娶她的男人是笠原時，想到的也是那些。

四

妹妹似乎擁有不可思議的神經。

她每晚比我早兩小時就寢。那兩小時我要寫稿。兩個並排的被窩之中，妹妹睡在離我的桌子較遠的被窩。爲了避開我的注視和燈光，她總是背對著我睡覺。

妹妹來東京的那天晚上，當我比她晚兩小時就寢時，她靜靜翻了個身。我以爲吵醒她了，可是她的呼吸很平靜，不像是醒了。第二天晚上我就寢時，她同樣翻身讓臉對著我。後來每晚都是這樣。她看起來實在不像是醒了，似乎是睡夢中察覺到我的動靜所以翻身。妹妹的神經質讓我頓感悲哀。同時，每晚悄悄鑽進被窩，等待妹妹翻身面對我成了我的樂趣所在。

今晚我也讓妹妹先睡，自己振筆寫稿。我必須每個月賣文章掙學費。

住隔壁的學生，隔牆以如雷鼾聲撫過妹妹的睡顏。

倘若不是頭髮茂密膚色白皙的女人，我絕對不結婚——我經常這麼想。因爲妹妹就是頭髮茂密膚色白皙的女人。我看著她背對我的睡顏暗忖。

「這傢伙是笨蛋，是不知反省與懷疑的笨蛋。」

和男人並排睡覺，虧她能坦然自若地睡著。她是對妹妹這個概念安心。就算我們是兄妹，卻畢竟是有生以來頭一次睡在一個屋簷下，而且即使我試著在內心描繪我對妹妹所知的一切，短短兩分鐘後就再也找不出任何記憶。「我們是兄妹」這種心情，於我倆不過是概念性地相信人類感情的因循習慣。就因為是同一對父母所生的嗎？可我對父母毫無印象。我可以認為千代子是我的妹妹，卻無法認為她是我父母的女兒。總之，千代子的腦中擁有她是我妹妹這種記憶，而且她對那種記憶從不曾投以反省或懷疑的眼光。不過，假使她忘了她是我妹妹——

我想起那個晚上。大正十二年發生大地震時，火舌蔓延半個東京，帶著嘲笑逼近尚未被燒燬的我們那一區，我逃到森林中熬過一晚。我將蚊帳掛在樹枝上，在地上鋪被子。我寄宿的那家房東（他是上班族）的妻子，只顧著照顧被蚊子咬得哇哇大哭的嬰兒，也沒對我打招呼，逕自鑽進我的被窩。可能是這一整天的混亂，讓她失去了合乎常理的舉止，也不加思索了吧。但她自己也鋪個被窩不就好了？她沒打算帶著被褥逃命，也知道這片小森林同樣會被大火吞噬。但她仍拘泥於「不曾在地上鋪過被子」，也就是「被子不該鋪在地上」的概念，因此無法將自己的被子鋪在地上。而且，別人的年輕妻子和我睡在一條被子裡，周圍那麼多人卻絲毫不覺奇怪。這是為什麼？因為他們不知道我和她是什麼人，對我們毫無記憶，還以為我和她及嬰兒是一家三口。因為他們並沒有「我和她不是夫妻」的記憶。既然如此，假設——這時我不禁幻想——假設她和旁人一樣喪失了「我和她不是夫妻」的記憶呢？假設她喪失了身為上班族妻子的記憶會變得怎樣？甚且，假設全世界的人都喪失了記憶力這種東西會怎樣？假設丈夫忘記昨天的妻子，妻子忘記昨天的丈夫，父母忘記昨天的孩子，孩子忘記昨天的父母？屆時，人們將悉數成為孤兒，這裡將成為「沒有家庭的城市」。任何人想必都會擁有和我一樣的身世。

今晚我又想起這個幻想，添上新的一句：

「而我將會和妹妹結婚吧。」

但我和妹妹繼承了同樣的遺傳基因，所以不可以，我如此嘀咕著。

遺傳，遺傳——笠原是遺傳學者。

如此看來，他若娶了我妹妹，或許可以從妻子的個性和體質，想像出我的父母。他或許會發現連我都不知曉的我父母的個性；不，他或許可以看到我從未見過的父母樣貌；而我那擁有雙親的權利也將被他奪走。我絕不容許那種事發生。妹妹不能淪為揭露我的神祕工具。

當我一這麼想，彷彿要甩開打從剛才就讓我耽溺於愚蠢妄想的「黑夜」，我猛烈搖頭。

五

笠原不會見過我妹妹，那麼他爲何說要娶她？對此我有個猜想。我沒能聽到笠原養母的遺言，當時倘若我對老太太說了什麼，笠原家的遺產說不定會由我來繼承。許是因此，笠原才會起意和我妹妹結婚。抑或，也可能是笠原周遭的人對我感到有所虧欠，才這麼勸他。

撫養妹妹的姑姑想必對這樁婚事很滿意。笠原應該很快會成爲大學講師，妹妹肯定也喜歡大學教授這個頭銜。但我還是忍不住想起那間解剖學教室。我尊敬研究，但我若是女人，看了那間研究室和標本室、解剖室之後，我想我絕對不想成爲笠原的妻子。但要是我眞的成了女人，就算看到笠原生吞人類的眼球，說不定也會喜歡他到願意嫁給他的地步。更何況，妹妹說不定根本不在意那種事。關於笠原的研究，我還沒和妹妹談過，我想等妹妹見過他之後再說。我只提了笠原出國留學的事。他要出國留學的事，妹妹也已從姑姑口中聽聞。但她不知道他是去瑞典。斯德哥爾摩有位偉大的動物學家，他要去接受那位學者的指導。

我和妹妹，今早也在說斯德哥爾摩。我們在聊我倆連幻想都無法幻想的遙遠陌生城市。

「比起巴黎、倫敦或柏林，我更想去那個斯德哥爾摩看看。」

「去研究動物學？」

「怎麼可能，斯德哥爾摩又不是結婚條件。」

「不然是爲什麼？」

「只是有那種感覺。不是斯德哥爾摩也無所謂喔。我的意思是比起倫敦，像是斯德哥爾摩或許更好。」

「比起略有所知的地方更想去一無所知的地方，比起繁華熱鬧的地方更想去感覺冷清的地方，是嗎？換句話說是孤兒的流浪性。」

「算是流浪性嗎？」

「再不然，就是帶點自暴自棄的心情。」

「是這樣嗎？我倒覺得孤兒似乎比常人加倍自戀，也比一般人加倍自棄。」

「不限於孤兒吧。」

「我並沒那麼想去什麼斯德哥爾摩。但我一直想來東京。」

受妹妹的甜言蜜語打動，我望著窗外，神社境內的落葉隨風飄過。

「落葉被風吹走看不見了呢。」

「啊？」

「既然有男人一看到蘋果掉下來就發現引力，那麼看到落葉消失也能發現什麼吧。」

「吹走落葉的風力嗎？」

「落葉在眼前的期間，純粹只是一片枯葉。可一旦消失了，就不再只是一片枯葉，遠超乎一片枯葉之上了。就算可以想像落葉飄到某處的景象，和親眼看見還是不一樣吧。親眼看見和內心想像亦大不相同。內心想像時又是另一種感覺。關鍵就在於這種感覺。枯葉掉落窗下，就是一片枯葉的形狀和顏色。可是，內心想像被風吹走的枯葉，就不只是一片枯葉的形狀和顏色；它成了脫離形狀和顏色限制、失去形狀和顏色後得到什麼之物。更重要的是，萬一我們澈底忘記隨風遠去的枯葉，再也想不起來怎麼辦；更重要的是，倘若打從最初我就一眼也沒見過那片枯葉怎麼辦。對我而言，那片枯葉形同無的存在。妳懂『無』的感覺嗎？『無』是比一切存在更廣闊自由的實體。只是換個感覺，說不定我對沒見過的一片枯葉的感覺，會比這片藍天更巨大。」

「這是你自己一廂情願的認定吧？」

一點也沒錯。我在想我死去的父母。我說的是我沒見過的父母，對我而言形同無的父母。

妹妹離開窗邊。

「今天你會陪我去嗎？」

「嗯，走吧。」

我要帶妹妹去看牙醫，她的犬齒和旁邊的門牙之間有點縫隙。那當然也別具風情，但妹妹或許想補好牙縫後再去見笠原。我提到有個遠親在東京開設牙科診所，妹妹很高興。

街頭已是歲暮景象，替商店做廣告的人戴著紅色高帽四處走，烤米果的香味微微飄來。醬油的焦香，令我驀然想起五年沒見過的故鄉風景。

（大正十四年二月，刊於《新潮》）

藍海黑海

【第一遺言】

是帆船的船長。

「喂——」

「喂——」

那水上的呼喊讓我倏然從睡夢中驚醒，船帆如成群白色候鳥浮現眼中。是的，看見白帆那瞬間，我心中就像鳥兒飛過時的藍天一樣漠然。

「喂——」

「喂——還活著嗎？」

帆船的船長呼喚。彷彿重新誕生在這世界，我睜開了眼。

一個月前，我也是在女人的呼喚下重返人間。而就在當天傍晚，那女人要搭乘遊覽船來這個海濱。

我扔開蓋在臉上的草帽站起來，將河水潑到被曬黑的肚子上。似乎正等待傍晚風起的帆船遡河而上，波光已是黃昏。

再過不久，就要到了跛足少女的小汽車駛來沙灘的時刻。那個少女是別墅看門人的女兒。別墅主人是個同樣不良於行的少年。少年看起來不僅是腿有狀況，每到傍晚，載著少年和少女的小汽車就像從海裡扔上來的水藍色皮球般奔馳海邊，只見少年不住抽動下顎。少年有家庭教師。我在撞球場見過那男人兩、三次。少女就讀的是村中小學。

那天也是，我前往河口沙地的途中，遇到放學歸來的少女。少女拄著拐杖，聳起的肩膀如蝙蝠雙翼張開，一跛一跛地跳著走過沙灘。那是沙地和水面無影的七月。少女突然打了一個大呵欠。

「啊！黑暗。黑暗！」

在這燦爛耀眼的光明世界，少女張大的口中誕生唯一的黑暗。那黑暗冷然望著我。爲什麼我會被這團黑暗嚇到？後來看到的蘆葦葉也是如此。

最近，我天天去河口的沙地睡午覺。海邊零星出現游泳的人，我只好刻意大老遠跑去無人的河口。我的身體才在一個月前因女人的呼喚重返人間。在夏日豔陽下光著身子躺在沙地上，似乎相當危害健康，但我很喜歡這樣袒露在藍天下睡覺。而且我或許天生就缺乏睡眠，我或許是在人生中尋找睡椅的男人。因為我從出生那天起，就不曾在母親的胸口上睡著。

那天，我也去沙地睡覺。

天空澄澈，小島看起來很近。白色燈塔真的很白，可以看出帆船的帆是黃色的。乍看之下那艘帆船像載著年輕夫妻，其實是一位德國老先生。總之，我感到背部皮膚逐漸適應熾熱的沙子，同時，眼神如無主空屋的玻璃門般眺望海景。但我的眼中劃過一條線。

那是一片蘆葦葉。

那條線漸漸變得清晰。好不容易接近的島，也漸漸後退遠去。蘆葦葉在我眼中擴大。我的眼睛變成一片蘆葦葉。最後，我成了一片蘆葦葉。蘆葦葉緩緩搖晃。那片葉子，豈非在我眼中完全支配了河口及海灘、群島、半島這大片景色。我感到被挑戰，而且將受緩緩迫近的蘆葦葉的力量所壓制。

於是，我逃往回憶的世界。

希沙子在她十七歲那年秋天和我許下婚約。後來希沙子毀婚，但我並未太沮喪。我心想，只要彼此還活著將來總會相逢。我的院子有芍藥花。希沙子的院子也有芍藥花。只要花根沒有枯死，明年五月應該還會再開花。屆時蝴蝶說不定會將我院子裡花朵的花粉帶給希沙子的花。我當時是這麼想的。

不料，去年秋天，我驀然發現。

「希沙子二十歲了。」

「十七歲那年和我訂婚的希沙子已經二十歲了。」

「希沙子沒和我結婚，爲何還能滿二十歲？讓她滿二十歲的是誰？總之，不是我。」

「看哪，和你訂婚的十七歲女孩，就算不是你的妻子不也照樣年滿二十歲了？如此向我挑戰的人是誰？」

此刻，我才頭一次眞正理解了這個無可奈何的事實。我咬牙切齒地低下頭。

但我在希沙子十七歲之後就沒見過她，所以對我而言，希沙子可以說仍未滿二十歲。不，這才是正確的。最好的證據，就是那一刻十七歲的希沙子不也像個小人偶般出現在我面前嗎？而且那人偶純潔透明。透過那具身體，可以看見白馬跳躍的牧場、蒼白的手粉飾的月亮；花瓶想誕生人間、追逐少女讓她成爲母親的夜晚等各種景象。那些景象也非常美。

於此，我覺得自己就像牢牢上鎖的房間內充斥的濁氣。如果有門，我想立刻敞開門，讓濁氣散發到希沙子身後的美麗景象中。因爲生命不過是在某一瞬間，稍微扣動槍枝扳機的手指動作，如此而已。

幸運的是，就在那時，我死去的父親咚咚敲起了門。

「有人在嗎？有人在嗎？」

「來了。」回答的是宛如小人偶的希沙子。

「我忘了東西。我將我兒子忘在這世間了。」

「可是，我是女的喔。我是女孩子。」

「我兒子躲在屋裡，妳不敢讓我進去嗎？」

「請隨意進來，人腦的大門沒有上鎖。」

「可是，生死之間的大門呢？」

「就算是一串紫藤花也打得開。」

「就是那個，我忘了拿的就是那個。」

父親走進屋裡迅如閃電伸出手。他的指尖，令我猛然縮起身子。小巧的希沙子露出狐疑的眼神。

「咦，那是我的梳妝檯。難不成你說的是鏡子前的化妝水？」

「這是誰的房間？」

「我的。」

「騙人，妳不是透明的嗎？」

「那化妝水也是桃紅色透明的。」

父親望著我平靜地說：

「我遺忘的人啊，你不是正爲十七歲姑娘變成二十歲而驚慌不已嗎？同時又在這房間一角的虛無中描繪十七歲的希沙子，給她注入生命。那麼，你活著的世界有兩個希沙子嗎？或者，一個希沙子也沒有？又或者，只有你一個人？然而，你出生前就已和你死別的我，第一眼看到二十六歲的你，不就如此率眞地喊出『我遺忘的人』了嗎？或許是因爲我是死人吧。」

就在這時，不知爲什麼我長嘆一口氣。那聲嘆氣，變成喊「爸爸」的聲音。

「咦，我的化妝水說話了。哎呀。」

希沙子香魚似的小眼睛，浮現無限悲哀，隨即倏然消失。

「兒子啊，這個房間相當氣派，氣派得就算讓一個女人從這房間消失，空氣也文風不動。」

「可是爸爸，你和我一點也不像。」

「是的，這點你也注意到了嗎？我來此之前最煞費苦心的，就是如何打造自己的形貌。我擔心要是我倆有點像，會讓你不愉快。」

「我充分理解你的好意。」

「但還是兩個眼睛、兩隻耳朵、兩條腿的人形。我考慮過是否該像幽靈那樣沒有腳地飄來，可那也太老套了，不如化成鉛筆或煙水晶的模樣還更有趣。可能是死人對存在本身就不大信任。」

「總之，你要眞是我父親，能否讓我打一下頭？打別人的頭，總覺得很尷尬。我常在想，要是我有親人，眞想使勁打打看親人的腦袋。」

「可以啊，但你肯定會失望。因爲八成像毆打陽光在蒲公英花朵上形成的氤氳熱氣一樣毫無感覺。」

「可是，蒲公英花朵上的熱氣誕生不出人類吧。」

「可是，不在蒲公英花朵上升起熱氣，人類也誕生不了。」

其實，我腦中的蒲公英正綻放著，上頭的氤氳熱氣搖曳。到處看不見父親的身影，也不見希沙子。和我許下婚約的十七歲少女希沙子，就算不做我的妻子照樣滿二十歲了。方才爲此湧現的純白驚愕亦消失無踪。

然後，我的感情頹然垂下尾巴昏昏欲睡。

或許是因爲發生過這樣的事。不久我就在另一個女人里佳子的面前「哈哈哈哈哈……」

放聲大笑。

「早知道就不問了，眞的不該問。」里佳子說。於是，抱著沉痛的心情表明愛意的我「哈哈哈哈……」大笑了。那是多麼空虛的笑聲啊。聽著自己的笑聲，簡直像聆聽星星的笑聲般令我驚訝。同時，「自我」這根釘子無聲折斷，掛在釘子上的我倏然墜落藍天。

而里佳子就像白晝的月亮浮現在那片藍天。

「里佳子的眼睛實在太美了。」我詫異地望著她。我倆就像兩個氣球升起。

「上了那個山丘後請在栲樹的地方右轉。」里佳子主動吩咐汽車司機。

里佳子下車後，我在車上不住微笑，喜悅無可救藥地汩汩湧現。

「既然失戀了就必須傷心。」我自責地想著，對不合常理的情緒變動感到不安。不過，那也只是像肚皮在水中壓皮球般的搔癢感，不久就噗嗤笑了出來。

「該誇獎自己在應該難過的時候卻感到開心嗎？該誇獎自己雙腳雖向北卻直直往南走嗎？這心情就像上帝此刻歸來。」

我一面輕浮地自嘲，獨自露出微笑，愉快得不得了。然而，開朗的心情也就那一天。當然，倒也不是從翌日起就陷入悲傷。只是從此對自己隱隱約約的懷疑，猶如暴風般吹過我周遭。

然而，我的熱病徹底背叛了一切感情。

那是五月時，我罹患熱病生命垂危，高燒中失去意識。

「希沙子。」

「希沙子。」

「里佳子。」

「希沙子。」

「里佳子。」

「里佳子。」

「希沙子。」

據說我一直這樣喃喃囈語。

守在枕畔的嬸嬸應是奇蹟的擁護者，將里佳子叫來我的病床邊。她認爲，當我呼喚里佳子時，里佳子若能回應，我或許就可保住一命。

兩個女人之中，希沙子當時不知人在何處。不，嬸嬸是直到那時才第一次聽聞希沙子的名字。但里佳子是嬸嬸的姪女，這才知道她嫁去哪裡。首先，那不就是一種奇蹟嗎？而且奇蹟還接二連三發生了。

據說里佳子立刻來到我的枕畔。結果你猜怎麼著？

「里佳子。」

「里佳子，里佳子。」

「里佳子，里佳子，里佳子……」

據說我不住喊著里佳子的名字。據說我一次也沒喊出希沙子的名字。請各位想想，我在高燒中已經失去了意識，我覺得這無法單純以「人性中惡魔的狡猾」來解釋。事後我從嬸嬸口中得知此事時，我不經意嘀咕：

「這樣死也值得了。」

總之，里佳子呼喚著我的名字，握著我的手，讓我又重回人間。當我恢復意識的那瞬間看到里佳子時，是什麼印象呢？記得有一次里佳子對我說過：

「我可以說說我最初的記憶嗎？那是我兩、三歲時，當時我似乎認爲太陽公公是從寺院的佛塔升起，然後墜落到芭蕉葉裡。當時我還不懂『升起』、『墜落』這種字眼，只知道朝陽和夕陽是不同的感覺。可是有一天，我覺得太陽公公是從芭蕉葉升起的。太陽公公從芭蕉葉升起。我放聲大哭。當時我在保母的背上，傍晚才醒來。」

我並非看見一片蘆葦葉就聯想到這一切。只是，無論從一片蘆葦葉、或希沙子年滿二十歲這件事，都同樣感到被挑戰罷了。

當帆船船長的聲音叫醒我時，我想起了里佳子的聲音曾讓我起死回生。

太陽已西斜至半島上方。但我無法像三歲時的里佳子那樣，以爲太陽是從西邊半島升起。

再過不久，里佳子搭乘的汽船應該就會現身海上。之後，她會從海上搭乘遊覽船來到這個海濱吧。

里佳子想必正躺在船艙，脫下襪子的美麗雙腳頂著船腹，抵抗海浪的搖晃。我在腦中想像她那副模樣，離開河口。

【第二遺言】

「我要死了。里佳子活著。我要死了、我要死了。里佳子活著、活著、活著、活著……」

若須以言語表達當時的心情，恐怕只能這麼說。我指的當時，是我拿短刀捅進里佳子胸口、接著捅進自己心口失去意識之際。

但你猜怎麼著？我恢復意識時，腦海浮現的第一句話是：

「里佳子死了。」

而且並未伴隨「我活著」這句話。不僅如此，當我逐漸失去意識時，未曾浮現「我要死了，里佳子活著」這句話。只不過若須以言語表達當時的心情，除了這麼說別無他法。

當時我腦中閃現的一切，熾熱如火的潺潺流血、骨頭陣陣作響、彷彿沿蛛網落下的雨滴不斷流過來的父親臉孔、四處盤旋打轉的叫聲、顛倒浮沉的故鄉群山……一切的一切都讓我感到「里佳子活著」這同一件事。

我在堪稱「里佳子的生存」浪濤間掙扎幾乎溺斃。但不知不覺中，我已輕盈漂浮在那浪濤上，緩緩搖晃。

然而我恢復意識之後，「里佳子死了」這句話不是以清楚的字句浮現了嗎？而且，它不也在「我活著」這句話缺席之下兀自清楚浮現了嗎？

如此看來，生存對於死亡，或許非常傲慢。

果然。那句話並沒有比這人間曙光與物質世界的明亮更先感受到。

起初我在明亮的光芒中浮起。

當時是七月海邊的正午。可是，就算我在深夜的黑暗中起死回生，我想應該也是同樣的感覺。即使是盲眼之人，想必也能感覺到明亮和光線。我們在黑暗中醒來，還是會產生對明亮和光線的感覺。而且不是透過眼睛感覺，是透過生命感覺。所謂生存，一言以蔽之，也就是感受明亮與光線。

而對當時的我而言，那感受比每天早上醒來時更見清新。

還有聲音。是浪濤聲，我的眼睛看見了那聲音。我看見聲音像一群靜靜跳舞的金色小矮人。在那群小矮人之中，一個高高伸出手跳起來的矮人，應該就是「里佳子死了」這句話吧。

總之這句話嚇到我了。驚嚇讓我的意識澈底清醒。

窗外的天空可見松樹冒出嫩芽，像五歲孩童在藍色紙上胡亂揮灑毛筆繪下的線條。

我好似在朝我砍來的幻影下翩然側身閃躲，就像傍晚掃過平野的雷陣雨的後腳，在我的視野中有無數條幻影發光。

那時，我想起里佳子被墨汁染黑的嘴唇。

那是正月在有暖爐的西式房間。里佳子十四歲，她正在新年開筆。即使都十四歲了，她寫毛筆字時還是習慣舔筆頭染黑嘴唇——我就是想起那嘴唇。然後我望著自己的手，肯定有人替我洗過，所以才沒沾染上里佳子的血。

即便如此，我捅死里佳子時，她的鮮血明明流過我右手的四根手指，可爲何唯獨塗口紅時會用的無名指沒沾染上？不，重點是，無名指在血淋淋的手指之間像惡魔一樣潔白，這爲何又讓我如此介意？是因爲無名指是潔白的，我才起死回生，而里佳子卻死去嗎？不，那種事無關緊要。無名指看似潔白或許根本是幻覺。

撇開那不說，我們爲何會想死？是因爲當初里佳子救了高燒瀕死的我一命嗎？是的，肯定是那樣。

但是那一晚，或許也該怪月色過於明亮，或許也該怪沙子過於潔白。滿月令潔白的沙灘呈現好似一無空氣的明亮色澤。或許是周遭安靜得令月光如水滴筆直墜落，隱約可聽聞天空的動靜。我的影子像落在白紙上的墨汁一般黑。我的身體是豎立在白沙中一條銳利線條。沙灘如白布，從四面八方不斷捲上來。

那時我和里佳子爲何沒有察覺，這三天就像稻田魚的屍體一樣筋疲力盡？就因爲不知道那點，我認爲，「人不該站在這麼潔白的土上。」

我在長椅上縮起腳，里佳子也抬起腳到長椅上。

海面漆黑。我暗忖，和那遼闊的黑比起來，這沙灘的白是多麼渺小啊，我說：

「妳看看黑色的海。我看著黑色的海，所以我是黑海。妳也看著黑色的海，所以我的心靈世界和妳的心靈世界都是這片黑海。儘管如此，在我們眼前，妳我兩個世界同時占據一地，卻完全不見碰撞，也不會互相彈開，甚至聽不見衝撞聲，對吧？」

「請別說我聽不懂的話。我想互相信賴地死去。不說瘋言瘋語，就在能死的時候死去吧。」

「是啊，差點忘了。」

我決定尋死應該就是在那時吧。抑或，在那之前就有過那種約定？

總之，我倆似乎打算像一片黑海那樣互相信賴，並且相信就算我倆死了那片黑海也不會消逝而死去。

後來怎樣呢？我活過來之後一看，海是蔚藍的。

可不是蔚藍大海嗎。

一如我原本血紅的手變得潔白，漆黑的大海也變得蔚藍。這麼一想，我的眼淚就滴滴答答掉下來。不是因爲悲傷，是淚壺的蓋子壞了。倘若我沒有起死回生，海想必是漆黑的吧。

那麼，是錯在那個嗎？是我當時不該推開里佳子嗎？

里佳子的雙臂緊摟我的脖子。是我拜託她這麼做的。兩個身體彷彿結合成一個身體，換言之，里佳子若沒失去她獨立個體的感受，我就不敢拿刀戳向里佳子的胸口。

我想變得空洞，在里佳子臉頰的氣息中兀然張口。霎時，小河嘩啦啦流淌的幻影浮現。於是，我猛力將短刀戳進里佳子的左胸。同時，我狠狠推開本已相擁的里佳子身軀。可是下一瞬間，我倏然站起。

仰面倒下的里佳子，迅速在自己的鮮血上翻身趴臥，一邊吐出清冷的聲音說：

「不、不、不能死。」

接著她拔出插在自己胸口上的短刀，狠狠扔出去。短刀上的鮮血濺在牆面，掉到榻榻米上。

就在那時，我看到只有自己的無名指像惡魔一樣潔白，爲之戰慄。

里佳子五分鐘後就不動了。看著不動的里佳子，我感到心靈澄明般的冷靜。接著我將手帕蓋在短刀上，抬起僵在原地的雙腳抹去短刀的血跡。

之後，我像機器一樣對自己的動作毫不遲疑，跪倒在里佳子的肚子旁，拿起短刀閉上眼。如果可以，我想伏在里佳子身上一起死。爲此，我判斷若最初就和里佳子抱在一起，可能會出於痛苦掙扎而分開，所以才計畫好以這樣的架勢拿刀刺胸口，要是最後受不了就倒在里佳子身上。

後來呢？我猛然戳下短刀的同時，不支倒地向前撲倒。隨即大叫著跳起來。

啊，那是里佳子的體溫。

差點倒在里佳子身上的我，感受到里佳子的體溫又跳了起來。是里佳子的體溫推開了我。里佳子的體溫傳達給我那瞬間的恐怖——那究竟是什麼？

總之，那是本能的火花。或是潛藏在人性最底層的憎恨？再不然是人對人感受到的可怕的愛？抑或，是生命與生命的閃電在肉眼看不見的世界發生撞擊？我不記得自己在那一刻叫了什麼，但不難想像，肯定是無比淒厲的叫聲。

跳起來的我，往旁邊歪倒。疼痛與苦楚頃刻間不再是疼痛與苦楚。

體內湧上被疾風逼到陡峭斜坡之感。

最後，我感到世界形成一道強烈的節奏。世界和我一起劇烈悸動，全身肌肉聽著那悸動的聲音，覺得「好熱」的同時，也感到視野變得昏暗。

黑暗中浮現兩、三個金色圓圈。這時，里佳子站在我的故鄉橋上望著水面。里佳子活著。但那個里佳子是臉大腳小的三角形。貌似我父親的男人倒立，如流星自河底浮現。花瓣如鳥翼的大麗花像風車一樣旋轉。那花瓣是里佳子的嘴唇。月光靜靜出聲斜倚灑落。

這種事寫起來沒完沒了。總之我乘著高速幻想，猶如子彈追過草木般追過時間。

在這幻想世界，色彩是聲音，聲音是色彩，但是嗅聞不到任何氣味。還有，這豐富自由的幻想片段也全如前面提過的，令我感到「里佳子活著」這個意味。在那背後，「我會死」的感覺一如藍色的夜晚蔓延。然而我持刀刺進自己的胸口之前，已深信「里佳子死了」。

不，我甚至沒懷疑過她是否真的死去。事後一想實在不可思議，照理說不是應該先確認里佳子的生死嗎？

說到不可思議，我持刀刺自己胸口之前堅信里佳子已死，可我逐漸朦朧的意識碎片卻能感到「里佳子活著」，這點令我感到不可思議。而當我恢復意識之後，卻異常率直而迅速浮現「里佳子死了」這句話也很不可思議。

原來如此，里佳子肯定死了。但我的起死回生不就等於確認了里佳子的死嗎？

假設我沒有起死回生又會怎樣？於我而言，這世界原本不就是「活著的里佳子」遼闊的海洋嗎？

還有，里佳子在痛苦的呼吸下以清冷的口吻喃喃著「不、不、不能死」那句話也很不可思議。她是叫殉情對象不能死嗎？或自言自語？抑或是對著浮現她心中、不是我也不是她的某個對象說話？

更重要的是，我拿短刀刺進自己胸口之前，爲何完全沒有考慮過這句話？我對死亡眞是如此膽怯嗎？所以才像機器一樣對自己的動作毫不遲疑？可是，我眞的對死亡如此膽怯嗎？還有，我若膽怯，爲何非尋死不可？

「不、不、不能死。」里佳子不也這麼說嗎？

而我的死，不就是「里佳子活著」所象徵的世界嗎？

還有，我的生，不就是「里佳子死了」這明確的說詞嗎？生或許不過就是如此？不過是說著「所以，你起死回生了」嗎？

等到明天，再來思考種種事情吧。

窗外松林筆直聳立。那片松林若看似水車悠悠旋轉作響的大麗花，我或許就能活在「里佳子活著所象徵的世界」？

人或許就是爲了片刻擁有那個征服時間與空間之美好、豐富、自由的世界，才誕生世間？並隨後死去？

唉，我不懂。

我眼前的並非藍色海洋，這可是一種不幸？不對，那時我和里佳子的眼前不都是黑色海洋嗎？

【作者的話】

作者將這兩篇文章分別題爲「第一遺言」、「第二遺言」，因爲遺言執筆者在殉情前寫下第一篇文章，第二次自殺前寫下第二篇文章。而且第二次終未能起死回生，所以無法再聽他談論「生與死」。不過他應該會在「里佳子活著所象徵的世界」重生吧。無庸贅言，他愛著里佳子。然而作者認爲，就算他愛上的是「一朵野菊」，就算他死在野菊的幻想波濤上，也沒必要改寫這份遺言。

（大正十四年八月，刊於《文藝時代》）

油

父親在我三歲時過世，翌年母親也死了，因此我對父母毫無印象。母親連照片都沒留下，父親或許因為生得俊美熱愛拍照，我賣掉故鄉的房子時，從倉庫搜出他多達三、四十張不同年齡的照片。我中學住學生宿舍時，還曾將他拍得最好看的一張照片擺在桌上，只是日後幾度搬家，那些照片全都遺失了。但就算看了照片，我仍記不起任何事來，要想像那是自己的父親也毫無真實感。許多人雖會提及我的父母，可我從未有過聽聞親人軼聞之感，所以很快就忘了。

某年正月，我去大阪的住吉神社參拜。正要過拱橋時，朦朧想起兒時似乎也走過這座橋，於是對同行的表姊說：

「小時候是不是走過這座橋？我有點印象。」

「是啊，或許有吧。你爸還在時，曾經待過附近的濱寺和堺，肯定帶你來過。」

「不對，我記得是我自己過橋。」

「怎麼可能，三、四歲的小孩路都走不穩了，根本不可能在拱橋爬上爬下。一定是你爸或你媽抱著你啦。」

「不會吧，我覺得是我自己過橋。」

「你爸死的時候你可是個孩子，當時你還很高興家裡變得那麼熱鬧。但你好像討厭看到棺材上釘釘子，堅持不准別人釘釘子，大家都很傷腦筋呢。」

還有，我升上高中來東京，睽違十多年的伯母見到我長大成人驚訝地說：

「即使沒有爸媽，小孩也會長大。你爸媽要是還活著不知會多高興。你爸媽死的時候，你非在一旁唱反調眞是愁死人了。你討厭靈堂敲鉦的聲音，一聽到那聲音就哭鬧，大家只好不敲鉦。接著你又吵著要熄滅佛壇的燈，不僅要熄燈，連蠟燭也折斷了，還將陶盤裡的燈油倒在院子裡，鬧個不休。你爸的喪禮上，你媽邊哭邊發脾氣。」

表姊說我很高興父親的喪禮讓家裡熱鬧起來，以及我不准別人釘上棺材的事，我一點也不記得。然而，伯母的話倒讓我感到一股像被自己遺忘的兒時玩伴叫住的親切感。我的腦海浮現年幼的我捧著陶盤、手沾上油漬的哭泣臉孔。聽到這段往事，我心中立刻浮現故鄉庭院的厚皮香樹。到十六、七歲爲止，我每天都會爬上那棵樹，像猴子一樣坐在樹幹上讀書。

我甚至回憶起「油灑出來的地方，就在那棵樹對面和室簷廊的洗手盆旁」。不過仔細想想，父母是在大阪附近淀川邊的房子裡過世。而我所想的，卻是離淀川北方十餘公里的山村房子的簷廊。其實父母死後不久淀川邊的房子就被拆掉，我也回了故鄉，因此我對河邊的房子毫無印象，這才以爲油是在山村房子裡灑出來的吧。而且也不一定是灑在洗手盆旁，陶盤由母親或祖母拿著顯然比在我手裡更合乎常情。此外，我總將父親死時和母親死時想在一塊兒，也可能當成同一而反覆的景象。伯母已忘了細節，我以爲的記憶則八成是幻想吧。可我的感情卻將這可疑又扭曲的想像當眞來懷念，彷彿忘了是從別人口中聽聞，視爲原原本本的記憶般深感親切。

這件事彷彿自有生命，在我身上造成不可思議的作用。

父母過世三、四年後祖母死去。乃至又過了三、四年我姊姊死去。除此之外，每次我到佛壇拜拜時，祖父總是習慣將燈芯換成蠟燭。聽伯母談起之前，我從不曾訝異於祖父爲何那樣做，只在腦子留下了印象。我並非生來就討厭敲鉦的聲音或油燈。祖母和姊姊的喪禮時，我或許早已忘記曾在父母的喪禮倒掉燈油，其實亮著油燈也無妨。只是，祖父不讓我在油燈下拜拜。聽了伯母這麼說，我才知道背後藏著祖父的悲傷。可笑的是，根據伯母的說法，我在父母的喪禮上折斷蠟燭、將燈油倒在院子，祖父卻將油燈又換成蠟燭。對於倒掉油我還稍有印象，但是我一點也不記得折斷蠟燭的舉動。蠟燭那段八成是伯母記錯了或是誇大其詞。而且祖父雖不讓我看到佛前的油燈，但直到我上中學爲止，我倆都是靠油燈過日子。祖父已半盲，光線是明是暗並無太大差別，因此以古典的燈籠代替煤油燈使用。

我遺傳了父親的虛弱體質，還是早產兒，看起來就一副養不大的模樣。我上小學之前連米飯都不吃。我討厭很多食物，尤其是帶有菜籽油味道的東西，一吃就吐。小時候吃雞蛋，不管是煎荷包蛋或煎蛋捲我都很愛吃，但是一想到煎蛋時鍋裡淋了菜籽油，煎好之後就算沒帶油味我也討厭，一定要叫祖母或女傭撕去沾到鍋子的那層蛋皮才吃。大人們爲了食不下嚥的我，每天都得重複這種麻煩事。還有一次，我的衣服上沾到一滴燈籠的油，任憑旁人好說歹說我都不肯再穿，直到那塊油漬剪掉縫上補丁後，我才嫌棄地勉強穿上。到今天爲止我對油味還是很敏感。我以爲我只是單純討厭油味，聽了伯母的敍述，這才察覺背後竟蘊藏著我的悲傷。對於討厭佛前油燈的我而言，父母的死或許已化爲油味深沁心底。而祖父母之所以容許我嫌棄油味的任性，也是聽了伯母一番話後我才終於能夠想像。

當我想到這些事都來自伯母的口中，某個夢境忽然從記憶底層爬出來。我夢到像小時候山中神社祭典時看過的百燈祭那樣，無數陶盤成排掛在半空中，擊劍老師（他其實是惡棍）

帶我到那些燈前面說：

「要是你能拿竹刀將這陶盤劈成兩半，表示武藝已臻化境。若如此我願意將劍道奧義傳授予你。」

拿粗大的竹刀劈向陶土做的器皿，往往會整個粉碎，很難一刀僅劈成兩半。我目不斜視一一敲碎，驀然回神時，燈已經全滅了，四下一片漆黑。這時，劍術老師冷不防露出惡棍本性，我落荒而逃。就此驚醒。

我曾一再夢見類似的情景。倘若從伯母的敍述來推斷這場夢，顯然是幼年失去父母的創傷潛藏在我心底，而對於那創傷，我內在的某樣事物還在與之戰鬥的一種心情投射。

毫無聯繫的記憶，彷彿聽完伯母敍述的同時，自此集合在某一點，互相寒暄親密地談論共同的身世——如此感覺之後，我的心情自然而然變得開朗。關於兒時和親人死別對我帶來的影響，我想再重新思考。

一如我少年時代會將父親的照片放在桌上，我也曾寫信給男性及女性朋友，泛著甜蜜的淚水傾訴「孤兒的悲哀」。

可是我很快就自省，與其說我絲毫不懂何謂孤兒的悲哀，毋寧說我根本不可能懂。父母還活著會怎樣怎樣，因爲父母死了所以怎樣怎樣，對兩者的清楚理解，才是孤兒的悲哀。可是他們都死了，就算他們還活著會怎樣怎樣，只有神明才知道。要是他們還活著說不定只會更不幸。既然如此，為了見都沒見過的父母之死而流下的甜美淚水，只不過是幼稚的感傷遊戲。但那肯定是內心創傷。這般創傷，等自己年老後回顧一生時想必才會清楚。在那之前，恐怕就是因循感情慣性或故事的模仿而悲傷吧。

但我的心是緊繃的。

直到我在高中學生宿舍自由逍遙地生活時，我才發現，那種好強反而讓我變得個性扭曲。我的心靈只顧頑固袒護著內心的創傷和弱點。它阻礙我在該悲傷時誠實悲傷、該寂寞時誠實寂寞，我因而無法藉由誠實來治癒悲傷與寂寞。早在很久之前，我就因為從小沒得到的親情而一再出現可恥的想法和行為，導致人生黑暗無光。那種情況下，我抹殺自己想拋開一切的心情，傾向於靜靜地自我哀憐。在劇場、公園或各種場所看到幸福家庭，由父母兄姊帶在身邊的小孩，或是天眞地一起玩的孩子們，我總會忍不住看得著迷，又因為察覺自己看得太著迷而落淚，還會在落淚後罵自己一聲「笨蛋」。不過，我逐漸認為不該那樣責罵自己。

一如父親那三、四十張照片不知不覺盡數遺失，只要不在意死去的親人就行了。只要不反省自己的孤兒本性就行了。

「我身上擁有異樣美麗的靈魂。」

別讓這般暗懷的心情在無謂反省的陰影下萎縮，讓它大方攤在藍天下就行了。抱著這想法，二十歲的我來到人生的光明廣場，我覺得似乎逐漸接近幸福。即使是小小的幸福也能讓我開心得連自己都驚訝不已。我自問：

「這樣就行了嗎？」

「因爲沒有一個像樣的童年，現在不妨就像兒童一樣開心地活著。」

我如此回答，放過了自己。覺得未來必會來臨的美好幸福，亦將澈底洗淨我的孤兒本性。就像大病初癒逃離長年住院生活的人頭一次看到綠野，那時我應該會看到人生吧，我簡直迫不及待。

轉變心情的我，聽了伯母的敍述，瞬間想到那些事。我直覺自己因父母雙亡而承受至今的某種痛苦，倏地解脫了。我當下靈機一動，決定吃吃看有菜籽油味道的食物來測試，沒想到神奇地居然吃得下去。我買來菜籽油，伸出指尖沾了舔一舔，氣味似乎也不再敏感地刺鼻。

「這樣就對了、這樣就對了。」我大喊。

這個變化可以從各種角度解釋。也可以說，其實我只是天生討厭油味，和父母過世毫無關係。但是感覺解脫的喜悅戰勝了一切，我變得不再介意油味。但我還是堅持，是我對父母過世的悲傷驀然藏身佛前的燈火，將燈油倒向院子後這才憎恨起燈油來。儘管已然淡忘那因果關係卻仍一直討厭油，直到偶然聽聞父母的往事方串連起原因與結果。

「至少從油解脫了。」我想將那視爲已明確治癒某道創傷的證據，並深深相信。幼年與親人死別於我的影響，想必就算日後我爲人夫、爲人父受親人環繞後也不可能消失。不斷淨心也很重要。不過，我期盼像這油一樣，說不定因偶然的契機，還有接二連三幫助我擺脫心靈扭曲的時刻。

我渴望與常人一樣健康長壽，讓靈魂高度發展，完成一生事業的願望愈發增強。在油這件事上太得意，還決定爲了身體健康服用魚肝油，每天微笑嚥下那散發油臭味的玩意。每次吃的時候，都深感已故親人在冥冥中庇佑我身。

祖父過世也快十年了。

「變明亮了呢。」

我想這麼說著，在親人們的靈前盛大獻上百盞油燈祭拜。

（大正十四年十月，刊於《婦人之友》）

時代的祝福

一

從長良橋上可以看見一團篝火，在金華山麓燃燒。鸕鶿匠們似乎正聚集在沒有月光的河岸等待船隻準備妥當。一腳踩上橋，潺潺水聲就立刻沁染他的心頭。他急忙走向北岸。

「正將篝火分到船上呢，您趕上好時候。」

聽旅館女服務生這麼一說，他拽著本欲脫下的寬褲就去走廊，腹部抵著欄杆放眼眺望上游。六月初的河上還不見一艘觀光船。

「聽說是今晚八點在中鵜飼村。」

「火要移到船上了呢。」

熊熊燃燒的篝火如火花四散被分成幾股移動。絡繹排成一列後，每一簇篝火在水面落下火影冉冉升起。篝火已到了船上。他的腦子像吸收了篝火般逐漸明亮，那是關於加代子的回憶。不過，流過冰冷黑暗河面的火光向來就有新鮮感。

「船會漂到這邊吧？」他說出和六年前一樣的話。

「是的，會到這眼下。」女服務生也說出和當時的加代子一樣的話。

六年前也是在二樓這個房間。當時是秋天，現在是初夏，唯獨這點不同。當時的梳妝檯還在。他在鏡前彷彿又看到加代子的白毛巾。

當時加代子接受他突如其來的求婚後，立刻去了旅館的浴池。回來之後，她沒看他就走向壁龕，摸索手提袋後拉開門去了走廊。他以為她是不好意思在房間裡化妝，為此刻意不看她那邊。過了一會，隨著電燈亮起，他朝走廊轉頭。這才發現加代子面朝河蹲著，臉壓在欄杆上雙手摀眼。

「啊，原來如此。原來如此。」

她躲起來哭泣的心情感染了他。那年加代子十六歲。察覺他的眼神後，她立刻起身走進房間。紅著眼皮看似依賴地露出脆弱的微笑。那正是他想像中的表情。

晚餐時加代子的神情煥然一新。浴場沒有胭脂和白粉，她在走廊時也沒化妝，可是一早顯得蠟黃的肌膚已變得清新潔白、晶瑩剔透，臉頰像貼了花瓣似地染上顏色。她從病人變成待嫁女子了。出門時無暇梳理的頭髮似乎在浴場沾著水整理過，稍微露出額頭。眉目和嘴脣清晰浮現，看起來各自分開顯得分外稚氣。她失神坐著。吃完晚餐，她去了走廊，望著逐漸渲染河面的暮色連珠砲似地說話。他懷著高漲的情緒躺著。遼闊的河面遠處浮現鎮外的燈火。她的溼毛巾掉在梳妝檯上。

就像當時那樣看鸕鶿吧。

打從知道他們的演講旅行目的地之一是岐阜市時，他就抱著這幻想。

——快八點了。我想河岸已燃起篝火，我必須趕去看鸕鶿。

他找到結束怪誕文學論的藉口。看他匆匆走下講臺，聽衆這才想起來鼓掌。他就像要逃離對自己演講的諷刺，一逕仰望著夜空匆匆趕往長良川。

「妳每晚都在看鸕鶿吧。」他對並肩的旅館女服務生說。他抓著當時加代子抵住額頭的欄杆站立。

「但妳不覺得今晚就像是初次觀賞嗎？」

她微微轉頭朝他一笑。是個宛如光葉石楠花綻放的姑娘，至少比他的妻子美麗。

黑暗在漂流——他能看見遼闊的河面如布匹沉入黑暗中的光滑肌理。也因此，漂來的七朵篝火充滿感情。排成一列的篝火逐漸甩動流蘇似的長尾，黑船的形狀浮現火光中。可以看見鸕鶿匠、助手，以及船夫。可以聽見船夫操槳敲打船舷的聲音。可以聽見火把燃燒的聲音。

船隻順水流到他的旅館這頭的河岸。船行迅速，他已站在篝火的火光中，火焰的旗幟從船隻緩緩漂來。

黑色的鸕鷀頻頻在船舷拍翅。漂流的，潛水的，浮起的，被鸕鷀匠右手掰開嘴將香魚吐到船底的……那些在水上身輕如燕的黑色小妖魔，彷彿隨火祭瘋狂起舞，一艘船有十六隻鸕鷀如小石子胡亂徘徊。鸕鷀匠戴著貌似烏紗帽的頭巾站在船頭，靈巧地操縱十二隻鸕鷀的繩子。

他的臉頰感到篝火，火焰令他想起加代子那張因火光映得通紅的臉頰。當時她說：

「哎呀，看到香魚了。」

「在哪？在哪？」

「你看，就在那裡游著呢。」

他探頭看著此刻再次被篝火染成黃綠色的透明水底，卻還是看不見香魚。

二

——我的處女作是〈篝火〉這篇小說，故事舞臺就在岐阜。簡而言之，我從長良川的河岸旅館和女孩一起看鸕鶿捕魚的篝火，故小說命名為「篝火」。剛才我要出門時，在玉井屋旅館聽說今晚八點中鵜飼有船出發。我打算接下來演講半小時左右，等到八點整，管他什麼話題才剛起頭還是演講到一半，我都要逃離講臺，再次去長良川觀賞鸕鶿船的篝火。這究竟是為什麼？

聽起來很像座談的口吻，於是他換個腔調。

——我究竟為什麼那麼想看鸕鶿的篝火？是因為我有段甜蜜又悲傷的回憶嗎？可我對回憶這種東西實為嫌棄至極。回憶就像菸屁股，或穿破的草鞋。要說回顧什麼直比牛還低劣。是眞的。牛就算看到草鞋的鞋帶磨斷脫落，也照樣若無其事地慢吞吞走過去，但人類見到草鞋斷了肯定一臉窩囊地回頭猛瞧。還有所謂過去，或許也像屎。馬會大剌剌地一路拉屎走過去，可是人類只會躲在低矮的屋簷下和狹小的牆壁旁偸偸拉。人究竟哪一點比馬強？就眞實意義而言，我想應該沒人能說得清楚。例如魚就比人更高雅地製造小孩；而效法魚的高雅，人類近年來也發明了人工受孕。

——總之回憶這種東西假使得永遠拎著走，那麼就算背負風神身上的大袋子恐怕也很快就裝不下了。不妨看看近江[16]筑摩祭上那無數人的鍋子。《伊勢物語》中不是有這樣的和歌描寫嗎？風俗史上稱之為「戴鍋祭」，是古老的風俗，在祭典當天，女人過去有幾個男人，

16／近江，現在的滋賀縣米原市，位於琵琶湖東岸。

頭上就得戴著幾個鍋子出門。要是那種祭典舉辦至今日，對我們男人倒是很方便，女人可就會受不了。畢竟近年來連頂著自己的頭髮都嫌棄，流行剪起了短髮呢。如此想來，將過去戴在頭上走路簡直太蠢了。但老實說，人的確是背著比風神大上數十倍的大袋子走路。就是有錢人那種大袋子。那袋子塞滿了過去，沉重得教人頻翻白眼。換言之，剛才也說過了，人類躲起來便溺的屋簷和牆壁——被屋簷和牆壁圍繞的房子，就是那袋子。

——前幾年東京大地震發生後，我立刻登上淺草小學的屋頂花園。那是鋼筋水泥的四層樓房，我旁邊恰巧站著一名警員，他正望著還在冒黑煙的整片火場冷笑。我心想，哼，原來如此。他肯定覺得這世界變得太方便了。換言之，屋頂和牆壁都被燒掉，都市變得赤裸裸。你看蹲在那頭街角的人群，那是在鐘錶店的火場搜刮貴金屬和寶石的小鬼；你看，遙遠的西邊出現了正在撬保險櫃的偷兒，如今這些犯罪都像這樣在掌上清晰可見了。警員只需搭起梯子取代崗哨，從梯子上舉高望遠鏡監視四面八方就行了。不僅可以輕易發現各種犯罪，少了屋頂和牆壁後，人類的罪惡說不定也像玻璃破裂的溫室中的花朵，幾乎全部枯萎。屋頂和牆壁不只是躲避風霜雨雪和暑熱冬寒之用，或許更是爲了掩飾罪惡大白於天下。人生諸苦始自屋牆建造時。這句金句如何？對了對了，我在地震時見到無數慘死的屍體，即使人與馬同樣肚破腸流浮屍隅田川，我也只對馬的屍體掉眼淚。因爲，人是由於自己打造出的都市或房子這種生活形式才被燒死。說穿了是自作自受。可是馬不同，馬是被人剝奪了原本的生活形式而死去。各位可會嘲笑馬兒？人的生活形式不也是在什麼強迫之下，方致使如此？要是這麼懷疑起來的確很可疑。

——這麼說，並不代表我嚮往原始，亦無「回歸自然」那猶如和月亮結婚的想法。我說的僅僅是比喻。就算說「容貌秀麗如皓月，白象清新如雪山」，也沒有人會笨到將容貌和月亮、白象和雪山當成同樣之物吧。很久以前釋迦牟尼就這麼教導我們。可人類大多數的罪惡似乎源於習慣，正因爲戴著習慣的眼罩走路，才掉進了罪惡的泥溝。回憶這種難纏的玩意，是織就習慣這幅鬱悶布匹的縱線。屋頂和牆壁，就是發揮我前面說的牆壁功用的惡魔。若非躲在那牆壁後面，人類甚至無法便溺。不過，文學這種東西，就像大白天大剌剌在街上邊走邊拉出的那一坨坨馬糞。我的〈篝火〉說穿了也是馬糞。應該不可能有馬會跑回來看自己拉的屎吧。所以我並不是爲了甜蜜又悲傷的回憶才去看鸕鶿的篝火。既然如此又是爲了什麼？老實說，是因爲長良川的篝火至少比各位的臉孔富有詩意。

聽衆又笑了。

——各位也是，據說再過不久，下個月將有雁次郎[17]的劇團從大阪來這個劇場演出。比起我的演講，雁次郎的古典劇不知詩情畫意多少倍。所以我去看篝火，各位儘管去看雁次

17／原文有誤，應是中村鴈治郎。歌舞伎演員。

郎。各位如何不重要，觀賞篝火歌詠古典的抒情詩，在我們文學者之間不僅落伍，也被視爲違背了時代良心。與其看篝火不如看鸕鶿。堅強地潛入水中抓香魚的鸕鶿，脖頸被綁住，無法吞下自己的獵物。口中的魚會被飼主擠出，即使抓到數十條香魚還是很餓。這和今日無數勞工的情況一模一樣。這就是今日流行的鸕鶿觀賞方式。

察覺自己意外模仿起時代的口吻，他忽然很想毒舌嘲笑眼前的人們。

——但各位對自己是鸕鶿似乎很滿足，各位的臉孔愈看愈像鸕鶿，人類都是鸕鶿。岐阜這個地方好像總是會讓我冒出不當的念頭。上次來訪，我將那念頭寫成〈篝火〉這篇小說，當時我還抱著和一個女人共度一生的驚人希望。那是當時肯定還是學生或少年的我才會懷抱的幼稚夢想。甜蜜又悲傷的回憶，正如我從剛才就不斷唾罵的，比我拉的屎更不堪回首。在擁有那般感傷回憶的岐阜，我偏要暢談煞風景的、踐踏古老抒情詩的科學論調。

——比如我隨口提到人工受孕，那邊的老人家就皺起了眉頭。但是，人工受孕如今在日本已經澈底成功了。換言之，就算沒有父親也能生小孩，是非常散文式的方法，但要像魚類那樣優雅地製造小孩好像有點可笑。無庸贅言，這個方法將魚類的人工孵化及家畜的人工受精應用在人類身上。就科學而言非常簡單，接受這項手術的婦女只要至少在四週內避免汽車、電車、散步、跳舞這類劇烈搖晃即可，比起找個丈夫要輕鬆多了。

——目前爲止，許多人嘗試過撫摸地藏菩薩頭部、抱住神社的松樹、泡溫泉，要是仍未懷孕，就抱著蛇也敢吞的壯烈決心接受這項手術，其中約百分之三十二的女性能順利懷孕生下孩子。可是社會不斷改變，當生育限制18 這類規定像遮耳髻19 和剪短髮一樣普遍後，人工受孕也變得愈發必要。實際上生孩子只是一種職業的時代或許正要來臨，以後或許會出現專門生育的職業產婦，她們在國立受孕場接受人工受孕手術，領國家的薪水。如此一來，親子這種麻煩的關係將從地表消失，夫妻之間想必也不再拖曳著沉重的鎖鏈。屋頂牆壁終會崩塌。

——當然情況若演變至此，至少要生男孩還是女孩肯定可以隨心所欲。我的親戚在東京帝大的動物學研究室鑽研個體發生學，也就是研究爲何會生下男孩或女孩。我曾看著顯微鏡聽他說明，聽來雖是假設，他稱男女的性向取決於某種細胞的性染色體多一個或少一個。聽起來簡直太簡單，只要釐清這一點，就能隨個人喜好決定生男或生女。不僅如此，還出現大吹法螺的科學家，聲稱可以將男的變女的、女的變男的，比天上衆神還神奇。這世上還有比這更教人感激的福音嗎？如此一來，失戀的苦惱也能迅即消失於無形。《金色夜叉》20 的貫一只要靠科學手段將自己變成比阿宮更美的女人，也無需放什麼高利貸了。

——吹噓這異想天開的牛皮之人，是美國華盛頓科學研究所所長埃德溫・埃默里・斯洛

18／生育限制，基於人口爆炸、貧窮等社會、經濟、醫學方面因素，人爲限制受孕和生產，包括避孕、結紮、墮胎、殺嬰等手段。

19／遮耳髻，大正末期流行於女性間的西洋髮型，將頭髮燙捲遮住耳朵，在腦後束成小髮髻。

松博士。他在養魚的水中加入氯化鎂，成功改造出頭部中央有一顆眼珠的魚。既然能造出一顆眼珠的魚，說不定哪天也能造出一隻眼睛的人類。於是他發表了荒唐無稽的預言，指出將來只要利用某種化合物，就能在極短時間之內改變人類的外型，幾隻眼睛或幾條腿乃至膚色都能隨心所欲改變，而且不只是人類，也能隨意改造動物和植物的外型。不久之前報紙才刊登了這個預言，絕非我胡亂編造。

——要是這般童話異想時代眞的來臨，就可以製造出小矮人和單眼神童；遠足時只要用六條腿，不，乾脆裝上鳥的翅膀飛去就行了；決鬥時只要事先繁殖出七顆心臟就不會死；橫越銀座大街時背後裝上眼珠即可；小偷翻牆時只需將腿伸長十五尺，讓身體變得像紙一樣薄鑽進門縫，被人發現時再變得像芥子一樣渺小。簡直是猿飛佐助的忍術嘛；還有流行的時尚風潮，肯定不再是服飾色彩或腿露出多少那麼簡單。幾隻眼睛、何種形狀的耳朵、鼻子安在何處，還有性別男或女，將來都只是流行，根據個人喜好會變得百人百色。有的路人擁有老虎的膚色，有的女人炫耀身上魚般五彩的鱗片。百鬼晝行的妖怪世界將會來臨。

——科學進步到那種地步後，當然肯定連人變成貓、長頸鹿變成植物、百合花變成礦物都能隨心所欲。感情不好的夫婦不妨一起變成鴛鴦，討厭活動的人就變成牡丹花吧。誇耀人類是萬物之靈會淪爲落伍的笑話。傳說在日高川變成蛇的清姬，以及化爲石頭的佐保姬，都

20／金色夜叉，尾崎紅葉創作的明治年間代表性小說。書中主角貫一因未婚妻阿宮突然悔婚另嫁富翁，爲了復仇憤而成爲高利貸業者。

是人類的偉大先驅。更重要的是，提倡輪迴轉生說的佛教聖人也將以新預言者的身分重生。

——總之，人的所有希望、所有幻想都能輕易實現，這個世界想必將充斥變化、怪誕亂舞。人的一切慾望有了依歸，人世的煩惱消失如煙，今日的感情一如沒有刻度的量尺變得無用。所有夢想家、理想主義者、反對派、革命家這些人在腦中浮現的念頭，想必將一個不漏地實現。人類的想法有一天會全數成眞。現在的一切事物死去，現在沒有的一切事物誕生。

當那樣的時代來臨時，文藝又會怎樣？文藝呢？

——這並非我誇大的妄想。而應由斯洛松博士負責，如有異議請去美國找他。不過，在那蔑視創世神的時代來臨前，神或許已毀滅了地球。人類或許也在變成那種妖魔鬼怪之前乾脆滅亡更好。然而就算只是埃德溫．埃默里．斯洛松的吹噓，科學這玩意仍是遠遠超乎各位想像的可怕怪物。例如，在藝術上，利用新科學作爲表現手法的電影和廣播一一出現，換個角度看，那其實是文藝的敵人。該如何與這些敵人戰鬥我們晚點再說，總之這些廣播，還有電波，只是傳送聲音或影像時還不打緊，可是等人們利用電波從陸地操縱飛機或軍艦，製造出殺人光波之類的凶器，就頗有妖怪時代的味道了。那種事直至今日幾乎很成功。日本在某方面，也暗自走到了汽車無人駕駛也能自由操縱的地步。如此看來，斯洛松和佛教聖人的預言實現，或許就在我們孫子的孫子那一代。

——據說中國的老子曾對莊子說，你是蝴蝶轉世而生。莊子若當眞相信那就有意思了。輪迴轉生的信仰並非東方的佛教獨有，西方自古以來也爲數甚多。古埃及的「死者之書」中提過人會轉生爲老鷹、燕子或蛇，甚至留下那樣的圖畫；希臘神話的花卉故事迄今仍廣受女學生的追捧；歐洲的古堡和田園也有很多人類變成白兔或玫瑰的傳說。我曾試著收集這類傳說，但是最後數量多到足以出版一本「輪迴轉生傳說辭典」，令人不勝厭煩。總之，現世的公主可能前世是紅雀、來生是野菊，這種想法源於人類自古以來，將天地萬物解釋爲宇宙之一部。這應是一種原始又幼稚的自然觀吧。

——不過，既有斯洛松博士這樣的科學家大吹法螺，還有近來的原子論或電子論這種科學理論，說不定意外地能夠加以證明。那當然無關緊要，但我將這種宇宙觀當做一則童話、一頁詩篇來欣賞。我相信那確爲蘊藏於人類大腦中最美的思想。想到這詩篇，心靈會感受到靜謐又廣闊的愛，變得安詳。人類耗費數千年，在歷史長河上窮盡努力想就各種定義上區別人類與自然界萬物，卻如丟向空中的石頭耗盡能量後墜落，或許又得循過去努力之路倒退而行。現代人之所以感到人生如此空虛，或許也出於那自以爲是的努力的遺傳所致。

——近來的西方心靈科學家也是。對於他們根據「只有人類的靈魂在肉眼看不見的世界和死後世界也依然尊貴」的想法展開研究，我深感不服。與其認爲死後會成爲蓮花座上的佛陀，不如化作野地的一株月見草，心靈想必更輕盈。

於是他談到奧立弗．洛奇、澤姆斯、弗拉馬利翁、希斯洛普、海爾、巴雷特、柯南．道爾、庫爾庫斯等心靈論者發表的靈異現象，展開他怪誕的文學論。本來聽了他開的玩笑不住發笑的聽眾已經不笑了。他們沒在聽。他們聽不懂。他們聽得懂才奇怪。

那不是文學論，是他的噩夢。同時，也是他的怪誕詩篇。他剛才大罵人們讀得懂的詩，現在論述人們讀不懂的詩。人們遠離他的聲音，身體蠢蠢欲動。

——快八點了，河岸想必已燃起篝火，我必須去看鸕鶿。

於是他逃離怪誕的文學論，一逕仰望著夜空匆匆趕往長良川。

三

鸕鶿船順著河水的漩渦呈弓形遠離了他的旅館。篝火照亮橋背面，橋影會映在空中嗎？

他驀然如此懷疑，不禁仰望天空。天空像會墜落在他夢中的黑暗幽冥，憂鬱的深邃令人無從捉摸。他感到心底被貫穿。

篝火流向對岸的橋下後消失。

「這麼快就結束了嗎？」

「因爲河水流得急吧。」

他走進房間，吃起了這個季節還嫌早的香魚。

「關上走廊的拉門，天冷了。」

盯著篝火消失的河面看也沒用。對岸仍有鎮外的燈火，但燈火看似沉落般低垂，而且看似畏縮。甚且，他想起的不是曾與加代子一同欣賞燈火，反倒想起弓子。

那是在他的處女作出版紀念酒會上，嶄新大樓的七樓，窗戶玻璃一塵不染，裝飾燈層層疊疊互相輝映，他肩膀歪向紫丁香花籃而坐。

重逢

敗戰後的厚木祐三，生活似乎是從他與富士子的重逢而展開。或者，與其說是和富士子重逢，也許該說是與他自己重逢。

啊，還活著！祐三看到富士子很驚訝，那是不含歡喜也不含感傷極爲單純的驚訝。

發現富士子的瞬間，感覺那既非人類，也非物體。祐三是和過去重逢。過去化爲富士子的形貌現身，祐三感受那抽象的過去。

但當過去化爲富士子的形貌活了下來，那就是現在吧。過去在眼前和現在連結，令祐三備感驚訝。

現在的祐三，他的過去與現在之間有戰爭。

祐三那不諳世事的驚訝必然是來自戰爭。

或許那驚訝也可說是因爲受戰爭埋沒之物復活了。可殺戮和破壞的怒濤無法消滅男女之間渺小的瑣事。

祐三發現了活著的富士子，就像發現還活著的自己。

祐三毫不留戀地像與富士子分手那樣與自己的過去斷然訣別，在戰爭期間也自以爲已遺忘那兩者，可上天賦予的生命畢竟是唯一。

祐三和富士子重逢是在日本投降兩個多月後。那是幾已淪喪的時期，無數人因國家與個人的過去、現在、未來解體而沉溺在錯落的漩渦之中。

祐三在鎌倉車站下車，仰望若宮大路上成排的高聳松樹時，從那樹梢感受著時間正確流動的協調感。在戰災之地東京，往往連這樣的自然景象也忽略了。打從戰時，各地的松樹就相繼枯死，宛如國家的不祥病斑；但這一帶的行道樹大多還活著。

祐三接到鎌倉的友人寄來明信片，通知鶴岡八幡宮舉辦「文墨祭」因而來訪。不愧是根據實朝[21]的文學才華發起的祭典，想必也有戰神改革社會的意義。來參觀和平祭典的人們已不再祈求武運和戰爭勝利。

祐三來到神社的社務所前，看到一群著寬袖和服的千金小姐頓覺眼睛爲之一亮。一般人民尚未脫下空襲期間逃難或戰災者的服裝，而寬袖和服的盛裝打扮彷彿吹入一股異樣的色

21／源實朝（一一九二～一二一九），鎌倉時代前期的鎌倉幕府第三代征夷大將軍，亦爲知名歌人。

彩。

進駐日本的軍隊也受邀參觀祭典，那些千金小姐負責端茶給美國人。這應是美軍登陸日本後第一次見識和服，只見他們稀奇地忙著拍照。

連祐三都有點不敢相信，直到兩、三年前還是日本傳統習俗。他對女性在周遭樸素晦暗的服飾中展現極大飛躍的膽識暗自佩服，一邊被引導坐上露天的茶席。她們的表情姿態與華美盛裝相互輝映，這彷彿也喚醒了祐三。

茶席位於樹林中。美軍神情肅穆，並排坐在神社常見的狹長白木桌前，對周遭流露天眞的好奇心。十歲左右的千金小姐端來淡茶，她那宛如模型的服飾和禮儀，令祐三想起古典戲劇中的兒童演員。

於是，千金小姐的寬袍長袖和鼓起的腰帶格外顯露出與當今時代錯置的矛盾感。又因穿在健康的良家子女身上，反而更形增添無端可憐的印象。

花稍的色彩和圖案，如今看來惡俗又野蠻。祐三不免懷疑，戰前的和服無論是匠者的手藝或穿戴者的品味難道都已墮落到這般田地了嗎？

之後登場的舞蹈服飾更加強了這種感受。神社的舞殿上舞者正表演著。或許本應是古典的舞蹈服裝引人議論，千金小姐的服裝才是日常穿著，但此刻千金們的盛裝似乎變得更有看頭。不僅是戰前的風俗，連女性的生理特徵都露骨顯現出來。相比之下舞蹈服裝反而更具品味，色彩也較深邃。

浦安舞、獅子舞、靜舞、元祿賞花舞——逝去的日本舊貌如笛音流過祐三的心頭。

分成左右兩側的貴賓席，一側坐的是進駐軍，祐三等人坐在有巨大銀杏樹的西側。銀杏樹略顯泛黃。

普通席的孩童蜂擁至貴賓席。在成群孩童破爛的服裝陪襯下，千金小姐們的和服猶如泥沼之花。

陽光從杉林的樹梢射向舞殿的紅柱柱腳。

一個貌似元祿賞花舞中扮演妓女的女人，走下舞殿臺階後，和幽會的男人告別離去，看著她的裙襬在碎石子上拖曳而行，祐三驀然感到哀愁。

鋪棉的舞衣蓬鬆鼓起，色澤濃豔的絲質襯裡大敞，華麗的內衣外露，那裙襬猶如日本美女的肌膚，猶如日本女人嬌豔嫵媚的命運，毫不吝惜地在土上拖曳而行的模樣美得令人心痛。那是瀰漫纖細、殘酷、肉慾的哀愁。

在祐三看來，神社境內好似安靜的金屏風。

靜御前之舞的舞蹈動作極富中世風格，元祿賞花舞則屬近世吧。敗戰不久，祐三的眼睛已對舞蹈這類事物失去抵抗力。

當他的目光追逐舞姿時，視野中赫然出現富士子的臉孔。

大吃一驚的祐三在那瞬間愣住了。他內心雖警戒著「看見絕對沒好事」，但富士子已不再像是活人、也不像對自己有害之物，因此他沒有立刻移開眼神。

他原先對舞衣下襬的感傷，在看到富士子後就消失了。這並非因爲富士子給他的印象過於強烈，而是她彷如恍神之人恢復意識時眼中映現的物體，彷彿飄浮在生命與時間之流的接點。在祐三的心靈縫隙中，鮮活湧現出肉體的溫暖，那近乎邂逅自身某部分的親近感。

富士子也正茫然看著舞蹈表演，她沒發現祐三。祐三發現富士子，富士子卻沒發現他，他感覺很奇妙。兩人相距不到二十公尺卻未察覺彼此的時間，更令他升起異樣感。

他之所以毫不顧慮立刻起身走過去，或許是因爲富士子那無力出神的表情。

祐三像要呼喚失神的人，猛然手就放上了富士子的背部。

「啊呀！」

富士子看似要緩緩倒下，急忙站直後，祐三的手臂感到她的身體還在微微顫抖。

「你平安無事。啊，嚇我一跳。你平安無事啊。」

富士子雖身體僵硬地站著，祐三卻感到她像被擁抱般主動依偎過來。

「你之前在哪裡？」

「啊？」

聽來似乎是在問剛才在哪裡看這場舞蹈表演，也像是問他和富士子分手後戰時人在何方。但祐三只聽見富士子的聲音。

祐三好幾年沒聽到女人的聲音了。他忘了正在人潮中，就這麼與富士子見面。

他察覺富士子在身旁時的鮮活感，又被富士子強迫著向他逆流而來。

這女人只要和祐三重逢，道德上的問題及現實生活的麻煩想必會捲土重來，說穿了就是孽緣，因此他才會萌生戒心。但他還是像跳水溝那樣，叫住了富士子。

現實像是彼岸純粹世界的行動，而且是脫離束縛的純粹現實。他從未曾經歷過去猝然化爲現實的體驗。

他做夢也沒想到和富士子之間會再次產生初體驗之感。

富士子也絲毫不見責備他的態度。

「你都沒變呢。眞的，一點也沒變。」

「哪有這回事，變得可多了。」

「不，你沒有變。眞的。」

富士子似乎很感動，祐三只好說：

「會嗎？」

「後來……你是怎麼過的？」

「就打仗了嘛。」祐三隨意地說。

「騙人，你看起來不像經歷過戰爭。」

身旁人們吃吃笑著，富士子也笑了。周遭的人似乎刻意不打擾富士子。人們看到男女意外的邂逅，似乎毋寧是抱著好意變得很開朗。富士子也看似對周遭的氛圍半推半就。

祐三霎時尷尬了起來，打從最初就注意到富士子的改變，此刻也變得更顯眼了。

過去身材豐腴的她如今變得消瘦，眼尾很長的眼睛不自然地發亮。富士子的眉毛很淡且發紅，以前都拿略帶紅色的眉筆描畫，現在她沒畫眉毛，腮紅也很淡，因此臉頰雖有肉，臉孔卻看似扁平。雪白的肌膚從脖頸以上略顯泛黑露出素顏，頸部線條落向胸骨之處堆積著疲憊。細髮也懶得燙出漂亮捲度，腦袋顯得小又寒酸。

她似乎光憑眼睛拚命支撐見到祐三的感動。

已經感覺不到曾如此介意的年齡差距，祐三覺得不可思議，如今本應猶存沉穩的憐憫，青春洋溢的心動卻未消失。

「你都沒變。」富士子又說一次。

祐三來到人潮後方，富士子也看著他的臉跟過來。

「你太太呢？」

「…………」

「你太太呢？她平安無事嗎？」

「嗯。」

「那就好。小孩也是……？」

「嗯，我讓他們去鄉下避難了。」

「是嗎？去哪裡？」

「甲府的鄉下。」

「眞的？你家房子呢？沒事吧？」

「燒燬了。」

「眞的啊？我家也被燒掉了。」

「是嗎，在哪裡？」

「當然是東京啊。」

「妳住在東京？」

「沒辦法，一個女人家，也沒別的地方可去吧？」

祐三內心一寒，忽然幾乎腿軟。

「如果到了想死的地步，到頭來還是待在東京最輕鬆。當然也不是眞要去自殺。不過我在戰時，無論過什麼生活、做什麼打扮都無所謂。可我過得很好喔。當時也沒閒工夫悲傷自己的處境，不是嗎？」

「妳沒回家鄉？」

「怎麼可能回去？」

她反問的語氣彷彿要說原因就在祐三身上，但是並沒有譴責他的惡意，聲音很甜美。

祐三對自己主動碰觸舊傷疤的糊塗愈發感到厭煩，富士子卻好像還處在某種麻木之中。他害怕富士子清醒。

他也察覺自己的麻木，爲之愕然。戰爭期間他幾乎拋下對富士子的責任和道義。

他之所以能夠與富士子分手，擺脫長達數年的孽緣，想必是因爲戰爭的暴力。想必是因爲受渺小的男女情事糾纏的良心，已被時代的激流所棄。

富士子是怎麼在戰時的民間活下來的？現在見她這模樣，祐三愣了好一會兒，或許富士子也忘記恨他了。

富士子的臉上似乎也不再流露出以前那種歇斯底里的強悍了。祐三無法正視她那微微溼潤的眼睛。

他撥開貴賓席後方的小孩走到正面的石階下，走上五、六階後坐下。富士子依舊站著，「人這麼多，可是今天都沒人拜拜呢。」她說著轉頭看上方的神社。

「也沒人朝神社丟石頭。」

人們圍著舞殿在石階下的廣場站成一圈，參拜道路稍微堵塞。元祿的妓女舞，美軍樂隊走上八幡宮舞殿，這樣的祭典直到昨天都還難以想像，無論心情和服裝上都沒有做好參觀這種祭典的準備。可是從神社境內杉林下至大鳥居對面的成排櫻樹，乃至高聳的松樹所在之處，參觀祭典的隊伍絡繹不絕，秋日暖陽似乎也沁入心扉。

「鎌倉沒失火倒還好。有沒有失火，差別可大了。無論是樹木或景色，這裡都還保持日本的傳統景象。不過看到那些千金小姐，我可是嚇了一跳。」

「妳覺得那種和服怎麼樣？」

「那樣穿不能搭電車吧。但我也穿過那種衣服去搭電車或走在街頭喔。」富士子俯視祐三，然後在旁邊坐下。

「看到小姐們的衣服，會慶幸能活著眞好。但之後回想起什麼時，又會覺得渾渾噩噩地活著很可悲。自己究竟怎麼了，連自己也不清楚。」

「這點大家想必都一樣。」祐三刻意迴避這話題。

富士子穿的深藍色白點勞動褲似乎是拿男人的舊衣服改的。祐三心想自己似乎也有類似的藍底白點衣服。

「你太太在甲府，你一個人在東京？」

「對。」

「眞的？不會不方便嗎？」

「就是普通的不方便吧。」

「我以前對你而言也只是普通嘍？」

「…………」

「你太太也普通地健康？」

「應該是吧。」

「沒有受傷吧？」

「嗯。」

「那就好。我……躲警報的時候，想到你太太萬一有個三長兩短，只有我平安無事，就眞的很擔心該怎麼辦。但那種事是機率上的偶然吧？是偶然吧？」

祐三不覺毛骨悚然。但是富士子的聲音愈發尖細清亮。

「我是眞的很擔心喔。爲什麼自己在危急關頭還那麼擔心你太太呢，就算明知這樣很蠢，並爲此感到悲哀，可我還是會擔心。我心想要是戰爭結束後能見到你，至少要將這種心情告訴你。說了你可能不會相信，也許反而會被懷疑，儘管這麼想，我在戰時還是經常忘記自己，只顧著替別人祈禱。」

她這麼一說，祐三也思及類似的感觸。極端的自我犧牲和自我本位，自我反省與自我滿足，博愛與利己，道義與邪惡，麻痺與亢奮，在祐三的內心或許也呈異樣的混亂，合而爲一。

富士子或許一邊期盼祐三的妻子意外死亡，同時又祈求她平安無事。就算並未意識到那廂的惡念，只陶醉於善心，恐怕也只是爲了熬過戰火而選擇的生存方式的某個片段吧。

富士子的口氣聽來很眞誠，丹鳳眼的眼尾湧出淚水。

「我猜在你心中你太太比我更重要，所以就算我擔心你太太的安危，也無濟於事。」

富士子一再提到他的妻子，因此他當然也想起了妻子。

這時也產生了一個疑問。戰時是祐三最一心一意和家族結合的時光，甚至可以說幾乎完全忘了富士子，只愛妻子。那是切身感受的半個自己。

可是祐三一看到富士子，霎時又感到遇見了自己。而他彷彿需要花點時間才能想起妻子。他注視著內心的疲憊，又覺得那不過是有配偶的動物的徬徨。

「能夠遇見你，我忽然不知該祈求什麼才好。」富士子轉變成糾纏不放的口吻。

「拜託，你一定要答應我的請求喔。」

「………」

「拜託，你養我吧。」

「嗄，養妳……？」

「只要一下子，一下子就好。我會很安分，絕對不給你添麻煩。」

祐三忍不住面露不悅看著富士子。

「妳現在是怎麼生活？」

「不至於沒飯吃啦。不是那樣的，我只是想改變生活。我想從你這裡重新出發。」

「那不是出發，是走回頭路吧？」

「才不是走回頭路。我只是想讓你給我出發的勇氣。我一定會一個人立刻離開。再這樣下去不行，我不能再這樣下去了。拜託，只要一下子就好，讓我暫時抓住你。」

祐三聽不出她究竟有幾分是眞心話，聽來像是巧妙的陷阱，也像是可憐的哀求。在戰爭中被拋棄的女人，只是想從他身上汲取在戰後活下去的力量，在他身邊做好重新出發的準備嗎？

祐三自己也因爲遇到過去的女人，重現意外的生命感，富士子識破了他這個弱點嗎？用不著富士子說，過往痕跡亦仍殘留心底，祐三彷彿從罪孽與悖德中覺醒了自己的生存，心情變得晦暗。他窩囊地垂下眼簾。

群衆的掌聲響起，進駐軍的軍樂隊入場了。他們戴著鋼盔，態度隨意自然地登上舞臺。約有二十人。

當吹奏樂器的第一聲同時響起的瞬間，祐三愕然挺起胸膛，恍若大夢初醒，抹去了腦中烏雲。響亮的樂聲猶如青春之鞭向身體甩來，群衆的臉孔重新鮮活起來。

這是多麼樂觀開朗的國家啊，祐三後知後覺地對美國感到驚訝。

被鮮明地鼓舞感覺後，關於富士子這女人，男人的明快也讓祐三變得單純了。

過了橫濱，事物的影子變得淡薄，影子彷彿被地面吞噬，暮色逐漸沉落。

長期縈繞鼻腔的焦臭味終於消失，永遠灰塵滿天的火場廢墟似也要入秋了。

看著富士子泛紅的稀疏眉毛和纖細的碎髮，祐三驀然浮現「今後恐將向寒空」這句話，恐怕要背負起麻煩包袱的自己，是遇上古人所謂的厄年22嗎？他想苦笑，但連焦土也有季節更迭，令他驚訝又感慨，好像助長了某種任人擺布的無力心態。

祐三沒有在本該下車的品川車站下車。

已經四十一、二歲的祐三，多少見識過人生的痛苦與悲愁不知不覺隨時光消失，難關和煩惱也自然爲時間解決；多少也經歷過無論尖叫或掙扎、抑或靜默著袖手旁觀，皆徒留同樣結局的場面。

那般慘烈的戰爭不也過去了嗎？

比預期中結束得更快。不，四年的光陰就那場戰爭而言算是太快還是太慢，他無從判斷，但總之戰爭已經結束了。

以前祐三等於是將富士子拋棄在戰爭中，這次可能又要讓富士子隨時光飄零，雖然才重逢，卻似乎已萌生這樣的想法。在那場戰爭，兩人的關係就像是以暴風吹散般告終，因此清算舊帳這個字眼反而令祐三亢奮。但眼下卻好像可以看見自身狡猾的算計得失。

不過，比起對清算的陶醉，對算計的困惑或許更道德，這讓祐三略感矛盾。

「新橋到了喔。」富士子提醒他。

22／厄年，日本將容易發生災禍的時期稱爲厄年，類似犯太歲。尤其是在男人四十二歲、女人三十三歲時。

「妳要搭去東京車站？」

「啊，嗯。」

富士子此刻或許也想起兩人以前經常從這個車站結伴去銀座的習慣。

祐三最近沒去逛銀座，只是從品川車站往返東京車站通勤。

祐三心不在焉問：

「妳要搭去哪裡？」

「我能去哪……當然是去你要去的地方呀。怎麼這麼問？」富士子流露些許不安。

「不，我是說妳現在定居的地方？」

「什麼定居的地方，沒那麼好……」

「這點我們都一樣。」

「接下來你帶我去的地方，就是我的定居之處喔。」

「在這之前，妳都在哪裡吃飯？」

「我沒吃過像樣的飯。」

「妳在哪裡領配給品？」祐三惱火地問，富士子瞅著他的臉保持沉默。

祐三懷疑她並不願向他透露住處。

他想起車子經過品川時她的沉默。
「我也是暫時借住朋友家。」
「合住？」
「合住的合住。朋友分租了六帖房間，暫時收容我。」
「不能再多收容我一人？三人合住，可以吧？」富士子擺出死纏爛打的架勢。
東京車站的月臺上，六個紅十字會的護士圍著行李站成一圈。祐三看看前後方，沒有復員退役的軍人下車。
從品川往返通勤時經常搭乘橫須賀線的祐三，不時會在月臺上看到成群結隊的復員軍人。他們有時和祐三從同一班電車下車，有時則隨著搭乘前班電車抵達的乘客排隊。
像這場戰爭一樣將無數軍人棄置在遙遠的外地就此撤退，拋棄他們逕自投降的敗戰，算是史無前例。
從南方群島復員歸來的軍人，也以一副營養不良幾乎要餓死的模樣抵達東京車站。
每次看到這些復員軍人，祐三都感到難以言喻的悲痛，同時也感到誠實的自省與覺醒洗滌了心頭。他們就像遇到共赴敗降的同胞那樣低著頭，令人湧現親切感，那與東京市井及電車上的鄰人們不同，是純粹的鄰人回來了。

事實上，復員軍人似乎露出帶有純潔感的表情。

那或許不過是長期患病的病人面孔。疲勞、飢餓、失望令他們衰弱恍神，顴骨凸起，眼窩凹陷，面色如土，臉孔連做出表情的力氣都沒有了。亦即他們可能處於虛脫狀態。但祐三覺得不只是那樣。如同敗戰的日本人沒有虛脫到足以讓外國人看出虛脫，復員軍人應也有情緒起伏。只是，吃了人不能吃的東西，做了人不能做的事，總算保住一命返抵國門的人，似乎自帶一種純潔感。

擔架旁站著紅十字會的護士，也有生病的軍人直接躺在月臺水泥地上。祐三連忙閃開以免踩到軍人的頭。那樣患病的軍人也有著透明的眼神，天眞地望著美軍上下車。

有一次祐三聽到某人低聲說「very pure」嚇了一跳，事後想想，應該是自己將「very poor」聽錯了。

紅十字會的護士也是，現在陪伴復員軍人的模樣，在祐三看來遠比戰時更美。或許是和旁人比較的緣故吧。

祐三下了月臺樓梯後，自然而然走向八重洲出口，不料走道擠滿了朝鮮人，他彷彿這才突然發現，說聲「走正門吧。每次都走後門，我一下子忘了」隨即折返。

祐三也經常在這裡看到等著搭火車返國的成群朝鮮人。他們因爲等候的時間太長，無法在月臺上排隊，似乎都聚集在樓梯下等待。他們倚靠行李，在地上鋪開骯髒的布或被子，蹲在走道上；一旁也有繩子綁起的鍋子、水桶等隨身行李，似乎得徹夜等待。多半是全家出動，小孩看起來和日本人難以區別，想必也有嫁給朝鮮人的日本女人混在其中，有時嶄新朝鮮服裝的潔白身影和桃紅上衣格外醒目。

他們將要回到剛獨立的祖國，看起來卻像難民。戰爭受難者似乎也不少。

從那裡出了八重洲口，又有日本人買車票的隊伍。那是從前一晚就排隊等候隔天賣票的隊伍，有時祐三深夜歸來經過，看到那些人保持隊形或蹲或躺，隊伍尾巴一路延伸到橋面。橋畔處處散落糞便，多半是露宿街頭的排隊者的排泄物。祐三通勤時每每撞見，下雨天就會稍微遠離改走車道。

每天目睹的情景驀然浮現腦海，於是祐三走向正門口。

廣場的樹葉沙沙作響，丸大樓旁掛著淡淡的夕陽。

來到丸大樓前，有個十六、七歲的骯髒女孩，一手抓著瘦長的漿糊瓶和短鉛筆站著。衣服的身體部分是橘紅色，袖子像是灰色的舊襯衫，腳上是男用的破舊大木屐，看起來就像成了乞丐的流浪兒。女孩每次見到美國大兵就會纏上前叫喚，但是沒有人正眼瞧女孩，被碰到褲子的人也只是一臉狐疑地俯視小女孩。所有人都沉默且漠不關心地走遠了。

祐三很擔心液狀漿糊是否會沾到旁人的褲子上。

女孩歪著一邊肩膀抽搐，走路時腳下巨大的木屐甩著幾乎翻過來，獨自橫越廣場消失在昏暗的車站那頭。

「眞是的。」

富士子目送女孩的背影。

「是瘋子吧，我還以爲是乞丐。」

「最近看到那種人，我就會擔心自己很快也變成那樣，眞討厭……但幸好遇見你，我已經不擔心了。沒死眞是太好了。因爲活著才能遇見你。」

「只能這麼想。地震時我在神田，就在倒塌的房子中被柱子壓著，差點死了。」

「是的，我知道。就是你右腰那道疤痕吧……你不是對我說過？」

「啊……那時我還在念中學。不過當時，日本當然也還不是世界公認的罪人。地震的破壞純屬天災。」

「地震那時我出生了嗎？」

「出生了啦。」

「我在鄉下，什麼也不知道。我要是能生孩子，等日本的狀況稍微好轉後再生。」

「怕什麼……正如妳剛才所說，在火海中人會變得最堅強。我在這次的戰爭，並未遭遇地震時那種危險。瞬間的天災對我來說似乎更危險。最近不也像小孩一樣不當回事嗎？彷彿生來就不懂得顧忌。」

「眞的……？和你分手後我常在想，要是你上戰場，我想替你生個孩子。所以能夠像這樣活著見面……隨時都好。」富士子說著貼上他的肩膀。

「所謂的私生子，今後應該也會消失吧。」

「啊……？」

祐三蹙眉。不小心踩空一級臺階，感到輕微的暈眩。

富士子或許是認眞的。但是打從在鎌倉重逢，兩人一直都以粗魯、乾澀、怪異的言詞交談，祐三彷彿此刻才察覺，不由爲之心寒。

也如祐三懷疑的，富士子鼓起勇氣開口的請求背後多少透著一絲算計，卻也像是尙未從某種麻木中清醒就毫無心機地投奔他。

祐三對於富士子，以及見到富士子的自己，判斷立場略顯游移不定。

雖然打從第一眼看到富士子時，就懷著深怕孽緣捲土重來的現實算計，但即使那般算計，似乎仍踩不到現實的地面。

或許是因爲與前往鄉下避難的妻兒分開，獨自在失序的都市徘徊，正是無拘無束的自由時光，才會不假思索叫住富士子；但另一方面，又像出於無可奈何的本能咒縛，這才被迫與富士子綁在一起。

肯定因爲這是在自己和現實奉獻給戰爭、並爲此陶醉之後。不過，在八幡宮發現富士子時，一股彷彿與自我重逢的驚訝，也在領著富士子走到這裡途中，添上些許遭黑暗毒素玷汙的滯悶苦澀。

如此一來，與戰前舊情人重逢的因緣，被迫再次背負戰前的刑罰，皆化爲他對富士子的哀憐。

來到電車大道，祐三遲疑著該往日比谷的方向走還是去銀座。公園看似很近，於是走到入口。但這座公園的變貌讓他驚愕折返。銀座變得晦暗。

富士子不肯透露住處，因此祐三也不便開口說要過去。或許她並非獨居。而富士子略顯心虛，沒有催問他究竟要去何處，就這麼像比賽誰更沉得住氣似地一路跟來；行至人跡稀少的火場廢墟，也不抱怨黑暗可怕。祐三被逼得步步退讓。

築地一帶似乎還殘存些可以住的房子，但是祐三對那一帶不熟。他漫無目標朝歌舞伎劇場的方向走。

祐三默默拐進巷弄，走入陰影中。富士子慌忙追上。

「我去方便一下，妳在這裡等我。」

「不要，我怕。」

富士子緊偎他身旁，祐三一時間想伸肘架開她。

在滿地紅磚或瓦片等不便行走的路面，祐三轉向牆壁，驀然留神一看，那面牆壁就像一扇屏風豎立。看來在附近房子盡皆燒燬的殘骸中，徒留這面牆立在原地。

祐三驟感毛骨悚然。宛如鬼氣逼人的黑夜獠牙，宛如焦臭，似乎要吸附上祐三，黑暗從斜著削落的屋頂線條籠罩而來。

「我啊，曾經想過乾脆逃回鄉下算了。就在這樣的夜晚，我在上野車站排隊……但忽然驚覺不對，伸手往背後一摸，是溼的。」富士子的語氣似乎連大氣都不敢喘一口。

「我後面的人弄髒了我的衣服。」

「哼，那是因爲妳老是像這樣站得太靠近別人。」

「哎喲，才不是。不是那樣……我當時嚇得發抖，快快離開了隊伍。男人眞教人作嘔，居然那種時候還……哎喲，好可怕。」

富士子縮起肩膀，就地蹲下。

「那是病人吧。」

「是戰爭受難者。帶著房子燒燬的證明書，在東京待不下去的人。」

祐三轉身面對她，但她不肯站起來，

「隊伍從車站排到了外面漆黑的馬路上……」

「起來，該走了。」

「好，可我累死了。像這樣蹲著，好像會就此沉落到黑暗的地底。我一大早就出門到現在……」

富士子似乎閉上了眼。祐三站著俯視她，富士子八成連午餐也沒吃吧，祐三如此猜想。

「那裡也正要蓋房子。」

「哪裡……？眞的……但這種地方太恐怖了，我可不敢住。」

「說不定已經有誰住進來了。」

「哎喲，好可怕、好可怕。」富士子叫喊，抓著祐三的手站起來。

「討厭，別嚇唬我……」

「放心……地震的時候，這種臨時搭起的組合屋裡常有人幽會。但這次感覺更淒慘。」

「對啊。」

然而祐三沒有放開富士子。

溫熱柔軟之物透著難以言喻的親密，簡直近乎率眞的安頓感，佑三反而爲此神祕的驚愕而兀自沉醉。

比起長期沒碰過女人的狂亂激情，更有種病後遇見女人的甜蜜康復感。

碰觸到的富士子肩膀瘦骨嶙峋，依偎上胸前的明明是深度疲勞的重量，祐三卻感到與異性本身的重逢。

有些東西鮮明地復活了。

祐三從瓦礫堆上朝著組合屋走下去。

組合屋似乎還沒有窗戶和地板，走近時響起踩破薄木板的聲音。

（昭和二十一年二月，刊於《世界》）

人的內在

「見到你的痛苦……見不到你的痛苦……」桃代信中的這段話，刻印在志村的心頭。心中彷彿豎立著銘刻那句話的紀念碑。

那座石碑，浮現在深夜迷霧的空中。石碑下方有兩棵高大的櫸樹，葉子落盡只餘枯枝。這是大河邊的筆直河岸，附近的水流被濃霧遮蔽，僅略遠處的上游一角微微泛白。那是樹木的顏色嗎——每次想起桃代的話，志村眼前就浮現這樣的景色。在這景色中，惟浮在半空中的石碑是志村的幻想。而在夜霧中，在志村的心中，那座石碑並沒有固定形狀。只是，桃代的話就像被雕刻在碑上，深印志村心底。

這句話，已經不是信函文章的修飾語句。對於言行異常的桃代而言，算得上正常的言詞吧。這句話讓志村感到，有夫之婦與男人私會時的罪惡感，以及強忍思念時的掙扎。在桃代的信上看到這句話時，志村覺得那本該是自己對桃代說的話。這下子似乎已可確定，自己也懷有和桃代一樣的感情。桃代的話是在訴說愛情。透過桃代信中的愛語，志村也醒悟自己對桃代的愛，這麼說像是被女人影響了，但在三十二歲還很年輕的志村看來，桃代是這世上最不可思議的女人。這種女人也能愛男人嗎？男人會愛上這種女人嗎？桃代身上有著迷惑志村的特質。桃代比志村小六歲，才二十六歲，但這與年齡無關。

不過，志村第一次抱桃代時，桃代就像年輕妻子應有的作風，縮起身子發抖。並且說：

「我的身心都髒了。」她說：「都髒了。」

志村鬆手，略為遲疑。「要說髒，人全都很髒。但那其實是騙人的。世人誰也不髒，無論做任何事都不髒，人不髒……」

「人的內在，有很多東西喔。很多喔。」

「人的內在？妳是說妳的內在……？」

「對，在我的裡面……眞可怕。」

「在妳內在的，只有妳吧。」

「才不是。桃代的內在，沒有桃代。」

「不然這是誰？」志村摟著桃代搖晃。

「是桃代。」

「這裡面有什麼，我想看。給我看吧。」

「你看不見啦，看不見才好。」桃代稍微平靜了，閉上雙眼。

志村將桃代剝光。「這麼漂亮的身體，爲什麼會覺得骯髒？」

「你看不見啦。」

「我看得見。」

「請你別看，因爲我不知道我裡面會跑出什麼來……」

「沒事，什麼都無所謂……讓我將裡面的東西統統趕走。管他是妖魔鬼怪，或是蚯蚓蜥蜴。」

桃代在志村的臉孔底下搖頭。「不行，有海，也有雪喔。妖怪在我身上進進出出。」

「要這麼說的話，我應該也是吧。」

「騙人，你用不著安慰我，那已經攥住我了。」

「…………」

志村溫柔平靜地說：「爲什麼會沾上那種東西呢？」

「因爲我是女人……」

「真難以置信。」

「沒辦法。不過，我很慶幸身爲女人，能夠遇見你……」

「看不出來妳生過兩個孩子。」

「是嗎……如何，不行嗎？」

「當然不是。」

最後，桃代吐出安詳如鼾聲的鼻息，動也不動。過了許久，志村忍不住問：

「妳睡著了？」

「我沒睡。好幸福喔，手給我。」桃代依然閉著眼，摸索到志村的手臂拽過來，塞到自己的脖子下面。桃代似乎將沉沉睡下。

「妳睡吧。」志村說。

「睡著太浪費了。」

「如果睡著了，妳裡面的東西應該也會睡著吧？」

「如果睡著了，就算被你抱會不會也毫無知覺？畢竟時間短暫。太可惜了。要是夢見你還好，夢到別的豈非太可悲了。我只要打瞌睡就會做夢喔。」桃代慢吞吞像唱歌一般說著，忽地睜開眼，怯生生看著志村。「你想讓我睡著？你想讓我睡著之後，自己去想別的？」

「啊？」志村被戳破心思。

「對吧？對吧？」桃代湊過去，臉壓上志村的肩膀。

「志村先生，你應該讓我被車撞死才對……」

「剛才眞的好危險……沒想到妳會做出那麼危險的舉動。」志村溫柔撫摸桃代的頭髮。

「我賭上了性命。」桃代說：「被車撞死，或被你擁抱，我其實都可以喔。」

「該慶幸妳沒被撞死？」志村說著。桃代身體的眞實感變得愈發鮮活。「但就算只是撞傷，此刻也不可能這樣擁抱了。」

「你這麼想嗎？」

「只能說運氣好。讓車子及時停住的並非自己的判斷，是命運，眞的。」

「是我創造了命運。命運本來就是需要創造的。」桃代若無其事說：「人的內在，也有製造命運之物喔。」

「…………」

志村無法將桃代的話當眞。不過，桃代那「賭上性命」即「創造命運」的說法，確實可以這麼說。簡直太過瘋狂，桃代那豁出去的舉動，讓桃代與志村結合。桃代賭上性命，擄住了志村。

當時志村驅車奔馳在冬夜大霧瀰漫的河岸道路，車前冷不防出現女人的身影。志村驚愕地閉緊雙眼。他完全不知道自己是怎麼煞住車子，又是怎麼讓車子避向河流。感覺沒壓到人，但是好像撞到了女人。睜眼一看，沒見到女人。是幻覺嗎？是撞鬼了嗎？不可能。志村下車查看，車子差點撞上河岸的兩棵大櫸樹，幸好及時停住。女人倒在路上，他上前抱起女人，女人似乎昏倒了。

「啊，這不是三崎太太嗎？」車前燈光讓他看清女人的臉孔。他嚇了一跳，搖晃桃代。

「三崎太太！三崎太太！」

「啊！」桃代睜開眼，凝視志村。「是志村先生啊。志村先生……」

「剛才好危險，沒撞到妳吧？」雖被志村抱起，桃代還是站不穩。志村猜想桃代的腳或許受傷了，剛才的衝擊似乎也讓她雙腿癱軟。志村扶著桃代上車。

「三崎太太，妳怎麼會來這種地方……？」

「我在等你的車子。」

「妳說什麼？」

「我知道你回家會經過這個河岸。」

「……………」

「我想被你的車壓死。」

志村看著桃代的臉，判斷她在囈語。被放到座位上的桃代靠向志村，志村一閃開，她就倒下。

「我送妳去看醫生吧。」志村說。

「我不要看醫生，我不要看醫生。」桃代支肘試圖爬起來。「我好端端的哪都沒受傷。」

「我送妳回家。」

「不要、不要，我不要回家。我不就是在等志村先生的車嗎。」

「請妳冷靜。」

「讓我冷靜一下……找個地方讓我休息……我覺得好渴，咽喉像燒起一把火。」

志村在深夜的大霧中，靜靜驅車前行，不時轉頭。自己似乎正護送一個女瘋子。他很不安，深怕桃代會突然開門掉下車。但只見桃代以右手摩挲右邊臉頰。

「倒下的時候撞到臉頰了嗎？」志村問。

「不是。我想摸自己，確認是不是在做夢。我怕你會像夢一樣消失。」

「會像夢一樣消失的應該是妳吧。說不定是瞬間經過的妖魔偶然上了車，過了一會等我轉頭看就不見蹤影，徒留瀰漫的霧氣。」

「我在大霧中只看到你的身影。是你的身影誘使我來到這裡。我就像走在水底，沒有了呼吸，還活著眞是不可思議。」

「該不會是妖魔化身成桃代的模樣吧。」

「那可難說喔。我的內在只有志村先生，沒有我自己。」

志村從河岸進城後，找到一間小旅館後停車。

桃代一口氣連灌了三杯水。

「啊，抓到志村先生了。」她說著，閃亮的雙眼浮現淚水。「對不起。」

「是爲了誘惑我，妳才冒著那種危險吧？」

「沒辦法，我是個遭到雪崩襲擊的人。啊，眞可怕。」桃代說著抓著志村的手臂。「說到雪崩，我眞的看見雪崩了。襲擊我的雪崩，彷彿就落在我的內在。志村先生，救我……」

志村抱住她，她縮起身子發抖。

桃代的丈夫三崎和志村是大學時代的友人。三崎結婚時志村也受邀出席。喜宴結束，新人偕同介紹人及雙方家長並排站在出口目送賓客離去，當時新娘眼中的淚水幾乎奪眶而出，令志村留下深刻印象。

之後志村有時會受邀去三崎家，有時是主動上門拜訪，也知道桃代生了兩個孩子。小女兒出生不滿兩個月時，志村去三崎家，桃代抱著嬰兒來給他看。志村恭喜她生產。

「這孩子在我體內待了十個月之久喔。」

「哦……」嬰兒正熟睡著。

「讓志村叔叔看看寶寶醒著的樣子吧。」桃代說著搖晃懷中的嬰兒。嬰兒哭了，哭得滿臉通紅。

「妳在我肚子裡的時候可沒哭呢。」桃代說出奇怪的話。志村看著桃代。

「我好想永遠待在母親的體內。但有人能夠永遠待在母親的體內嗎？」

「…………」

過了一年後，志村察覺桃代對自己有不尋常的心思。在三崎的建議下，志村決定相親。

「桃代堅持要幫你挑選你的相親對象。」三崎說：「桃代有點不正常，她要是說了什麼，請你不要介意。」

相親對象在母親的陪同下出席，他們在飯店用餐。和桃代滿面愁容的情感相比，那女孩就像一張白紙。臨別時，桃代交給志村一個小紙包。裡面是綴有黑珍珠的領帶夾。桃代在相親場合送他禮物已經不太尋常，而領帶夾姑且不提了，還附帶一小束紫羅蘭假花，令志村更感怪異。

而後，桃代甘冒危險迎向志村車前的舉動，志村自然是做夢也沒想到。

那完全是在賭命，之後桃代瘋狂向志村求歡。

見到你的痛苦……見不到你的痛苦……。桃代信上這句話，彷彿雕刻在夜霧中浮現半空的石碑之上，志村始終能看見。它已被鐫刻在心頭。

與友人之妻偷情的難堪，罪惡的恐懼，成了志村難以承受的苦痛。志村努力想疏遠桃代，可見不到面時，又覺得世上恐怕再也沒有第二個像桃代那樣甜美的女人。桃代連唾液都有不可思議的味道。志村駕車回河岸，經過兩棵大櫸樹旁時，忽然覺得說不定哪天車子會撞上這櫸樹。要是自己離開了，桃代可能眞的會變成瘋子吧？

三崎打電話到志村的工作地點，聲稱想和他談談桃代的事。志村拿著話筒說不出話。三崎說，五點半在銀座四丁目轉角的和光門前等他。

冬天的那個時間暮色已降臨。三崎見志村走近，像刻意避免打照面似地邁步走出。

「我想這種事在人潮中邊走邊說可能比較好……」

「……」

「你讓我很丟臉，眞的很丟臉。」

「…………」

「你和桃代的事，我聽桃代說了，我統統知道。」

「對不起，眞不知該怎麼向你道歉。」志村垂頭喪氣。「我也知道那不是道歉就能了事……」

「算了，那已經不重要了……」三崎難以啟齒似地小聲說：「你最近爲什麼不肯再見桃代？」

「啊？」

「是因爲覺得桃代精神異常嗎？」

「不是。」

「你去見她沒關係。」

志村默默走了五、六步後開口：「你是抱著何種打算說這些話？我看你才是有病吧？」

「我很正常，我只是被迫扮演桃代的守護者。只要桃代活著，只要她不死就行了。聽說你差點開車撞死桃代……」

「…………」

「想必你也察覺了，桃代在你之前就有別的男人。早在和我結婚前，也有別的男人。她一直有男人。」

「你能夠容忍？」

「我當然不想容忍。問題是，要是沒有男人，她又會出現戒斷症狀。那幾乎就像是麻藥的戒斷症狀。她會變得像瘋子一樣。你最近不肯見她之後，她又發作了。」

「…………」

「人——我是說桃代，人的內在充滿各種東西。這句話桃代沒對你說過嗎？」

「聽是聽過……」

志村的眼前，驀然浮現那條河岸道路。在只剩枯枝的櫸樹旁，桃代是否又會突然出現在車前？是否能夠再次幸運地及時煞車？

（昭和三十八年二月，刊於《文藝春秋》）

解說

川端香男里

川端康成兩歲喪父。繼而於三歲喪母，七歲時祖母過世，十歲時姊姊過世，十五歲時祖父過世，從此孑然一身。在這之中，七個月就早產的康成沒有夭折還能平安出生，想必是因爲父親是開業醫師。

救了兒子，自己卻早逝的父親，是個精通漢詩文、文人畫的知識分子，祖父深諳中醫，也懂易經風水。當我們思考康成的文學資質時，也不能忽視他傳承自父祖二代的血統。康成曾在〈末期之眼〉（末期の眼）中提及：「可能是傳統世家歷代藝術人文素養的薰陶，才出了一個作家。但另一方面，世家血統多半體弱多病，因此也能在作家身上看到風中殘燭般隨時會熄滅的血統，於瀕死前一刻熊熊燃燒。那已是悲劇。」

小學時期的他體弱多病，親人過世那年尤其常請病假，但成績始終很優秀，特別是作文經常被評爲遠甚高年級生。明治四十五年（大正元年，一九一二）他從尋常小學畢業，進入大阪府立茨木中學，入學成績是全校第一。從此徒步往返於宿久莊的自家至學校約六公里的路程通學，天生虛弱的體質這才逐步改善；一方面也得益於注重運動、體育，標榜質樸剛健的校風。

大正三年祖父過世，淪為孤兒的康成由母親的娘家黑田家收養，但他於大正四年一月起就住進中學宿舍，過著宿舍生活直到畢業。孤兒康成沒和家人生活過，也對親生父母毫無印象，自此展開他尋求感情救贖的旅程。

研究川端的泰斗長谷川泉老師認為，以下四項經歷曾對孤兒康成伸出救贖之手：

（一）在茨木中學的學生宿舍與同寢室低年級少年的同性戀體驗。

（二）舊制一高至東大及同人誌時代的好學長及好友。

（三）稚嫩的戀愛體驗。

（四）伊豆的風土人情。

關於這四項，我想稍做評論。

大正五年四月，康成升上五年級的同時成為寢室室長。同寢室有個二年級學生清野（本名小笠原義人），這個少年與康成產生了深刻的同性之愛。對於意識到自身孤兒本性而飽受其苦的康成，清野傾注了少年人純真的愛情。

大正五年至六年，在《中學世界》（中学世界）這本雜誌上斷續連載的〈一高羅曼史〉（一高ロマンス）令準考生們心旌動搖。作者是兩年前入學的大佛次郎。康成也同樣為之心動。

他雖有以第一名考入中學的傲氣，可是隨著對文學的興趣加深，漸漸不再專心課業導致成績下滑。校長想說服他考上一高是做夢，他卻充耳不聞，畢業典禮結束後，爲了考高中，他去東京投靠淺草的親戚。七月時參加了爲期四天以英數國漢爲主的入學考試，八月放榜。少年川端順利考取文科乙類。他在一高也是住宿舍，不過最初一、兩年多少有點無法融入宿舍生活。但在他臨時起意去伊豆旅行後，想法有所轉變，並且表示：「如果我能稍微培養出人性的素質，那大部分都是拜一高的宿舍生活所賜。像那樣作爲人性修煉道場的卓越場所想必不多。」

考取一高也打開了他的小說家之路。在一高同學們的援助下，他展開初戀，還訂了婚，可惜這樁婚事轉眼告吹。康成的戀情，對於治療他的孤兒本性成了副作用強烈的虎狼之藥，他爲此苦惱了很長一段歲月。

伊豆對康成而言堪稱第二故鄉。川端康成初次造訪伊豆，是在進入一高的一年後，亦即大正七年。他在旅途中邂逅美麗的舞孃，和流浪藝人結伴同行一路旅行到下田。之後約十年間，他幾乎每年都去湯島溫泉的湯本館，甚至大半年在當地度過。對康成而言，伊豆最大的魅力就是溫泉。「我想要走遍各個溫泉區，就這樣過一輩子。那或許能讓身體虛弱的我保持長壽。」這是他的眞心話。

對於長谷川老師四項要素的評論算是序論，接下來進入本論——談談川端康成的初戀吧。從伊豆旅行歸來後脫胎換骨的康成擴大了交友圈，其中尤以石濱金作、鈴木彥次郎、三明永無與川端這四人組，因爲都住在宿舍，成爲關係緊密的文學夥伴。他們經常結伴去繁華鬧區或當時流行的咖啡廳。

以巴黎的咖啡廳爲藍本，明治四十四年（一九一一）在銀座開業的「春天」（Printemps）咖啡廳，是日本的第一家咖啡廳。這種咖啡廳提供了藝術家及文人交際的場所，舊制高中生和大學生也是他們的重要客群。川端四人組成了佐藤春夫、谷崎潤一郎、東鄉青兒等人經常出入的本鄉咖啡廳「飛翔」（Élan）的常客。在這家咖啡廳，十三歲的少女伊藤初代和二十歲的川端相遇了。初代（Hatsuyo）是她的本名，但因爲是東北人，通常唸成 Hachiyo，簡稱爲千代（Chiyo）或小千。

初代雖然還不到青春年華，這年卻可說已嘗盡人生的苦楚。九歲喪母後，嬸嬸收養了她，卻未給予充分照顧，還叫她去別人家帶小孩幫傭賺錢。她揹著小孩上小學，因此獲得校方表揚，最後卻無法繼續上學，輾轉各地後，來到東京由飛翔咖啡廳的老闆娘山田澄收留，如養女般備受寵愛。雖然成長過程如此坎坷，但是這個身材纖弱、舉止開朗，總是帶著一抹寂寥的少女，澈底吸引了川端康成。對於眼前猶如自己承受孤單寂寞的少女，他的情意與日俱增。

不料，咖啡廳的老闆娘愛上帝國大學法科出身的菁英青年。青年在大正九年七月決定前往台灣銀行工作，老闆娘也因此關閉咖啡廳跟著去台灣，遂將初代託付給老闆娘的姊姊。她姊姊嫁給岐阜縣加納的西方寺住持，初代也就此成了岐阜人。最早得知此事的三明永無，仗著在島根縣的寺院長大，輕易接近西方寺住持也不顯突兀，終於大正十年九月促成康成與初代重逢。十月初，三明和川端二人再次前往岐阜，和初代許下婚約。川端四人組隨即於十月下旬去岩手縣拜訪初代的父親，使其允諾川端與女兒結婚。

另一方面，文學圈也發生了大事。大正九年，自一高畢業、剛成為帝大生的川端，為了發行同人誌，特地去拜訪菊池寬。他請求繼承東大文學部代代傳承的《新思潮》。菊池爽快地答應了，於是川端等人負責第六次《新思潮》的出版。這本同人誌第二期刊載的川端作品〈招魂祭一景〉，得到菊池寬、久米正雄為首的各方好評，成為川端的「出道作」。大正十年秋天訂婚後，康成著手籌備新居和婚後生活。康成先去菊池寬家中拜訪，「聲稱要接一個女孩過來，突然懇求我若有翻譯的工作代為介紹」。菊池欣然同意，並且這樣答覆：「我預定近日內出國一年。期間，這房子就借你住。我會先付清一年份的租金，每個月再給你五十圓。我也會事先委託芥川，讓他將你的小說介紹給雜誌社。」摘自《文學自述傳》（文学的自叙伝）。

此時川端堪稱一帆風順，卻收到初代悔婚的來信（十一月七日寄出，也就是所謂「非常之事」的信件）。兩人之後碰面，初代的態度仍相當堅決。川端康成的初戀自此破滅。

在初代片面悔婚的十一月七日那封信中，她提及「我一輩子都不會忘記和你的〇！」這種暗號般的隱晦說詞，同時又聲稱發生了自己開不了口的「非常之事」，因此要悔婚。「非常之事」的真相始終不明。初代在後來的信件中指責他「用金錢的力量」「企圖擺布別人」，對此，川端在〈她的盛裝〉這篇作品中提出反駁。

「她或許猜想十六歲的小姑娘去了東京就得委身於他，抱著那樣的覺悟？也或許為那樣的猜想而害怕？（中略）為了避免她將結婚和這件事連結產生畏懼，他說話或寫信時一直特別細心留意。他經常說：『就算妳來到東京，也不用做任何事喔。像小孩一樣開心玩耍就行了。過去妳也吃了不少苦，所以就重新當一次小孩吧。』（中略）他當時真心認為，有必要讓她再當一次小孩。因為他覺得，自己想藉由得到她變成小孩。（中略）他認為應該重新當一次小孩，不，是有生以來第一次當小孩，才能揮別過去的陰影。」

康成的這種想法，初代與初代身邊的人當時能夠理解嗎？要將「非常之事」和具體的行爲或想像連結很困難。她說想繼續做符合自己身分的咖啡廳女服務生，那是她的眞心話。不過在此要聲明，在那個時代，陪酒的女服務生這種職業已經得到了市民權。初代和宇野千代、林芙美子、佐多稻子這些卓越的女性身處同一時代，是秉持自信活著。

初代成了淺草「亞美利加」咖啡廳的女服務生，後來與那家咖啡廳的經理中林忠藏結婚，育有一女，但咖啡廳在關東大地震時震毀，舉家遷居仙台。中林忠藏罹患肺疾，一家人的生活陷入困頓，大正十五年底回到東京，初代輾轉各家咖啡廳工作維持生計。大正十五年底至昭和二年七月這段期間，初代似乎在淺草的「聚樂」和佐多稻子一起工作過。佐多稻子的小說中化名爲洛陽餐廳的聚樂咖啡廳，僱用了二十一名女服務生，其中三人成爲小說主角，初代在文中以「夏江」之名登場。夏江爲了「養活生病臥床不起的丈夫和孩子」出來工作。謠傳有個末代幕府將軍德川慶喜之孫的男人做她的金主，佐多生動描寫了夏江可愛的孩子來接借酒澆愁的母親回家的模樣。這篇名爲「洛陽餐廳」的作品受到川端康成激賞，但他似乎沒發現夏江的原型人物就是初代。

就結果而言，被初代（千代、三千子）耍得團團轉後的康成，事後的想法與行動値得注目。他盡了最大努力，試圖走進百思不解的對方心中；他陸續寫下一連串「千代」（三千子）的短篇，就是來自那執著。費盡一番理解對方的努力之後，誕生了〈丙午年女孩讚歌〉這篇作品。他質疑那些美麗、好勝、倔強、好鬥、機靈、三心二意、見異思遷、敏感、尖銳、活潑、自由又新鮮的女孩爲何多半生於丙午年。以各種形式探究和丙午年有關的主題「南方之火」。讀者亦百看不厭。康成效法杜斯妥也夫斯基熱烈讚美女性。初代正是生於「丙午年」。

他試圖走進對方心中的努力始於〈新晴〉一作，又接連創作出〈南方之火〉（大正十二年七月）、〈篝火〉（十三年三月）、〈非常之事〉（十三年十二月）、〈冰霰〉（昭和二年五月）。起初是〈新晴〉，之後才有四篇色彩不一的作品，但此時的處境，正好和大正十一年七月至八月創作的〈湯島的回憶〉相對於〈伊豆的舞孃〉的處境一致。爲了撫慰失戀的傷痛，療養疲憊身心，康成去了湯島，起初他想寫「千代文」，但後來轉向更早之前的小舞孃及「清野」少年的回憶，迅速落筆四萬多字。

根據〈湯島的回憶〉一文，極爲自然清晰現形的作品即爲〈伊豆的舞孃〉，也爲作者帶來文學上最大的成功。反觀他嘔心瀝血創作的〈新晴〉系列，這些滿懷苦澀的創作皆未被視爲成功之作，作者也長期不願放入自己的作品選集中。文學評論家川嶋至曾經指出，川端的即興式作品〈招魂祭一景〉備受好評，帶有個人體驗的〈油〉卻未能獲得好評，〈伊豆的舞孃〉系列及〈新晴〉系列作可說也有類似的遭遇。換言之，在那個無法再相信眞實感受或告白這種內在精神層面的時代，在舊有的私小說式文學觀逐漸崩壞的時代，適逢其會踏上作家之路的康成，他的摸索似乎在這兩個系列中清楚呈現出分裂與矛盾。

正如評論家中村光夫所指出，〈伊豆的舞孃〉運用和私小說不同的手法，將某種抽象化的「我」放在敘事者的位置，因此獲得成功，但這點使得源於眞實生活的題材、眞實的個人體驗要創作成作品，變得更加困難。不過，這部小說選集收錄的作品中，始終呈現川端對於切身的眞實題材及事實性的執著。但與其說他大量創作這系列的作品，毋寧該說是他沒發表、或發表了也僅視爲草稿的一種摸索，似乎在徬徨中具有重要意義。因爲，活著就是要常保對事實和題材重要性的尊崇，同時不斷追求作品中乍看與事實相反的虛構與想像的世界。尊重事實性的架構從不曾消失，只是成了在表裡兩面支撐作品的骨幹。

（寫於二〇一六年二月，作者爲俄國文學家、公益財團法人川端康成紀念會理事長）

川端以自己與伊藤初代的戀愛為題材的主要「千代文」作品

發表日期根據川端全集三十五卷／有★記號者收錄於新潮文庫版《掌中小說》

篇名	發表日期	內容概要
無題一	未發表	爲了向逃離東京的稚枝子求婚，俊夫與友人前往岐阜。
向陽（日向）★	大正十二年十一月	女孩指出自己有凝視他人臉孔的毛病，驀然想起盲眼的祖父轉過臉對著陽光的身影。
競開的花（咲競う花）	大正十三年七月～十四年三月	與恩師之女訂婚的法學生志村，和貧窮且性情激烈生於丙午年的女孩阿春發生關係。
脆弱之器（弱き器）	大正十三年九月	「我」夢見古董店粉碎的觀音像，以及撿拾那些碎片的少女。
赴火的她（火に行く彼女）	大正十三年九月	避開「我」住的城鎮，刻意走向火海的女人。「我」透過夢境得知女人對自己已了無情意。
鋸子和生產（鋸と出産）★	大正十三年九月	在夢中的義大利和剛生產的女人對戰的「我」，聽聞刀刃出現缺口的劍就是鋸子的起源。

照片（写真）★	大正十三年十二月	對永遠留在照片中的十七歲戀人之美，以及自己日後看到同一張照片只覺「她平凡乏味」的困惑。
明日之約（明日の約束）	大正十四年十二月	吉村搬到美貌姊妹花住的出租屋，在關東大地震的混亂中遭遇體弱多病的妹妹之死。
冬日已近（冬近し）	大正十五年四月	「我」與山寺和尚對弈慘敗後，歸途上思索自己與留在附近溫泉旅館的女人晦暗的未來。
伊豆歸程（伊豆の帰り）	大正十五年六月	和昔日悔婚的里佳子偶然同車的「我」，對已爲人妻的她苦澀的表情耿耿於懷。
處女作作祟（処女作の祟り）★	昭和二年五月	在一高交友會刊發表了處女作〈千代〉。眞實的模特兒千代的命運也遭受小說這種藝術的束縛。
西國紀行（西国紀行）	昭和二年八月	西日本遊記。記錄前往小說〈篝火〉的舞臺岐阜縣長良川，親睹魚鷹船上火柱熊熊燃燒的印象。
海之火祭（海の火祭）	昭和二年八月～十二月	作品一部分改編爲〈南方之火〉。
雨傘（雨傘）★	昭和七年三月	去照相館的少年少女。兩人害羞相處，甚至不敢共撐一把傘的青澀回憶。

給父母的信（父母への手紙）	昭和七年一月～九年一月	與當時十七歲的她一別經年，她突然在「我」面前出現。年屆三十的她死了丈夫，且已再婚。
文學自敘傳（文学的自叙伝）	昭和九年五月	川端參與衆多同人誌的文壇交友記。文中流露對菊池寛私下援助他與窮困的初代展開新生活之感激。
姊姊的和解（姉の和解）	昭和九年十二月	舊情人房子在八年後現身新吉眼前，聲稱爲收拾親戚的爛攤子想借一筆錢。
母親的初戀（母の初恋）	昭和十五年一月	滿十六歲、寄宿家中的雪子，是佐山的舊情人民子之女。雪子的婚禮前夕，民子居然上門來借錢。
再婚之人（再婚者）	昭和二十三年一月～二十七年一月	將年幼的房子留給親戚，選擇與「我」再婚的時子。如今將要結婚的房子，會原諒母親嗎？
日兮月兮（日も月も）	昭和二十七年一月～二十八年五月	老企業家的再婚妻子投入小情人的懷抱，被留下的女兒松子去療養院探訪昔日拋棄自己的男人。
離合（離合）	昭和二十九年八月	爲了徵得與女兒結婚之允諾，遠從東京來訪的青年津田，以及對津田充滿感謝之情的福島老人的心境。
美麗與哀愁（美しさと哀しみと）	昭和三十六年一月～三十九年三月	昔日遭到小說家大木拋棄的日本畫家音子。音子的徒弟圭子企圖對大木父子展開報復。
獨影自命（独影自命）	昭和四十五年十月	匯集昭和二十三年出版十六卷作品全集時各卷添附的自我解說。以「三千子」之名回想過往戀情。

作　　者　川端康成
譯　　者　劉子倩
社　　長　陳蕙慧
總 編 輯　戴偉傑
特約編輯　周奕君
行銷企畫　陳雅雯．汪佳穎
封面設計　IAT-HUÂN TIUNN
內頁排版　宸遠彩藝
集團社長　郭重興
發行人兼出版總監　曾大福
出　　版　木馬文化事業股份有限公司
發　　行　遠足文化事業股份有限公司
地　　址　231新北市新店區民權路108之4號8樓
電　　話　02-22181417
傳　　真　02-86671065
E m a i l　service@bookrep.com.tw
郵撥帳號　19588272木馬文化事業股份有限公司
客服專線　0800221029
法律顧問　華陽國際專利商標事務所　蘇文生律師
印　　刷　前進彩藝有限公司
初　　版　2022年7月
定　　價　420元
I S B N　978-626-314-231-2

歡迎團體訂購，另有優惠，請洽業務部02-22181417分機1124、1135

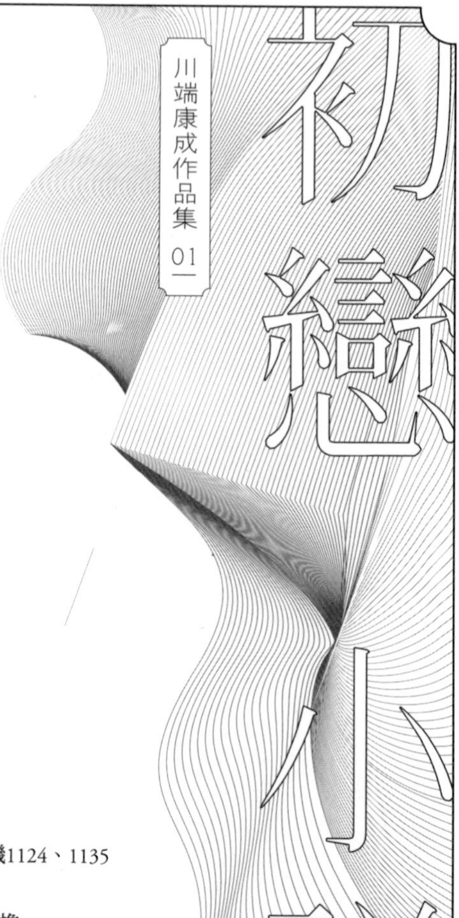

國家圖書館出版品 預行編目（CIP）資料

初戀小說/川端康成著；劉子倩譯. -- 初版. --
新北市：木馬文化事業股份有限公司出版：
遠足文化事業股份有限公司發行, 2022.07
368面；14.8 × 21公分
譯自：川端康成初恋小説集
ISBN 978-626-314-231-2(平裝)
861.57　111010045

川端康成
初恋小説集
Hatsukoi
Shosetsu
Shu